Lyla Sage

Done and Dusted

Lyla Sage

DONE & DUSTED

Roman

Aus dem amerikanischen Englisch
von Hans Link

everlove by PIPER

Mehr über unsere Autorinnen, Autoren und Bücher:
www.everlove-verlag.de

Wenn dir dieser Roman gefallen hat, schreib uns unter Nennung des Titels »Done and Dusted« an *empfehlungen@piper.de*, und wir empfehlen dir gerne vergleichbare Bücher.

Unser Versprechen für mehr Nachhaltigkeit
Klimaneutrales Produkt
FSC®-zertifiziertes Papier
Hergestellt in Deutschland

FSC
www.fsc.org
MIX
Papier | Fördert gute Waldnutzung
FSC® C014496

ISBN 978-3-492-06621-1

Titel der amerikanischen Originalausgabe:
»Done and Dusted«, 2023 erschienen bei The Dial Press, einem Imprint von Penguin Random House, New York.
Dieses Werk wurde vermittelt durch die Sandra Dijkstra Literary Agency.

Redaktion: Antje Steinhäuser
Satz: psb, Berlin
Gesetzt aus der Joanna Nova
Druck und Bindung: GGP Media GmbH, Pößneck
Printed in Germany

Für Leo.

Meinen Highwayman, meinen Sonnenschein und meinen einzelnen Regentropfen. Ich vermisse dich jeden Tag.

Liebe Leser*innen,
dieses Buch enthält potenziell triggernde Inhalte.
Um euch das bestmögliche Leseerlebnis
zu verschaffen, findet ihr deshalb
auf Seite 365 eine Contentwarnung.
Lyla und das *everlove*-Team

Vorbemerkung der Autorin

Als ich mit dem Schreiben von *Done and Dusted* begann, wollte ich eine Figur erschaffen, mit der sich andere Frauen und ich selbst identifizieren können. Ich liebe das Lesen, und genau wie du habe ich eine Menge Bücher verschlungen. Es gibt so viele Charaktere, die mir ans Herz gewachsen sind, mit denen ich mich aber nicht so gut identifizieren konnte, wie ich es wollte, weil das Leben in ihrem Kopf so anders war als in meinem eigenen.

Die Hauptfigur in *Done and Dusted* heißt Emmy. Emmy und ich haben nicht sehr viel gemeinsam, aber sie hat wie ich ADHS. Die Unterschiede in der Funktionsweise unserer Gehirne können sehr subtil sein, aber das heißt nicht, dass sie nicht existieren oder sich nicht auf unser Leben auswirken.

Ich weiß, dass die Diagnose ADHS sich für jeden von uns anders zeigt, aber wenn es dir schon mal schwergefallen ist zu erklären, warum du buchstäblich alles bis zur letzten Minute aufschiebst, warum du dich außer Kontrolle fühlst, warum sich deine Zunge anfühlt, als würde sie nicht in deinen Mund gehören, wenn die Musik zu laut ist, oder eines der unzähligen anderen Dinge, die wir fühlen und die zu ADHS gehören, dann könntest du dich in *Done and Dusted* wiederfinden.

Emmy und ich sind ganz bei dir.

Viel Spaß beim Lesen,
Lyla

DUSTED
(WESTERN SLANG):

Von einem Pferd abgeworfen werden

Emmy

1

»Clementine Ryder, ich schwöre bei Gott, wenn du den ganzen Abend Trübsal blasen willst, dann fahre ich dich wieder nach Hause«, sagte Teddy.

»Ich blase nicht Trübsal!«, protestierte ich, obwohl ich definitiv Trübsal blies. Wieder in meiner Heimatstadt zu sein, hatte diese Wirkung auf mich. Wie auch die Tatsache, dass Teddy meinen vollen Namen benutzt hatte. Ernsthaft, wer benannte seine einzige Tochter nach einem Stück Obst?

Allerdings wusste ich auch, dass es Teddy mit ihrer kleinen Ansprache ernst war, so wie immer, wenn es um das Thema »Wir gehen aus und amüsieren uns« ging. Dann gab es keine Widerrede. Normalerweise machte mir das nichts aus. Teddy war meine beste Freundin. Sie kannte mich besser, als ich mich selbst kannte, und wusste, was ich brauchte, noch bevor ich es selbst wusste. Nachdem ich heute Morgen den Entschluss gefasst hatte, meine Sachen zu packen, mich mit einem Klebezettel am Kühlschrank von meinem Freund zu trennen und der Barrel-Racing-Szene Lebewohl zu sagen, war ich die dreihundert Meilen zu ihrem Haus in unserer kleinen Heimatstadt in einem Stück durchgefahren.

Noch hatte ich nicht mal die Sachen aus meinem Truck ausgeladen – er stand noch in Teddys Einfahrt.

Ich erkannte die Schotterpiste, auf die Teddy uns lenkte, und wünschte mir sofort, ich säße wieder in meinem Auto.

»Das *Devil's Boot*? Wirklich?«, fragte ich. Ich wusste, dass es in Meadowlark keine große Auswahl gab, aber das *Devil's Boot* war ein Lokal, um das ich gern einen Bogen gemacht hätte. Die Wahrscheinlichkeit, dass ich dort jeden Gast kannte, war gefährlich groß.

Mein Dad und meine Brüder wussten noch nicht, dass ich wieder zu Hause war, und das musste auch noch ein kleines Weilchen so bleiben.

»Ja, das *Devil's Boot*. Da hat man Spaß und kann sich gehen lassen«, erklärte sie. »Und beides brauchst du, Emmy.«

Das brauchte ich wahrscheinlich wirklich, aber was Teddy unter Spaß verstand, war schon immer einen Tick anders gewesen als bei mir.

»Weißt du, was Spaß macht?«, fragte ich. »Wein und ...«

Teddy unterbrach mich und beendete meinen Satz für mich. »Wein und *Sweet Home Alabama* macht Spaß. Da hast du recht«, sagte sie. »Aber Emmy, du sitzt seit einem Monat in deiner Wohnung in Denver und vergnügst dich mit Wein und *Sweet Home Alabama – Liebe auf Umwegen*. Buchstäblich jedes Mal, wenn wir uns auf FaceTime unterhalten haben, konnte ich hören, wie im Hintergrund Patrick Dempsey am Altar sitzen gelassen wird, und hab seine tränenfeuchten blauen Augen vor mir gesehen – und das kann ich nur begrenzt aushalten.«

»Das ist die beste Szene im ganzen Film«, argumentierte ich. »Sie bricht einem das Herz und kittet es im selben Moment wieder.«

Teddy legte sich eine Hand aufs Herz. »Ich bestreite nicht die Vorzüge von *Sweet Home Alabama*«, sagte sie. »Das würde ich niemals tun. Ich sage nur, dass es einen Grund gibt, warum du nach Hause gekommen bist, statt dir den Film zum zweiunddreißigsten Mal anzusehen.«

Verdammt. Ich hasste es, wenn sie recht hatte.

»Na schön«, räumte ich ein. »Aber du zahlst.«

Teddy lachte. »Du denkst nicht weit genug. Warum sollte ich deine Drinks bezahlen – oder meine eigenen –, wenn ich weiß, dass es im *Devil's Boot* mindestens ein Dutzend Männer gibt, die uns liebend gern Drinks spendieren würden.«

»Du überschätzt meine Überzeugungskräfte, was Männer angeht«, wandte ich ein.

»Und du unterschätzt meine«, konterte Teddy augenzwinkernd. »Außerdem«, fügte sie hinzu, »bist du Clementine Ryder, Meisterin im Barrel-Racing, und gehörst zur beliebtesten Familie in Meadowlark. Die Leute werden sich wahrscheinlich darum prügeln, dir und damit auch mir einen Drink spendieren zu dürfen.«

Ich schnaubte verärgert.

Teddy schenkte mir ein für sie so typisches gewinnendes Lächeln. »Wenn man die Collegezeit und deine Rodeo- und Racingkarriere zusammenzählt, warst du fast ein Jahrzehnt lang fort, und jetzt bist du zurück und siehst nur deine Familie und mich«, sprach sie weiter.

»Du bist von Meadowlarks Liebling zu Meadowlarks Mysterium geworden. Die Leute werden sich freuen, dich zu sehen.«

Teddy hielt ihren Truck an. Ich schaute durch das Beifahrerfenster auf den vertrauten unbefestigten Parkplatz. Er war voll. Natürlich war er voll – es war ein Freitagabend in Meadowlark, Wyoming.

Hätte der Vorfall, dessentwegen ich mein Leben in Denver aufgegeben hatte und fluchtartig nach Hause gefahren war, nicht bis Montag warten können?

Das *Devil's Boot* war eines der ältesten Lokale in Wyoming und lag fast direkt an der Grenze des Countys Meadowlark. Die Bar war so abgelegen, dass ihre Gäste fast ausschließlich Einheimische waren. Von außen machte sie nicht viel her. Gott, sie machte auch von innen nicht viel her. Es war ein alter Holzbau im klassischen Saloon-Stil. Die Farbe war verblasst, es gab zu viele Leuchtschilder, und über der Eingangstür hing ein Stück Sperrholz mit einem aufgesprühten Cowboystiefel, in dem ein Teufelsdreizack steckte. Es stand tatsächlich nirgendwo in der Bar der Name *Devil's Boot* – weder an der Tür noch auf den Biergläsern und auch nirgends sonst. Es hatte immer nur den einsamen Stiefel und den Dreizack gegeben.

Obwohl wir noch im Truck saßen, konnte ich bereits die Band hören. Sie spielte ein Stück von Hank Williams. Es war erst neun Uhr, also würden die klassischen Countrysongs weitergehen, bis die Leute ein paar neuere Hits verlangten, zu denen sie tanzen und mitsingen konnten. Ich drückte die Daumen, dass Teddy und ich bis dahin von hier verschwunden sein würden.

Aber ich rechnete nicht damit.

»Hey.« Teddys Stimme kam leise von der Fahrerseite. »Wenn du wirklich nicht hier sein willst, können wir wieder fahren, aber ich kann mir nichts Schöneres vorstellen, als den ersten Abend, den meine beste Freundin wieder zu Hause ist, an einem Ort zu verbringen, den wir beide insgeheim lieben.« Ich liebte diese Bar tatsächlich, wenn auch widerwillig. »Wir haben uns hier immer gut amüsiert. Es ist risikoarm und chancenreich.«

Ich seufzte. Ein kleiner Teil von mir freute sich tatsächlich darauf, im *Devil's Boot* zu sein. Zu Hause zu sein.

Und ein noch kleinerer Teil wusste, dass Teddy recht hatte. Wir würden Spaß haben, die Leute würden freundlich sein, und wir würden wahrscheinlich nichts für unsere Drinks bezahlen müssen. Das war das Ding mit Meadowlark – es war berechenbar, sogar gemütlich. Zwei Dinge, die ich im Moment brauchte.

»Was möchtest du tun, Emmy?«, fragte Teddy.

Ich sah zu ihr hinüber. »Ich möchte bleiben«, antwortete ich. Und ich meinte es ernst.

Das megawattstarke Lächeln auf Teddys Gesicht hätte ganz Meadowlark und die umliegenden Countys mit Strom versorgen können. Teddy ergriff meine Hand und drückte sie. »Braves Mädchen. Auf geht's.«

Tief durchatmen, Emmy. Ich zog am Türgriff, um die Beifahrertür zu öffnen, und versetzte ihr einen heftigen Stoß. Teddys Ford Ranger von 1984 hatte einige Macken – kaum funktionierende Türen waren eine davon.

Sobald meine Stiefel den Boden berührten, löste sich der Knoten in meinem Magen etwas. Dieses Geräusch hatte etwas Tröstliches. Die Steinchen unter den Sohlen meiner Stiefel zu spüren, erinnerte mich daran, dass es mir gut ging. Es fühlte sich vertraut an. In letzter Zeit war mir alles so fremd gewesen, aber dies nicht. Nicht mein Zuhause.

Da ich ursprünglich so viel Zeit damit verbracht hatte, meine Flucht aus Meadowlark zu planen, hatte ich nicht gewusst, wie ich mich bei meiner Rückkehr fühlen würde. Ich verbrachte meine Urlaube und Geburtstage hier und auch manche Wochenenden, aber jetzt fühlte es sich wie etwas Dauerhafteres an. Ich hatte gedacht, ich würde mich wieder so gefangen fühlen wie vor Jahren.

Aber so war es nicht. Ich fühlte mich wunderbar normal.

Tief atmete ich die kühle Nachtluft ein. Es fühlte sich an, als würde sie in meine Lungen strömen und langsam die Last wegschieben, die mir auf der Brust saß.

Ich hörte Teddys Schritte, als sie zu meiner Seite des Trucks kam, während ich meine Tür zudrückte. »Verdammt, Ryder«, sagte sie. »Ich hatte fast vergessen, wie heiß du bist.«

Ich lächelte. Es war ein aufrichtiges Lächeln.

Komplimente von Teddy waren die besten, weil ich wusste, dass sie es ehrlich meinte. Teddy war ein grundanständiger, leidenschaftlicher und liebevoller Mensch. Sie sagte nie etwas, das sie nicht auch so meinte.

»Ich gehe heute Abend schon mit dir nach Hause, Andersen. Du brauchst mich nicht mit Komplimenten zu überhäufen«, fügte ich hinzu und hakte sie unter. »Wir geben ein gutes Paar ab.«

Und das taten wir.

Teddy und ich waren unzertrennlich, seit ihr Dad vor über zwanzig Jahren angefangen hatte, auf der Ranch meiner Familie zu arbeiten. Obwohl wir die letzten vier Jahre seit dem College in verschiedenen Städten gelebt hatten, sprachen wir fast jeden Tag miteinander, und Teddy hatte die achtstündige Autofahrt nach Denver mindestens vier Mal im Jahr auf sich genommen. Ich konnte mich glücklich schätzen, eine Freundin wie sie zu haben. Denn davon konnten die meisten Menschen nur träumen.

Als ich vor einigen Stunden in ihrer Einfahrt aufgetaucht war, hatte sich mein ganzes Leben in meinem Truck befunden. Teddy hatte mit keiner Wimper gezuckt, hatte weder nach der Wohnung gefragt noch nach dem festen Freund oder der Karriere, die ich hinter mir gelassen hatte. Sie hatte mich einfach mit Käse und Cola light gefüttert und mir erlaubt, mich ein paar Stunden lang deprimiert auf ihr Sofa zu lümmeln. Dann hatte sie in die Hände geklatscht zum Zeichen dafür, dass wir nun ein neues Kapitel aufschlagen würden, und hatte mir mitgeteilt, dass ich mir aus ihrem Kleiderschrank etwas zum Anziehen nehmen solle, weil wir ausgehen würden.

Am Ende trug ich ein schlichtes weißes Tanktop, momentan unter meiner geliebten mit Lammfell gefütterten Jeansjacke versteckt, und einen schwarzen Satinrock aus Teddys Kleiderschrank. Der Schlitz ging ein wenig höher, als ich es gewohnt war – bis über die Mitte meines Oberschenkels –, aber ich fühlte mich darin großartig. Verführerisch. Ich trug schwarze Cowboystiefel, die nie in die Nähe eines Pferdes kommen sollten, aber für einen Abend in der Bar waren sie perfekt.

Teddy hatte sich für ein schwarzes, kurzärmeliges und bauchfreies Top entschieden und für hellblaue, verwaschene Jeans, die aussahen, als wären sie ihr buchstäblich auf den Leib geschneidert worden. Ihr kupferrotes Haar hatte sie sich zu einem hohen Pferdeschwanz gebunden, der bei jeder Bewegung hin und her wippte.

»Bist du bereit, Babe?«, fragte sie.

Ich atmete noch einmal tief die kühle Luft Wyomings ein. Du bist okay, Emmy, dachte ich. Deine Stiefel stecken nicht mehr in Steigbügeln. Du stehst auf festem Boden.

»Ich bin bereit.«

Emmy

2

Als ich über die Türschwelle des *Devil's Boot* trat, fühlte es sich an, als würde ich in meine Lieblingsjeans schlüpfen. Alles an dieser Bar passte einfach. Sie war dunkel und schäbig und roch nach altem Zigarettenrauch. Das Rauchen in geschlossenen Räumen war seit 2005 in Wyoming gesetzlich verboten, aber niemand sagte etwas, wenn sich jemand im *Devil's Boot* ab und zu eine ansteckte.

Es war schließlich eine richtige Kaschemme, die nur von einem schwachen gelben Licht hinter der Bar, den Bühnenscheinwerfern und einer Vielzahl von Neonschildern beleuchtet wurde.

Neonschilder im Dunkeln hatten einfach etwas Besonderes an sich.

Mein Lieblingsschild zeigte einen Cowboy, der eine Bierflasche ritt wie einen Bullen, und das Schild hing direkt über meinem Lieblingsstehtisch in der Ecke. Ich glaubte nicht, dass ich das *Devil's Boot* je bei Tageslicht gesehen hatte, und ich glaubte auch nicht, dass ich das wollte. In Neonlicht getaucht wirkte alles geheimnisvoller.

Und alle sahen auch besser aus. Das war es, was die Leute im *Devil's Boot* immer in Schwierigkeiten brachte.

Nach ein paar Schritten spürte ich, wie meine Stiefel am Fußboden kleben blieben – und wahrscheinlich einen verdammt guten, vor dreißig Jahren verschütteten Whisky zu schmecken bekamen –, während Teddy und ich auf meine Neon-Cowboy-Ecke zusteuerten.

»Und? Trinken wir heute Abend klaren oder dunklen Sprit?«, fragte Teddy mich.

»Klaren«, antwortete ich in dem Wissen, dass wir damit im DB genau zwei Optionen hatten: Wodka oder Tequila. Und ich hatte nicht den leisesten Zweifel, dass Teddy sich für Tequila entscheiden würde.

»Schön, also Tequila«, sagte sie. Manche Dinge änderten sich nie.

Es geht nichts über das Gefühl der Vertrautheit, das einem nur die Menschen geben können, die man liebt, und ich liebte Teddy über alle Maßen.

»Bleib du einfach hier und schau weiterhin heiß und geheimnisvoll aus, und ich hole unsere erste Runde«, überschrie Teddy die Band.

»Tequila Soda, okay?« Ich wusste, dass sie mit zwei Shots zurückkommen würde, wenn ich das nicht klarstellte. Jeweils zwei. »Ich möchte es gern langsam angehen.«

Teddy verdrehte die Augen und ging davon. »Meinetwegen. Tequila Soda. Vorläufig.«

»Mit einer Extrascheibe Limette, bitte!«, rief ich ihr nach. Sie winkte mir zu, ohne sich umzudrehen, um mich wissen zu lassen, dass sie mich gehört hatte.

Ich streifte meine Jeansjacke ab und hängte sie über

die Rückenlehne meines Stuhls, bevor ich Platz nahm und meine Umgebung in Augenschein nahm.

Einige der Stammgäste an der Theke erkannte ich – George, Fred, Edgar und Harvey. Sie kamen wahrscheinlich seit Anbeginn der Zeit jeden Abend hierher. Früher hatte es ein fünftes Mitglied ihrer kleinen Clique gegeben, aber Jimmy Brooks war vor einigen Jahren verstorben. Niemand setzte sich je auf ihre Plätze am hinteren Ende der Theke – selbst Jimmys Platz blieb immer frei. Ich fragte mich, ob irgendjemand jemals den Mumm oder die Dummheit besitzen würde, sich dort hinzusetzen. Die Männer waren alt, aber das bedeutete nicht, dass sie nicht allen eine Heidenangst einjagten.

Teddy war auf dem Weg zur Bar und schwang gerade ihren Pferdeschwanz in Richtung Edgar, zweifellos in dem Versuch, den alten Mann dazu zu überlisten, unsere Drinks zu bezahlen.

Die Band ging zu einem Cover von Waylon Jennings *I've Always Been Crazy* über. Vor der Bühne hatte sich eine Menschenmenge versammelt, die lauthals den Refrain mitsang. Ich beobachtete sie, und ihre uneingeschränkte Freude zauberte mir ein breites Lächeln aufs Gesicht.

»Emmy?« Ich lenkte meinen Blick von der Gruppe der singenden Cowboys auf den Besitzer dieser tiefen Stimme.

»Kenny, hi.« Ich konnte mich nicht erinnern, wann ich Kenny Wyatt das letzte Mal gesehen hatte – bei der Abschlussfeier der Highschool? –, aber ich erkannte ihn sofort, als er nun vor mir auftauchte. Sein dunkelblondes Haar war kurz geschnitten, und er trug einen akkurat gestutzten Bart, den ich mir an ihm nie hätte vorstellen können. Kenny war vor allem als ehemaliger Quarterback der Highschool von Meadowlark bekannt, aber er war auch mein Homecoming-Date gewesen.

»Schön, dich zu sehen«, sagte ich und stand von meinem Stuhl auf, um ihn kurz zu umarmen. Er zog mich fest an sich und drückte mich. Als ich mich von ihm löste, ließ er eine Hand auf meiner Taille liegen, also ließ ich meine auf seiner Schulter. Mit den Wölfen von Meadowlark heulen, schätzte ich.

»Heilige Scheiße, Em. Lang ist's her. Ich dachte, du wärst jetzt gerade auf der WPRA-Tour.« Das dachte die Women's Professional Rodeo Association wahrscheinlich auch.

»Ich lege eine Pause ein«, antwortete ich. Damit begann ich mit der einstudierten Ansprache, die ich während der ganzen Fahrt von Denver nach Meadowlark geübt hatte. »Ich bin schon so lange auf Rodeos und Racings unterwegs, da dachte ich mir, ich verbringe mal ein bisschen Zeit mit meiner Familie. Außerdem vermisse ich die Ranch ganz schrecklich.«

Er drückte leicht meine Taille, was ich nicht furchtbar unangenehm fand.

»Dein Dad und deine Brüder haben da oben eine Menge zu tun. Bestimmt sind sie glücklich, dich wiederzuhaben.« Ja, das würden sie sicher sein. Sobald sie herausgefunden hatten, dass ich zurück war. »Wie lange bleibst du denn?« Wahrscheinlich für immer, dachte ich, da ich mich im Moment noch nicht einmal dazu durchringen konnte, auf ein Pferd auch nur draufzusteigen.

Für jemanden, der sein ganzes Leben im Sattel verbracht hatte, war es ein Albtraum, die mentale Blockade nach einer Verletzung beim Reiten nicht überwinden zu können. Wenn ich je wieder auf ein Pferd steigen wollte, selbst wenn es nicht für ein Rodeo war, dann waren Meadowlark und Rebel Blue der richtige Ort dafür.

»Mindestens für ein paar Monate«, sagte ich und versuchte, enthusiastisch zu klingen, aber nicht so enthusiastisch, dass es gezwungen wirkte. »Es ist schön, wieder zu Hause zu sein.«

Kenny lächelte mich an. Ein breites, warmes, aufrichtiges Lächeln. »Es ist wirklich wunderbar, dich zu sehen, Emmy. Und du siehst gut aus. Richtig gut.« Ich spürte, wie sich meine Wangen dunkelrot färbten. Kenny war schon immer ein Charmeur gewesen. Als er mich nun so ansah, als hätte er die ganze Zeit auf mich gewartet, und dazu noch so herzlich klang, wollte ich am liebsten weglaufen und mich verstecken.

Stattdessen antwortete ich ebenfalls mit einem Lächeln. »Es ist auch schön, dich zu sehen, Kenny.«

»Solange du hier bist, sollten wir uns öfter …« Kennys Worte wurden abgeschnitten, weil die Band unkoordiniert ihre Darbietung von *Good Hearted Woman* abbrach. Eine verwirrte Stille legte sich über die Bar, während alle auf die nächsten Aktionen der Musiker warteten.

Nach einigen Sekunden spielte der Steel-Gitarrist die ersten Takte von – o Gott, nein – *Oh My Darlin' Clementine.*

Es gab nur zwei Menschen, die es witzig fanden, mich jedes Mal mit diesem Song zu quälen, wenn ich einen Raum betrat. Einer von ihnen war Gus, mein ältester Bruder, aber ich wusste, dass er sich zurzeit nicht mal innerhalb der Staatsgrenzen von Wyoming aufhielt. Das konnte nur eins bedeuten. Er war hier.

Ich sah mich zornig in der Bar um und hielt nach ihm Ausschau. *Dieses Arschloch.* Die Gäste im *Devil's Boot* stimmten in das Lied ein und wiegten sich hin und her, und viele sahen mich mit einem albernen Lächeln an. Dieser Song war inzwischen vor allem ein stadtweiter Insiderwitz, und jetzt konzentrierte ich mich mit aller Kraft darauf, den Spaßvogel zu finden.

Ich entdeckte ihn nicht, aber er musste hier irgendwo sein. Warum war er überhaupt im *Devil's Boot*? Hatte er nicht in seinem Wohnzimmer Türme aus Bierdosen zu bauen? Oder auf Whiskyflaschen zu schießen?

Wenn er die Band hatte überzeugen können, von ihrem Programm abzuweichen, war er wahrscheinlich in der Nähe der Bühne. Ohne lange nachzudenken, ging ich in deren Richtung. Währenddessen scannte ich weiter die Bar. Keine gute Idee für eine Frau, die nur über eine gute Koordination verfügte, wenn sie auf dem Rücken eines Pferdes saß.

Ich stolperte über meine eigenen Stiefel und prallte gegen etwas Hartes.

Eine Brust.

Eine Männerbrust.

Die Männerbrust.

Ich blickte zu ihrem Besitzer auf, der ein selbstgefälliges Grinsen auf dem Gesicht hatte.

Er war es.

Luke Brooks.

Luke

3

Ich sah sie gleich, als sie mit ihren schwarzen Cowboystiefeln über die Schwelle meiner Bar trat. Sie war Meadowlarks Liebling, eine riesige Nervensäge und die kleine Schwester meines besten Freundes.

Clementine Ryder.

Das letzte Mal hatte ich sie vor zwei Jahren während der Weihnachtszeit gesehen, aber als ich damals ankam, war sie schon dabei gewesen, die Rebel Blue Ranch wieder zu verlassen. Denn wie immer war ich zu spät dran gewesen.

Gus hatte mir erzählt, dass Emmys Terminkalender in den letzten Jahren ziemlich voll gewesen sei. Da sie eine verdammt gute Rodeo- und Racingreiterin war, traf das sicherlich zu. Wenn man außerdem bedachte, dass die Ryders die einzige wirkliche Familie waren, die ich je gehabt hatte, gehörte Emmy fest zu meinem Leben, auch wenn ich sie heutzutage nur noch selten sah. Manchmal war ich gerade bei Gus, wenn sie anrief, oder ich sah in der Zeitung, dass sie einen weiteren Titel gewonnen hatte, aber das war etwas ganz anderes, als zu erleben, wie sie an einem Freitagabend meine Bar betrat.

Und dabei *so* aussah.

Heilige Scheiße. Hatte sie schon immer so ausgesehen? Oder war das die Wirkung des Neonlichts?

Ihr Haar war wild und wirr. Es sah noch länger aus als bei meiner letzten Begegnung mit ihr. Es reichte ihr bis zur Mitte des Rückens. Sie trug einen Rock aus irgendeinem glänzenden Material, Satin oder Seide wahrscheinlich. Er bewegte sich um ihren Körper wie Wasser. Und ich fragte mich unwillkürlich, wie sie in ein Bettlaken gehüllt aussehen würde. Aber nicht in irgendein Bettlaken – in *meins.*

Scheiße. Wo zum Teufel war das jetzt hergekommen? Was stimmte nicht mit mir? Es war offensichtlich zu lange her, dass ich Sex gehabt hatte. Ich wollte gar nicht darüber nachdenken, wie lange.

Das ist die kleine Schwester deines besten Freundes, du Idiot.

Ein Wort schrillte wie eine Alarmglocke in meinem Kopf: Tabu.

Aber verdammt. Sie sah wirklich gut aus. Es war doch in Ordnung, wenn ich einräumte, dass sie gut aussah, oder? Sie war eine erwachsene Frau. Ich war ein erwachsener Mann, der einfach gern schöne Frauen ansah. Ich hatte nur schon länger keine mehr gesehen.

Zumindest keine, die *so* schön war. Es würde sowieso nichts zwischen uns passieren. Sie konnte mich nicht ausstehen.

Joe, der heute Abend Dienst an der Bar hatte, winkte mich heran und lenkte mich von meinen unpassenden Gedanken zu Emmy Ryder ab. Was zum Kuckuck machte sie überhaupt hier?

Normalerweise erfuhr ich von ihren Besuchen, weil Gus in den Tagen vor ihrer Ankunft einfach nicht die Klappe hielt, aber ich hatte keinen Pieps von ihm gehört, seit er gestern nach Idaho aufgebrochen war. Außerdem verließ sie sonst nie die Ranch, wenn sie nach Hause kam. Es war kein Geheimnis, dass Emmy sich schon vor Jahren von Meadowlark abgewandt hatte. Stärker als ihr Drang fortzugehen, war nur die Liebe zu ihrer Familie, und die war es, die sie ein paarmal im Jahr hierher zurückbrachte.

»Brooks! Wir brauchen Wechselgeld an der Bar, Mann«, rief Joe über die Musik hinweg. Richtig, das war es, was ich hatte tun wollen, bevor eine gewisse Brünette durch die Tür spaziert war und mich mitten in der Bewegung gestoppt hatte. Seit wann hatte das jüngste Mitglied der Familie Ryder irgendeine Wirkung auf mich?

Anscheinend seit jetzt.

Das war verflucht nervig.

Ich schaute mich um und nickte Joe schnell zu, um ihm zu zeigen, dass ich ihn gehört hatte. In dem Moment bemerkte ich die Rothaarige, die mit einem meiner Reiter an der Theke flirtete. Ich erkannte ihren übertrieben wippenden Pferdeschwanz, noch bevor ich ihr Gesicht sah: Teddy Andersen.

Wenn ich Teddy zuerst gesehen hätte, dann hätte ich mich vielleicht auf Emmys Auftauchen vorbereiten können. Bei den beiden war eins gewiss: Wohin die eine auch ging, die andere folgte bestimmt. Es machte Gus rasend.

Er hatte immer gefunden, dass Teddy zu viel war – zu laut, zu vulgär und zu viel Ärger.

Ich mochte sie. Sie war Emmy immer eine gute Freundin gewesen und gehörte zu den wenigen Menschen, die sich nicht von Gus' allgemeiner Mistkerlmentalität abschrecken ließen.

Außerdem konnte ich mich immer darauf verlassen, dass meine Gäste etwas mehr Geld ausgaben und meine Barkeeper etwas mehr Trinkgeld bekamen, wenn sie da war. Teddy war gut fürs Geschäft, aber Gus fand nicht, dass sie ein gutes Vorbild für seine kleine Schwester war. Ich fand, dass man Emmy ruhig etwas mehr zutrauen konnte. Sie war ruhig, aber nicht ohne Kampfgeist. Deshalb waren sie und Teddy ein gutes Gespann. Nicht, dass ich das Gus gegenüber je erwähnt hätte.

Emmy ging mich nichts an.

Teddys und meine Blicke kreuzten sich, und sie starrte mich an.

Ich konnte ihren Gesichtsausdruck nicht deuten, sah dann aber, wie sie zu Emmy hinüberschaute und dann wieder zu mir. Mist. Ich hatte mich dabei erwischen lassen, wie ich dort hinstarrte, wo ich nicht hinstarren sollte. Schnell wandte ich mich ab und machte mich auf den Weg durch die Bar zu meinem Büro. Es lag direkt hinter der Bühne, wo meine Hausband Fiddleback wie immer eine Menge Songs von Waylon durchackerte.

Im *Devil's Boot* hatte es eine Liveband gegeben, seit ich denken konnte, aber normalerweise nur freitags. Seit ich die Bar übernommen hatte, spielte die Hausband jeden Freitag, und andere Bands aus der Gegend deckten die Dienstage, Donnerstage und Samstage ab. Sie durften ein paar ihrer eigenen Stücke spielen, solange sie das Programm mit den Klassikern ergänzten.

Meine Gäste sangen schrecklich gern. Und laut.

An den anderen Tagen der Woche griffen wir auf die altmodische Jukebox zurück.

Ich versuchte vergeblich, Emmy auf dem Weg zu meinem Büro nicht anzusehen. Und dabei erhaschte ich einen Blick auf sie, als sie gerade ihre Jeansjacke auszog und ein tief ausgeschnittenes weißes Top zeigte, das ihre durchtrainierten Arme zur Geltung brachte. *Himmel.*

Bei diesem Anblick zusammen mit dem verdammten Rock hätte ich am liebsten geschrien.

Wechselgeld, Brooks, Joe braucht Wechselgeld. Hol einfach das Wechselgeld.

Ich würde Joe sein Wechselgeld bringen, und dann würde ich mich in den meistbeschäftigten Barbesitzer der Welt verwandeln. Ich musste nur diesen Abend überstehen, denn am Morgen würde das Neonlicht erloschen sein, und Clementine Ryder würde wieder aussehen wie die kleine Schwester meines besten Freundes.

Hoffentlich.

Mein Büro war klein, aber es enthielt alles Notwendige: einen Schreibtisch, ein kleines Sofa und eine Flasche Whisky in einer der Schreibtischschubladen. Ich verbrachte nicht viel Zeit dort drin. Wenn es ums Geschäftliche ging, erledigte ich die dringend anfallenden Arbeiten meist an der Theke, bevor wir öffneten. Ich beobachtete gern, wie sich der Ort von tagsüber zu abends verwandelte. Es war wie Magie.

Als Geschäftsinhaber betrachtete ich mich nie. Das tat niemand. Ich war in Meadowlark nicht gerade dafür bekannt, besonders verantwortungsbewusst zu sein, aber diese Bar weckte in mir den Wunsch, mehr zu sein als das, was die anderen von mir erwarteten.

Ich wusste nicht, ob ich diesem Ziel näherkam.

Weil mein Büro direkt hinter der Bühne lag, spürte ich die Basstrommel. Beim Dröhnen ihrer Schläge zitterten das Glas und der Whisky, die ich aus der obersten Schublade meines alten Eichenschreibtisches geholt hatte. Ich schenkte mir einen Schluck ein und kippte ihn in der Hoffnung herunter, dass er die neuartige Wirkung, die Clementine Ryder auf mich hatte, betäuben würde.

Warum passierte mir das?

Ich wartete, bis sich das Brennen in meiner Kehle legte, bevor ich mir ein Bündel Scheine für die Bar schnappte. Ich zählte das Geld nicht, aber nach dem Umfang zu urteilen, sollte es mehr als genug sein, um die Nacht zu überstehen. Ich dagegen würde wahrscheinlich noch ein paar weitere Shots aus dem Büro brauchen, wenn ich Emmy den ganzen Abend ansehen musste.

Ich wollte gar nicht erst wissen, was Gus mit mir anstellen würde, wenn er wüsste, was ich über seine kleine Schwester dachte.

Mindestens verstümmeln. Wahrscheinlich würde er mich sogar umbringen.

Ich verließ mein Büro mit dem Geld in der Gesäßtasche und schloss die Tür ab. Als ich aufsah, bekam ich einen perfekten Blick auf Emmy, die mit keinem Geringeren als dem verdammten Kenny Wyatt flirtete.

Dieser schleimige kleine Bastard. Klar, Kenny war der Musterknabe der Stadt, aber Emmys ältere Brüder und ich hatten nicht vergessen, wie er Emmy in ihrem Abschlussjahr zum Homecoming wegen eines anderen Mädchens hatte sitzen lassen.

Zu sagen, Emmys ältester Bruder hätte ihr gegenüber einen ausgeprägten Beschützerinstinkt, wäre die Untertreibung des Jahrhunderts gewesen, und das Gleiche galt für Wes, ihren anderen Bruder, wenn auch auf eine etwas lockerere Art. Gus war derjenige, der jemanden verprügeln würde, der Emmy wehtat, und Wes war derjenige, der sich vergewisserte, dass es ihr gut ging.

Ich besaß keine große Familie, aber ich hatte die Ryders, deshalb war ich meist mitgeschleppt worden, wenn Emmys Ehre verteidigt werden musste, was öfter vorgekommen war, als man vielleicht denken würde.

Bis auf den heutigen Tag glaubte ich nicht, dass Kenny wusste, wie sein kostbarer Mustang mit vier platten Reifen am anderen Ende der Stadt gelandet war.

Und jetzt fasste dieses Stück Scheiße sie mit einer seiner Hände an, und Emmy lächelte ihn an, also tat ich, was Gus und Wes gewollt hätten: Ich sorgte dafür, dass er seine schmutzigen kleinen Pfoten von ihr nahm. Das war der einzige Grund, warum ich es tat. Für Gus und Wes. Nicht für mich.

Nicht, weil ich eifersüchtig war.

Ich war nicht eifersüchtig, verdammt noch mal.

Der Ausdruck auf ihrem Gesicht, als sie die Steel-Gitarre hörte, war unbezahlbar. Als Bonus ließ sie sofort den Arm des Schwachkopfs los. Gut. Aber seine Hand blieb auf ihrer Taille liegen, während sie sich in der Bar umschaute – wahrscheinlich suchte sie nach mir. Sie musste wissen, dass Gus bei dieser Rancherveranstaltung in Idaho war. Und ich war die einzige andere Person, die sie liebend gern mit dieser ganz speziellen Methode auf die Palme brachte.

Ich tat mein Bestes, um zu ignorieren, dass Kenny seine Hand weiter auf ihr ruhen ließ – als gehörte Emmy ihm –, sonst wäre ich hinübergegangen und hätte sie ihm gebrochen. Ich beobachtete, wie sie die Bar absuchte. Sie war hoch konzentriert und sichtlich zorniger als eine Hornisse. Da war etwas in ihren Augen. Dass es vorhin fehlte, war mir nicht aufgefallen, als ich sie angesehen hatte: Feuer. Ich ging auf sie zu, konnte gar nicht anders, bereit, mich verbrennen zu lassen.

Emmy

Brooks packte mich an den Oberarmen, um mich zu stützen, nachdem ich direkt gegen seine Brust gelaufen war. Es hatte sich angefühlt, als wäre ich gegen eine Mauer gekracht. Seine Brust war hart. Stemmte er Autos, oder was?

Seine Hände fühlten sich rau an meiner Haut an, und ich hasste diesen kleinen Kitzel, der mich bei seiner Berührung durchlief.

Es spielte keine Rolle, wie alt ich war – wenn es um Brooks ging, war ich wieder dreizehn und beobachtete ihn als Achtzehnjährigen, wie er mit freiem Oberkörper Heuballen machte. Er war damals hübsch anzusehen gewesen, und er war auch jetzt hübsch anzusehen. Obwohl sich meine jugendliche Schwärmerei für ihn verflüchtigt hatte, als ich schlau genug geworden war, um zu begreifen, wie nervig er war, hatte er einfach etwas an sich, das mir unter die Haut ging.

Ich befreite mich aus seinem Griff und war frustriert, dass er immer noch überhaupt irgendeine Wirkung auf mich hatte. Ich war groß, einen Meter fünfundsiebzig, aber ich musste trotzdem den Hals recken, um ihm einen mordlustigen Blick zuzuwerfen. Er hatte sich im Laufe der letzten Jahre kaum verändert.

Wenn überhaupt, war er noch attraktiver geworden, was mich noch mehr aufbrachte, als es ohnehin schon der Fall war.

Brooks war nicht nur groß; er war auch breit gebaut. Sein dunkelbraunes Haar, das immer relativ lang gewesen war, reichte ihm bis zur Mitte seines Halses, und für die leichten Wellen darin hätten viele Frauen gemordet, mich selbst eingeschlossen.

Genau wie für seine blöden Wimpern, die seine blöden Schokoladenaugen umrahmten. Sein Haar war lang genug, dass er es sich hinter die Ohren klemmen konnte, was bedeutete, dass ich seinen blöden markanten Kiefer mit seinem blöden Bartschatten sehen konnte.

Es gab sicher viele Mädchen, die sich wünschten, ihr Bruder hätte einen so gut aussehenden besten Freund wie Luke Brooks gehabt. Ich war eins davon gewesen. Zumindest bis er seinen blöden Mund aufmachte und mit seiner blöden tiefen Stimme sprach.

Ich hätte inzwischen wirklich etwas kreativer sein sollen mit meinen Beschreibungen und Beleidigungen für ihn, aber Luke Brooks hatte die Angewohnheit, mich so zu frustrieren, dass mir alle zusammenhängenden Gedanken regelrecht entglitten.

Das nervte.

Er nervte.

»Hey, Clementine«, sagte er gedehnt. Mein böser Blick trug nicht dazu bei, die Arroganz zu dämpfen, die ihm buchstäblich aus jeder Pore quoll. Sie war mit Händen zu greifen. So war er immer. Wenn sein Ego eine physische Erscheinung gewesen wäre, dann wäre es größer gewesen als der ganze Staat Wyoming. Plus Colorado und Utah wahrscheinlich.

»Verpiss dich, Brooks.«

Er stieß einen leisen Pfiff aus, der in einem Glucksen endete. Ich hasste es, wenn er das tat.

»Schön zu hören, dass deine Zunge noch so scharf ist wie eh und je, Sugar.« Wie er das Wort »Sugar« sagte, war fast erniedrigend.

»Nenn. Mich. Nicht. So.« Ich machte eine Pause nach jedem Wort und unterstrich meine Verärgerung über Brooks mit jeder Silbe.

»Dann lass Kenny Wyatt dich nicht überall begrapschen«, schoss Brooks zurück. »Dann bräuchte ich dich nicht zu retten.«

Meinte der Typ das ernst? Er betrieb psychologische Kriegsführung mit diesem blöden Lied, weil ein Junge aus der Highschool mir eine Hand auf die Taille gelegt hatte?

Eine Hand auf der Taille war wahrscheinlich noch die unschuldigste Geste in der gesamten Geschichte dieser Bar. Ernsthaft – ich wollte gar nicht wissen, wie viele Bewohner Meadowlarks in den Toilettenräumen des *Devil's Boot* gezeugt worden waren.

»Mich retten?«, fragte ich. Meine Stimme wurde lauter, aber zum Glück nicht lauter als die Musik … Noch nicht. »Komm mal wieder runter, Brooks.«

Die Band schaffte es bis zu der Zeile über weiche und feine Bläschen – Gott sei Dank. Der Song war fast vorbei. Fast alle in der Bar sangen mit, aber die meisten hatten mich schon nach dem ersten Refrain vergessen, daher hatte Brooks' blöder Witz nicht lange vorgehalten.

»Ja, Clementine. Dich retten. Deine Brüder würden ausrasten, wenn sie dich hier mit Wyatt flirten sehen würden.«

»Ich habe mit Kenny nicht geflirtet. Ich habe bloß Hallo gesagt. Und selbst wenn ich mit ihm geflirtet hätte, würde dich das nichts angehen. Du bist nicht mein Bewacher, Brooks. Und Gus und Wes sind es auch nicht. Ich kann selbst auf mich aufpassen.«

»Was *meine* Gäste in *meiner* Bar tun, geht mich durchaus etwas an.« Seiner Bar? Seit wann denn das? »Und deine Familie ist meine Familie, Emmy, also würde es mich selbst dann etwas angehen, wenn du nicht in meiner Bar wärst. Du bist mich schon immer etwas angegangen und wirst mich immer etwas angehen.« In seiner Stimme schwang so viel Autorität mit, dass er offensichtlich keine Einwände gelten lassen wollte.

Es war mir egal.

Er machte sicher nur Witze. Ihm gehörte das *Devil's Boot* gar nicht. Ich wusste nicht, wem es gehörte, aber auf keinen Fall konnte es Luke Brooks gehören. Er war unvernünftig und unverantwortlich. Ich war mir ziemlich sicher, dass das Einzige, was ihm jemals im Leben gehört hatte, ein schwarzer Chevy C/K Pick-up war, der kaum als Auto bezeichnet werden konnte, und ein Haufen Muscleshirts, die mal T-Shirts gewesen waren, bis er sie mit einer Schere verstümmelt hatte.

»Das hier ist nicht deine Bar«, konterte ich trotzig.

»Das ist meine Bar, Sugar. Und gerade brauchen meine Barkeeper Wechselgeld, also schieb deinen Hintern aus dem Weg.« Er wollte sich an mir vorbeidrängen, wandte sich dann aber noch einmal direkt an mich. »Und sag Kenny Wyatt, er soll seine Hände bei sich behalten, sonst schmeiße ich euch beide raus.«

Luke

4 Die Sonne fiel durch mein Fenster und weckte mich. Es war wahrscheinlich kurz nach sechs. Scheiße, das bedeutete, dass ich jetzt schon spät dran war. Aber wenn ich ehrlich war, hätte ich meinen morgendlichen Lauf ohnehin nicht geschafft. Ich brauchte ungefähr drei Sekunden mit offenen Augen, um die Shots zu bereuen, die ich mit Joe hinter der Theke getrunken hatte.

So was tat ich sonst nie.

Warum zum Teufel hatte ich das getan?

Ach ja, weil Emmy mit ihrem wirren Haar und ihrem verdammten Satinlakenrock meine Bar gestern Abend mit Kenny Wyatt verlassen hatte. Bilder, wie sie den Kopf zurückwarf und über seine Witze lachte, liefen vor meinem inneren Auge ab wie ein Highlight-Reel.

So verdammt witzig war Wyatt nicht.

Aber er hatte seine abscheulichen kleinen Finger von ihr gelassen, was vor allem Teddy zu verdanken war, die Emmy während des größten Teils des Abends immer wieder auf die Tanzfläche vor der Bühne gezerrt hatte. Als sie zusammen zur Tür gegangen waren, um die Bar zu verlassen, hatte Wyatt Emmy aber seinen mageren Arm um die Taille gelegt, und für meinen Geschmack war seine verdammte Hand ein bisschen zu tief über ihren Rücken gewandert. Ich hatte noch einen Shot gekippt, bevor sie es überhaupt ganz aus meiner Bar geschafft hatten.

Bei der Erinnerung daran knirschte ich mit den Zähnen.

Gott, mir tat der Kopf weh. Ich trank bei der Arbeit sonst nie mehr als einen einzigen Shot, und selbst das tat ich nicht sehr oft. Gestern Abend hatte ich zugelassen, dass Emmy mich verrückt machte, und ich hatte keine Ahnung, warum.

Es brauchte zehn weitere Minuten und eine Menge Ächzen, bis ich aus dem Bett und unter die kalte Dusche stieg, wo ich versuchte, jeden Gedanken an sie wegzuwaschen. Dort erinnerte ich mich auch daran, dass ich alle meine Gliedmaßen mochte und Gus keinen Grund geben wollte, eines von ihnen zu entfernen.

Nachdem ich in eine abgetragene Jeans geschlüpft war, ging mein Handy los. Ich schaute auf das Display. Wenn man vom Teufel sprach. Gus.

Bleib cool, Brooks. Du hast nichts getan. Du hast bloß seine Schwester mit Blicken rangenommen. Das ist in Ordnung.

Alles ist in Ordnung.

Ich griff nach dem Handy.

»Brooks am Apparat.« Quietschte meine Stimme da gerade? Ja, meine verdammte Stimme quietschte.

»Warum meldest du dich am Telefon so, als wäre es ein Vorstellungsgespräch für einen Job?« Was zur Hölle sollte ich darauf antworten? Entweder diese Begrüßung, oder ich hätte Gus aus Versehen gesagt, dass ich seine kleine Schwester extrem heiß fand.

»Ich bin Geschäftsinhaber. Da muss ich es professionell halten.« Ja, denn genau das war ich: ein Profi. Gus schwieg für eine Sekunde.

»Bist du betrunken?«, fragte er.

»Was? Nein. Es ist halb sieben am Morgen, und du weißt, dass ich heute unterrichte.«

»Ich wollte nur sichergehen«, antwortete er. »Kannst du Riley heute Morgen auf dem Weg zur Ranch bei ihrer Mutter abholen?«

»Ich dachte, Cam würde sie bringen, weil du nicht in der Stadt bist?« Camille war ein One-Night-Stand von vor fünf Jahren, aus dem Gus' Tochter Riley hervorgegangen war. Nach Rileys Geburt hatten Camille und Gus noch ein wenig herumgemacht, aber sie waren nie offiziell ein Paar gewesen.

Aber sie verstanden sich gut und teilten sich das Sorgerecht für Riley fifty-fifty. Gus mochte sogar Camilles neuen Verlobten – zumindest so sehr, wie Gus einen Stadtjungen überhaupt mögen konnte.

Riley war für Gus das Wichtigste auf der Welt. Als sie auf die Welt gekommen war, hatte sich alles für ihn verändert, und es hatte sich auch für mich verändert.

Ich war immer irgendwie eine Niete gewesen, aber um fair zu sein, stammte ich aus einer langen Reihe von Nieten. Ich war das Ergebnis einer Affäre, die meine Mom mit meinem Dad gehabt hatte. Aber mein Dad war nicht wie Gus. Er kam mit der Verantwortung nicht klar und war den Anforderungen nicht gewachsen, sodass ich mit meiner Mutter, ihrem neuen Mann und ihren Söhnen in einem Haushalt landete.

Dort war ich ganz eindeutig nicht sehr beliebt.

Meine Mom lebte noch, aber ich hatte sie seit Jahren weder gesehen noch gesprochen. Ihr Mann mochte es nicht, wenn sie mit mir Kontakt hatte. Nicht mit ihr zu sprechen, fühlte sich nicht gerade toll an, aber ich würde lieber gar nicht mit ihr sprechen, als mich mit meinem Stiefvater herumschlagen zu müssen. John war ein verdammtes Arschloch.

Sie lebte mit ihm am anderen Ende der Stadt, und meine Brüder lebten in der Nähe der beiden. Wenn ich hätte raten müssen, war sie vermutlich immer noch auf einer Diät aus Mentholzigaretten und Coca-Cola.

Die ersten sieben Jahre meines Lebens hatte ich damit verbracht, mich zu fragen, was an mir falsch war. Ich fragte mich das zwar immer noch gelegentlich, aber als ich Gus kennenlernte, veränderte sich alles.

Gus war nicht nur Emmy gegenüber sehr fürsorglich – er war es generell. So war er schon immer gewesen, selbst damals, als wir uns in der Grundschule kennengelernt hatten. Bevor ich meine volle Körpergröße erreicht hatte, war ich im Grunde ein wandelnder Telefonmast gewesen – größer als alle anderen in meinem Alter. Meine Mom hatte nicht das Geld, mir bei jedem Wachstumsschub neue Sachen zu kaufen, sodass ich meistens in Klamotten steckte, die mir kaum passten. Das und die Tatsache, dass ich der Junge aus dem Trailerpark war, hatte meine Mitschüler nicht gerade beeindruckt.

Kinder konnten brutal sein.

Aber als Gus eines Tages sah, wie ich von ein paar Fünftklässlern herumgeschubst wurde, schritt er ein und sagte ihnen sinngemäß, dass sie sich verpissen sollten – so gut, wie ein Viertklässler das eben konnte. Anschließend aßen wir zusammen Pausenbrote. Nun, er musste mir etwas von seinem Pausenbrot abgeben, weil ich keins hatte, und nach der Schule erzählte er Wes, dass ich ihr neuer Freund sei.

Das war's.

Als ich an die Ryder-Jungs geriet, behandelten sie mich, als wäre ich etwas wert. Bevor ich sie kennenlernte, wusste ich nicht mal, was ein Freund war. Ich hatte noch nie einen gehabt, aber an dem Tag damals fand ich gleich zwei.

Als ich also beobachtete, wie Gus die Verantwortung für seine kleine Tochter übernahm, wollte ich ebenfalls Verantwortung übernehmen.

Ich war zwar immer noch verkorkst, aber zumindest war ich ein verkorkster Typ mit einem Job, einem Sparkonto und ein paar Zielen für meine Bar.

»Cams Verlobter will heute irgendeinen großen Deal oder so was unter Dach und Fach bringen«, erklärte Gus. »Sie hat versucht, mir die Sache zu erklären, aber sie hätte genauso gut eine andere Sprache sprechen können. Was immer es ist, ich weiß nur, dass er sich anscheinend den ganzen Tag bei irgendwelchen Leuten im Country Club einschleimen muss.«

»Kapiert. Warum lässt du sie nicht von Emmy abholen?«

»Weil Emmy in Denver ist, du Blödmann«, antwortete er. »Bist du dir sicher, dass du nicht betrunken bist?«

»*Ich* bin nicht betrunken, aber Emmy könnte es sein, wenn man bedenkt, wie viele Tequila-Shots sie gestern Abend in meiner Bar gekippt hat.«

Am anderen Ende der Leitung herrschte Schweigen. Ich hatte das miese Gefühl, dass ich Emmy gerade ans Messer geliefert hatte. Warum hatte sie ihrer Familie nicht erzählt, dass sie nach Hause kommen würde?

Ich dachte weiter darüber nach. Warum war sie nach Hause gekommen, obwohl ihr Dad und ihr Bruder gar nicht in der Stadt waren? Nicht, dass Wes sich nicht gefreut hätte, sie zu sehen, aber er musste derzeit die Aufgaben von Amos und Gus auf der Ranch übernehmen. Es war nicht der ideale Zeitpunkt für sie, hier aufzutauchen, wenn ich so darüber nachdachte.

»Emmy ist in Meadowlark?« Gus' Ton war angespannt.

Scheiße. Ich hatte Emmy definitiv ans Messer geliefert.

»Ja, sie hat gestern Abend mit Kenny Wyatt meine Bar verlassen.« Noch mal Scheiße. Dieses kleine Detail hätte ich wahrscheinlich nicht erwähnen sollen. Hoffentlich hatte Gus die Verärgerung in meiner Stimme nicht gehört, als ich seine Schwester und ihr ehemaliges Homecoming-Date erwähnt hatte.

»Sie ist mit diesem Arschloch nach Hause gegangen? Und du hast sie nicht davon abgehalten?« Nein. Ich wünschte, ich hätte es getan, aber nicht aus dem Grund, an den er dachte.

»Du weißt schon, dass deine Schwester eine komplett erwachsene Frau ist, oder?«, konterte ich. Auch wenn ich mir wünschte, Emmy wäre nicht mit Wyatt losgezogen, brauchte Gus hin und wieder eine Gedächtnisstütze, dass sie selbst auf sich aufpassen konnte. »Außerdem war sie mit Teddy da. Ich bin mir sicher, dass ihre beste Freundin auf sie aufpassen kann.«

»Du weißt ganz genau, dass Teddy nur Ärger bedeutet«, sagte Gus. Jetzt wurde er noch erboster. Ich hätte Teddy wahrscheinlich nicht erwähnen sollen. Die beiden kamen überhaupt nicht gut aus. Aber ich war heute Morgen offenbar nicht zu stoppen. »Ich kann nicht glauben, dass Emmy uns nicht erzählt hat, dass sie nach Hause kommen würde.«

»Das hatte sie sicher noch vor«, antwortete ich und ärgerte mich darüber, dass ich das Bedürfnis hatte, Emmys Handeln zu rechtfertigen. Seit wann interessierte mich das? »Wahrscheinlich wollte sie deinen Dad und dich nur nicht stören, während ihr in Idaho seid.«

»Ich wette, Teddy hatte etwas damit zu tun.«

»Du kannst nicht alles auf Teddy schieben.«

»Das kann ich, habe ich und werde ich.«

»Was machst du, wenn Emmy irgendwann mal eine Entscheidung trifft, die dir nicht gefällt, und Teddy ist nirgends zu sehen?«

»Das wird nie passieren.« Gus war sachlich wie immer. »Wie dem auch sei, ist es in Ordnung für dich, Riley abzuholen? Da ich jetzt weiß, dass Emmy zu Hause ist, werde ich sie bitten, sie am Ende der Stunde abzuholen und zum Haupthaus zu bringen.«

»Geht klar.« Wenn Emmy Riley nach der Stunde abholen kam, würde ich ihr nicht aus dem Weg gehen können. Sie würde mich garantiert aufs Übelste beschimpfen, wenn sie herausfand, dass ich sie an Gus verpfiffen hatte.

»Danke, Mann.«

»Keine Ursache. Wir sprechen uns später.«

»Noch eine Sache«, sagte Gus. »Behalte Emmy im Auge, bis ich nach Hause komme, ja?«

Emmy

Was auch immer dieses dauernde Summen war, es musste aufhören. Sofort.

Mein Kopf hämmerte, und das Summen – lieber Gott, das Summen. Mach. Dass. Es. Aufhört.

Ich musste das laut ausgesprochen haben, denn Teddys Stimme kam aus ihrem angrenzenden Badezimmer: »Emmy, das Summen ist dein Handy, das seit zehn Minuten klingelt. Es ist nicht das Geräusch der Apokalypse.«

Oh. Hoppla. Ich tastete herum und suchte nach meinem Telefon. Als ich es mit dem Display nach unten neben Teddys Bett auf dem Boden fand, hatte das Summen aufgehört.

Ich drehte es um und stellte fest, dass ich sieben verpasste Anrufe von Gus hatte.

Mist.

War mit Dad alles okay? War Wes okay? Ging es Riley gut?

Ich wollte ihn gerade zurückrufen, da rief er schon wieder an, bevor ich die Gelegenheit dazu bekam. Ich nahm sofort ab.

»Hey, alles in Ordnung?«

»Das müsste ich wohl dich fragen, Clementine.« Uff, ich hasste es, wenn Gus bei mir seine Dad-Stimme benutzte, aber zumindest verrieten mir der Ärger und der Mangel an Dringlichkeit in seinem Ton, dass alle in unserer Familie gesund und munter waren.

Was die Frage aufwarf: Warum hatte Gus mich um halb acht an einem Samstagmorgen achtmal angerufen? »Es ist alles in Ordnung. Warum fragst du?«

»Wo bist du denn gerade?«, wollte Gus wissen. Verflucht. Er wusste es. Er musste es wissen. Das war der einzige Grund dafür, dass er mich das fragen würde. »Ich möchte dir geraten haben, nicht bei Kenny Wyatt zu sein«, fügte er hinzu.

Ich verkniff mir ein Lachen. Machte er Witze?

»Ich meine es ernst, Emmy.« Oh, ich wusste, dass er es ernst meinte. Das machte die Sache ja so verdammt komisch.

»Erstens geht es dich wirklich nichts an, in wessen Bett ich liege, und zweitens ist es echt gruselig, dass du das wissen willst.«

»Ich will das gar nicht wissen. Ich sage nur, ich hoffe, dass du nicht irgendwo in der Nähe dieses Arschlochs bist.«

»Entspann dich, großer Bruder. Ich liege in Teddys Bett.« Ich hörte Gus am anderen Ende der Leitung seufzen. Aber es war kein Seufzer der Erleichterung – es war ein irritierter Seufzer, wahrscheinlich wegen Teddy.

»Kenny war so nett, uns gestern Nacht vom *Devil's Boot* nach Hause zu fahren, da er noch nüchtern war«, erzählte ich ihm. »Was für ein Arschloch, hm?«

»Du weißt genauso gut wie ich, dass eine einzige gute Tat nicht alles entschuldigt.«

»Warum hasst du ihn so sehr?«

»Ich kann ihn einfach nicht leiden, okay?«

»Ist das immer noch wegen Homecoming? Denn darüber musst du wirklich langsam hinwegkommen«, sagte ich. »Das ist fast zehn Jahre her, und ich bin mir zu neunundneunzig Prozent sicher, dass Kennys Auto am Morgen danach wegen dir im Graben gelandet war, also hast du deine Rache bekommen, schätze ich.«

»Du bist meine kleine Schwester, Emmy. Wenn dich jemand verarscht, verarscht er mich«, antwortete Gus. Er nahm seine Beschützerrolle sehr ernst. »Du bist wie Mom. Ihr verzeiht sehr schnell, und dann nutzen die Leute das aus.«

O Gott. Es war noch zu früh am Morgen, und ich war zu verkatert, als dass Gus die Rede auf unsere verstorbene Mutter hätte bringen dürfen. »Und du kannst Leuten verzeihen, so viel du willst, aber mein Job ist es, Sachen nicht zu vergessen«, schlussfolgerte er.

»Du lieber Gott, August. Es ist noch nicht mal acht Uhr morgens. Komm mal wieder runter.«

»Warum bist du nach Hause gekommen, Emmy?«, fragte Gus. Er ließ nicht zu, dass sich das Gespräch zu lange vom Kern der Sache wegbewegte. Typisch.

»Ich brauchte einfach eine Pause«, sagte ich. Was im Prinzip der Wahrheit entsprach. »Ich hatte die Gelegenheit, eine zu nehmen, also habe ich das getan. Und ich dachte mir, ich verbringe diese Zeit zu Hause.«

»Wie lange bleibst du?« Meine Antwort schien Gus zufriedenzustellen. Zumindest vorläufig.

»Ist noch offen, aber es werden mindestens ein paar Wochen sein.« Minimum.

»Schön. Ich rufe Wes an und sage ihm, dass du hier bist.«

»Okay.« In weniger als vierundzwanzig Stunden war meine Tarnung aufgeflogen, dank Luke Brooks und seiner großen Klappe.

»Riley hat heute Morgen auf der Ranch ihre Gruppenreitstunde. Sie wird gegen zehn fertig sein und würde ihre Tante bestimmt schrecklich gern sehen. Kannst du sie also abholen und zum Haupthaus zurückbringen?«

»Ich tue alles für meine Kleine«, antwortete ich wahrheitsgemäß. Ich liebte meine Nichte. »Aber warum holt Cam sie nicht ab? Ist das nicht ihr Wochenende?«

»Doch, aber ihr kam was dazwischen. Hör mal, du brauchst sie nur nach dem Unterricht abzuholen. Wes kann auf sie aufpassen, oder Brooks kann sie mitnehmen, bis ihre Mom sie morgen wieder abholen kann.«

»Du lässt dein Kind tatsächlich allein in Brooks' Obhut?«, fragte ich. *Verblüffend.*

Als wir aufwuchsen, war Brooks immer dabei gewesen, wenn Gus auf mich aufpassen musste. Wenn die beiden mich nicht gerade total ignorierten, war ich ihre Quelle der Unterhaltung gewesen.

In einem Wäschekorb die Treppe hinunter in einen sehr dunklen und sehr gruseligen Keller gestürzt zu werden, machte allerdings keinen Spaß, egal, wie sehr der eigene Bruder und sein bester Freund einen vom Gegenteil zu überzeugen versuchten.

Oh, und ein Haufen Sofakissen reichte auch nicht aus, um so einen Sturz abzumildern.

Außerdem hatten sie mich einmal auf dem Dach zurückgelassen. Zwei Stunden lang.

»Er ist ein verdammt guter Onkel, Emmy. Wann

immer er kann, hilft er uns allen. Er wird auf sie aufpassen. Und auf dich auch, bis Dad und ich nach Hause kommen.«

Dazu verdrehte ich die Augen. Ich brauchte Luke Brooks nicht, damit er auf mich aufpasste.

Eines Tages würde mein Bruder mich wie eine Erwachsene behandeln. Hoffte ich.

Als ich Brooks' Namen hörte, musste ich an etwas denken, was er gestern Abend zu mir gesagt hatte. In meinem benebelten Rausch hatte ich das ganz vergessen.

»Da wir gerade von dem T-Shirt-Verstümmler reden, gehört ihm wirklich inzwischen das *Devil's Boot?*«

»Was hast du gegen seine Vorliebe für Muscleshirts?«, fragte Gus.

»Es liegt nicht an den Muscleshirts an sich, sondern an dem Mann in dem Muscleshirt, der sie so aggressiv zurichtet.« Ich wollte nicht Luke Brooks' Nippel sehen. »Beantworte die Frage.«

»Ja, die Bar gehört ihm«, bestätigte er.

»Seit wann?«

»Das musst du ihn schon selbst fragen. Es ist eine abgefahrene Geschichte. Ich muss Schluss machen, Emmy. Wir reden später weiter.« Dann würde ich wohl nie erfahren, wie das Aushängeschild für Coors-Bier an das allseits geliebte, versiffte Wahrzeichen von Meadowlark gekommen war.

Ich hatte nämlich nicht vor, Brooks viel zu sehen – wenn überhaupt –, während ich hier war.

»Tschüss, großer Bruder.«

»Tschüss, Gussy!«, rief Teddy aus ihrem Badezimmer.

Er reagierte nicht.

Als ich das Telefonat mit Gus beendete, fand ich zwei Textnachrichten vor: eine von Kenny, in der stand, wie schön es gewesen sei, mich gestern Abend zu sehen, und eine von meinem Dad.

Freut mich, dass du zu Hause bist, Schneckchen.
Hab dich lieb.

Emmy

5

Die Rebel Blue Ranch lag auf über dreitausend Hektar bestem Grund und Boden in Wyoming. Das machte sie zur größten Ranch in Meadowlark und den umliegenden Countys, außerdem war sie eine der größten Ranches im Bundesstaat.

Die Geschichte meiner Familie auf Rebel Blue reichte bis ins 19. Jahrhundert zurück, als meine Vorfahren in den Wilden Westen gezogen waren. Die Ranch war damals kleiner gewesen. Der größte Teil der ursprünglichen Bauwerke von Rebel Blue war immer noch erhalten, auf die eine oder andere Art.

Während ich meinen Truck durch das große Eisentor auf die unbefestigte Zufahrtsstraße lenkte, die zum Haupthaus führte, schnürte sich mir die Kehle zu.

Ich war zu Hause, und Rebel Blue war noch genau so, wie ich es zurückgelassen hatte.

Die Ranch war in erster Linie eine Rinderfarm, genau wie zu Beginn, aber wir züchteten auch Schafe und nahmen Pferde in Pension.

Wes träumte davon, einige der nicht mehr genutzten

Gebäude in eine kleine Gästeranch umzuwandeln, aber das war ein riesiges Projekt, und Gus war nicht gerade begeistert davon. Er hatte Wes nicht rundheraus abgewiesen, aber er zögerte.

Doch es konnte noch passieren. Gus tat eine Menge, aber noch war er nicht der Kapitän des Schiffes.

Wenn sich auf der Ranch etwas veränderte, stimmten wir in der Regel darüber ab, und das Ergebnis musste einstimmig sein. Wenn die Gästeranch je zur Abstimmung kam, würde ich für Wes stimmen. Ich war mir nicht sicher, wie mein Dad zu dem Thema stand, aber wenn man eins von ihm behaupten konnte, dann, dass er viel von großen Träumen hielt.

Im Mittelpunkt von Rebel Blue stand Amos Ryder.

Obwohl mein Dad inzwischen eher in Richtung siebzig ging, wurde Rebel Blue immer noch von ihm geführt, und so würde es wahrscheinlich auch bleiben, bis er dazu körperlich nicht mehr in der Lage war.

Wyoming war das Herz meines Dads, und Rebel Blue war sein Puls – die Ranch pumpte Leben durch seine Adern.

Wie sehr ich auch von Meadowlark hatte wegkommen wollen, ich konnte nicht leugnen, dass Rebel Blue auch mich mit Leben füllte. Es war schwer zu beschreiben, welche Gefühle es in mir weckte.

Wenn ich auf dem Gelände der Ranch stand und in den blauen Himmel hinaufschaute oder direkt zu den Bergen hinüber, fühlte ich mich klein und unbedeutend. Aber nicht im Negativen, sondern nur wie eine Erinnerung daran, dass meine Probleme im Großen und Ganzen nie so groß waren, wie sie schienen.

Nach etwa einer Meile auf der unbefestigten Straße kam das Haupthaus in Sicht.

Es war im Stil einer Blockhütte erbaut und verfügte über sechs Schlafzimmer: eins für jeden von uns, außerdem ein Gästezimmer und noch eins, das inoffiziell Brooks gehörte.

Als wir älter wurden, hatte Wes beschlossen zu bleiben, wahrscheinlich um sicherzugehen, dass jemand bei unserem Dad blieb, aber Gus war in eine der Blockhütten ein Stück weiter an der Straße gezogen.

Mein Truck rollte neben einem schwarzen Chevy K20 Pick-up aus, den ich nicht kannte. Vermutlich gehörte er der Person, die heute Morgen den Reitunterricht erteilte, da Wes seinen Truck immer hinter dem Haus parkte und die Rancharbeiter Stellplätze vor ihren Hütten hatten.

Ich langte über meinen Vordersitz, um mir mein Handy und eine Sonnenbrille zu schnappen. Während ich nach unten schaute, schlug jemand mit der Hand auf meine Motorhaube, was mich so erschreckte, dass ich hochfuhr und mir den Kopf am Dach meiner Kabine stieß. Gottverdammt noch mal. Als wären Katerkopfschmerzen noch nicht genug gewesen.

Als ich mir den Schädel rieb, sah ich meinen Bruder Wes durch die Windschutzscheibe. Er lächelte mich breit an, und obwohl er mir gerade körperlichen Schaden zugefügt hatte, konnte ich nicht anders, als sein Lächeln zu erwidern.

Wes war das menschliche Äquivalent eines Golden Retrievers. Im Gegensatz zu Gus und mir hatte er die Gesichtszüge unserer Mutter geerbt. Statt dunklem Haar hatte er sandfarbenes. Seine grünen Augen waren heller als unsere, und er hatte zwei riesige Grübchen, die er oft zeigte.

Zugegeben, Gus hatte auch Grübchen, aber er war nicht gerade für sein Lächeln bekannt.

Wes kam zur Fahrerseite meines Trucks, öffnete die Tür und zog mich in eine kräftige Umarmung.

»Hey, kleine Schwester«, sagte er. Seine Augen strahlten. Ich wünschte, alle würden sich immer so freuen, mich zu sehen.

»Hi, großer Bruder«, antwortete ich. »Was machst du so spät am Morgen noch am Haus? Solltest du nicht bei der Arbeit sein?«

»Haha. Gus hat mich heute Morgen angerufen und mir erzählt, dass du zum Ende von Rileys Stunde hier sein würdest, deshalb musste ich dich zu Hause willkommen heißen und dir zwei Dinge sagen.«

»Schieß los.«

»Dad hat angefangen, Yoga zu machen.«

Bei der Vorstellung, dass mein Vater den herabschauenden Hund machte, stieß ich ein schockiertes Schnauben aus. Ich konnte an einer Hand abzählen, wie häufig ich ihn in meinem Leben mal in etwas anderem als Jeans und Flanellhemd gesehen hatte.

»Ich weiß, ich weiß«, sagte Wes kopfschüttelnd. »Aber er kümmert sich jetzt wirklich um die Gesundheit seiner Gelenke. Und er isst auch Gemüse und solchen Mist.« Gerade als ich gedacht hatte, dass sich hier nie etwas ändern würde. »Wie dem auch sei, der Punkt ist, dass dein Zimmer sein jüngstes Yogastudio ist. Er verlegt es immer je nachdem, wo und wann die Sonne durchs Fenster kommt, und da es Sommer ist, bevorzugt die Sonne dein Zimmer.«

»Okay …«

»Du hast also die Wahl: Du kannst Gus' altes Zimmer nehmen oder die kleine Hütte, die frei ist.« Die kleine Hütte lag ungefähr fünfhundert Meter hinter dem Haupthaus und war von alten Espen umgeben. Außerdem stand sie direkt am Bach, der durch einen Teil der Ranch verlief. Sie lag auch näher an den kleineren Ställen, in denen die meisten Pferde meiner Familie untergebracht waren. Trotz der Nähe zu allem fühlte sich die Hütte zurückgezogen an.

Anders als die anderen Hütten hatte sie kein separates Schlafzimmer. Es war im Grunde ein Einzimmerapartment in einer Hütte.

Abgeschieden und gemütlich – das klang für mich perfekt.

»Die kleine Hütte, bitte«, sagte ich.

»Gute Wahl.« Wes lächelte. »Ich bin dorthin geritten, nachdem Gus heute Morgen angerufen hatte, und habe ein paar Fenster geöffnet. Es ist eine Weile her, seit jemand dort drin war. Außerdem sind Bettzeug und Handtücher für dich in der Wäsche.«

Während Gus ein leidenschaftlicher Beschützer war, sorgte Wes mit Hingabe für alles und jeden. Deshalb gefiel ihm wohl auch die Idee einer Gästeranch so sehr.

Für andere zu sorgen war das, was Weston Ryder glücklich machte, und er erwartete nie eine Gegenleistung. Er dachte nicht einmal darüber nach. Ich drückte ihn noch einmal.

»Ich helfe dir nach dem Abendessen, deine Sachen rüberzubringen, ja?«, bot er an.

»Prima«, antwortete ich. »Außerdem ist im Stall hoffentlich noch ein Platz für Maple frei, oder? Der

Transportdienst sollte morgen mit ihr hier sein.« Da ich so schnell aus Denver abgereist war, hatte ich keine Zeit gehabt, mir meinen kleinen Pferdeanhänger zu beschaffen, deshalb hatte ich Maple nicht aus ihrem Pensionsstall abgeholt – aber ich hatte auf dem Weg hierher dort angerufen, um ihren Transport zu organisieren.

»Natürlich, Emmy. Im Stall der Ryders gibt es rund dreißig Boxen. Du kannst sie neben Moonshine unterbringen. Sie werden sich sicher freuen, einander zu sehen.« Auch Moonshine war mein Pferd. Sie war mit ihren dreiundzwanzig Jahren schon älter und verbrachte ihren Lebensabend damit, Unmengen an Möhren und Äpfeln zu fressen.

»Klingt gut. Haben wir einen Geländewagen hier, mit dem ich Riley abholen kann?«

»Ja, es steht einer in der Garage. Der Schlüssel steckt«, fügte er hinzu. »Ich muss los. Die Rancharbeiter werden rebellieren, wenn sie denken, ich würde faulenzen, während die Chefs weg sind. Es müssen Zäune repariert und Kälber zusammengetrieben werden. Du weißt ja, wie das ist.« Das wusste ich tatsächlich. »Wir sehen uns später, Emmy.« Er küsste mich auf die Wange und machte Anstalten zu gehen.

»Wes?«, rief ich.

»Ja?«

»Du hast mich gar nicht gefragt, warum ich nach Hause gekommen bin.«

»Es ist egal, warum, Hauptsache, du bist hier.« Diese Worte gingen mir direkt ins Herz. Es hatten viele beschissene Dinge passieren müssen, um mich am Ende zurück nach Meadowlark zu zwingen, aber ich hatte mit meiner Rückkehr nach Hause die richtige Entscheidung getroffen.

»Willkommen daheim, Clementine«, fügte Wes hinzu. Er tippte sich an den Hut, drehte sich wieder um und ging in Richtung der Ställe davon.

Ich fuhr gemütlich den Pfad zu dem kleinen Reitplatz entlang, der im Sommer auf der Ranch für den Reitunterricht genutzt wurde. Mein Haar wehte hinter mir her, und vor mir waren nichts als Landschaft und blauer Himmel. Gott, das wurde nie langweilig.

Ich hatte sehr gern in Colorado gelebt. Überall, wo es Berge gab, war ich glücklich, aber Wyoming hatte doch etwas Besonderes.

Als ich in die Nähe des Reitplatzes kam, sah ich ein paar Gestalten am Zaun stehen, wahrscheinlich Eltern, die ihren Kindern zuschauten, und fünf unserer Shetlandponys mit kleinen Menschen auf dem Rücken.

Die Reitstunden waren eine neue und zugleich alte Sache auf Rebel Blue. Meine Mutter hatte früher Unterricht gegeben, aber nach ihrem Tod hatte das zunächst aufgehört.

Erst als Riley geboren worden war, hatte Gus beschlossen, den Reitunterricht wieder aufleben zu lassen, nicht nur für seine Tochter, sondern auch für andere Kinder in Meadowlark. Er berief sich dabei auf die Überzeugung meiner Mutter, dass Reiten Kindern Geduld, Einfühlungsvermögen und Disziplin beibrachte.

Ich war zu jung gewesen, um mich daran zu erinnern, wie meine Mom unterrichtet hatte, und als Gus die Reitstunden wieder einführte, hatte ich Meadowlark bereits verlassen, also erlebte ich sie heute zum ersten Mal selbst.

Den Geländewagen hielt ich gute zehn Meter vom Reitplatz entfernt an. Es spielte keine Rolle, wie ruhig und ausgeglichen die Ponys waren – man konnte nie vorsichtig genug sein, um sie nicht zu erschrecken, wenn Vierjährige auf ihren Rücken saßen.

Rileys lockiges schwarzes Haar war leicht zu entdecken. Dass Camilles Gene sich gegen die von Gus durchgesetzt hatten, war ein Wunder, und das Ergebnis war ein verdammt süßes Kind – schwarzes Haar, grüne Augen und zwei riesige Grübchen. Sie ritt auf ihrem Lieblingspony: einer Fuchsstute namens Cheerio. Als ich näher an das Gehege herankam, erkannte ich ein paar der Eltern und ging zu ihnen hinüber.

Eine der Mütter flüsterte einer anderen gerade zu, dass der Hintern von irgendjemandem »wie für diese Jeans gemacht« sei, und ich musste mir ein Lachen verkneifen.

Gus hatte mit dem Lehrer wohl einen richtigen Volltreffer gelandet. Es dauerte eine Sekunde, bis ich den Mann entdeckte, über den sie sprachen. Er stand mit dem Rücken zu mir, aber ich brauchte nur eine halbe Sekunde, um seine breiten Schultern, die braunen Haare, die unter seiner abgewetzten Baseballkappe hervorlugten, und ja, seinen Hintern zu erkennen.

Ich konnte nicht glauben, dass Luke Brooks Kindern Reitunterricht gab.

Und dass sie alle trotzdem noch atmeten.

Brooks hatte mich noch nicht gesehen, daher tat ich etwas, das ich mir sonst nie gestattete – ich beobachtete ihn. Er half gerade einem kleinen Mädchen dabei, die Zügel richtig zu fassen, und verwuschelte ihr das Haar, als sie es hinbekam. Bei dem Lächeln, mit dem die Kleine ihn anstrahlte, hätte man meinen können, sie hätte gerade eine Reise nach Disneyland gewonnen.

»Emmy, bist du das?« Die Mutter, die über Brooks' Hintern getuschelt hatte, riss mich aus meinem Beobachtungsmodus. Ich kannte sie. Ich erkannte ihr Gesicht, konnte mich aber beim besten Willen nicht auf ihren Namen besinnen. Ich glaubte, sie hatte einen Bruder in meinem Alter.

»Höchstpersönlich«, antwortete ich. Ich schenkte ihr ein Lächeln und versuchte, meine innere Teddy Andersen zu kanalisieren. Sie öffnete den Mund, um noch etwas hinzuzufügen, wurde aber von einem Kind unterbrochen, das »Tante Emmy!« brüllte.

Als ich mich wieder dem Reitplatz zuwandte, schauten Riley, Cheerio und jetzt auch Brooks in meine Richtung. Der Blick, den Riley mir zuwarf, hätte einen Eisberg zum Schmelzen bringen können. Gott, ich hatte dieses Kind vermisst.

Brooks lächelte mich ebenfalls an, aber … es war nicht sein normales freches Lächeln. So wie er mich betrachtete, hätte ich denken können, dass er sich tatsächlich darüber freute, mich zu sehen. Das war neu.

»Hey, Emmy«, rief er.

Ich machte eine Pistolengeste und tat so, als würde ich auf ihn schießen.

Ich wünschte, das wäre ein Scherz gewesen. Innerlich rief ich mich zur Ordnung, aber Brooks wirkte ungerührt, während Riley ihm eine Frage stellte. Er beugte sich hinunter, um ihr zu sagen, dass sie absteigen könne – vorsichtig, fügte er hinzu –, da es fast Zeit war, die Pferde abzusatteln. Mit einer Hand unter dem Sattelknauf und der anderen an den Zügeln zog Riley einen Fuß aus dem Steigbügel und schwang vorsichtig das Bein über Cheerios Kruppe, um auf den Boden zu springen.

Sie war ein Naturtalent.

Meine Nichte mit ihrem Pony zu sehen, machte mich trunken vor Stolz, aber es versetzte mir auch einen Schlag in die Magengrube wie mit einem imaginären Baseballschläger. Seit einem Monat war ich nicht mehr in der Lage gewesen, Maple zu reiten. Ich hatte sie aufgezäumt, gesattelt und auf den Reitplatz geführt, aber wenn es Zeit war aufzusitzen, war ich in Panik geraten.

Jedes Mal.

Ich hatte mich schon öfter beim Reiten verletzt, aber noch nie so wie letzten Monat in Denver. Es war nicht das erste Mal gewesen, dass ich wegen eines bockenden Pferdes im Dreck gelandet war, aber es war das erste Mal, dass ich beim Reiten völlig die Kontrolle verloren und sie nicht wiedererlangt hatte. Egal, wie sehr ich darum kämpfte.

Schon zu Beginn des Trainings hatte ich das Gefühl gehabt, dass etwas nicht stimmte. Das Pferd, mit dem ich arbeitete, war aufgebracht und unruhig gewesen, aber ich ließ es trotzdem antreten.

Ich hatte es eigentlich besser gewusst und es trotzdem getan.

Bei der Erinnerung daran schauderte ich und spürte, wie mein Herzschlag sich seinen Weg zu meinen Ohren bahnte, aber ich hielt meinen Blick auf Riley gerichtet und nutzte meine Nichte als Ablenkung von dem

Ansturm der Angst, der mich jedes Mal überfiel, wenn ich an diesen Tag dachte.

Nicht jetzt, Emmy. Das geht jetzt nicht.

Ich atmete tief durch, genau wie gestern Abend vor dem *Devil's Boot*, und die Morgenluft erinnerte mich daran, dass heute ein neuer Tag war.

Und dass ich zu Hause war.

Riley reichte ihre Zügel an Brooks weiter, der sie pflichtbewusst entgegennahm. Dann kam sie auf mich zugerannt – kletterte zwischen den Zaunlatten hindurch und warf sich in meine Arme, bevor ich einen weiteren Atemzug tun konnte. Ich stolperte einen Schritt rückwärts, schaffte es aber trotz meines Katers, nicht auf dem Hintern zu landen.

»Tante Emmy! Du bist hier!« Riley legte mir ihre kleinen Hände auf die Wangen.

»Ich bin hier, mein Sonnenschein«, sagte ich und betrachtete lächelnd meine Lieblingsvierjährige.

»Hast du mich reiten sehen?«, fragte sie. »Hast du mich und Cheerio gesehen?«

»Das habe ich – du bist vielleicht eine bessere Reiterin als dein Dad«, fügte ich scherzhaft hinzu. Rileys Lächeln wurde noch breiter.

»Er hat gesagt, ich soll versuchen, so wie du zu sein, weil du die beste Reiterin der Welt bist.« Der imaginäre Baseballschläger traf mich erneut in der Magengrube.

Ja, ich war eine großartige Reiterin. Eine großartige Reiterin, die leider nicht mal mehr auf ein Pferd steigen konnte. Irgendwo musste da doch ein Witz versteckt sein, vor allem, wenn man bedachte, dass mein Nachname wörtlich Ryder war.

Riley lehnte sich an mich und schnupperte tief.

»Tante Emmy«, sagte sie. »Du riechst nach Rauch.« Verkatert zu einer Reitstunde zu erscheinen und nach dem *Devil's Boot* zu stinken? O Gott, das klang wie etwas, das Brooks tun würde.

Mist.

»Riles!«, rief Brooks. »Zeit abzusatteln. Mach dich bitte von Emmy los.«

Ich drückte Riley noch fester an mich. Sie kicherte. »Tante Emmy will mich nicht loslassen, Brooks!«

»Ganz toll, wie du mich in die Pfanne haust, Kleines«, sagte ich und stellte sie auf den Boden. Sie zwängte sich wieder zwischen den Zaunlatten hindurch zu Cheerio. Brooks drückte ihr die Zügel in die Hand und sah mich an.

Das Lächeln, mit dem er mich begrüßt hatte, war erloschen. Jetzt wirkte er verärgert.

War er ernsthaft sauer, weil ich die letzten Minuten seiner Reitstunde gestört hatte – nach der Nummer, die er gestern Abend in der Bar abgezogen hatte?

Warum gab er überhaupt Reitstunden? Das hier war derselbe Typ, der von der Ladefläche des fahrenden Trucks meines Bruders aus auf Tontauben geschossen hatte.

Brooks schritt von der Mitte des Platzes zum Gatter, um es zu öffnen. Als er die Kinder durchließ und auf den Pfad zu unseren Ställen führte, sah er mich wieder an.

Ich hoffte, dass er nicht durch meine Sonnenbrille hindurch erkennen konnte, dass ich seinen Blick erwiderte.

Luke

Gottverdammt noch mal, Emmy Ryder sah bei Tag genauso gut aus wie im Neonlicht. Und das war verdammt gut, nebenbei bemerkt.

Als ich gehört hatte, wie der Geländewagen in der Nähe des Reitplatzes anhielt, wusste ich, dass sie es sein musste, und ich hasste es, wie sehr ich darauf gebrannt hatte, sie zu sehen.

Und da war sie. In ihrer ausgewaschenen Jeans und dem zerschlissenen, kurzen George-Strait-T-Shirt war sie für jeden Cowboy ein wandelnder feuchter Traum.

Ich musste mich anstrengen, um meinen Blick von ihr loszureißen, als sie sich neben die Gruppe der Mütter stellte, die aus irgendeinem Grund dachten, ich hätte sie während der letzten fünfundvierzig Minuten nicht über meinen Arsch tuscheln hören.

Es gab noch einen anderen Mann, der ab und zu auf der Ranch Reitunterricht gab, aber ich war mir ziemlich sicher, dass Gus ihn bewusst die Erwachsenen unterrichten ließ. Ich bekam die Kinder, weil Gus fand, ich wäre ein Magnet für scharfe Moms.

Aber mich interessierte keine der Frauen, die am Zaun herumhingen – bis jetzt. Emmy stand neben ihnen und wirkte fehl am Platz. Aus dem Augenwinkel beobachtete ich sie. Sie sagte höflich Hallo, aber ich wusste, dass sie nicht hier war, um Small Talk zu machen. Sie war hier, um Riley zu sehen.

Riley war besessen von Emmy. Sie redete pausenlos von ihrer Tante, selbst wenn Emmy nicht hier war. Normalerweise hätte ich bis nach dem Unterricht gewartet, bis die Pferde abgesattelt waren und wieder auf ihrer Koppel standen, um den kleinen Teufelsbraten zu seiner Tante gehen zu lassen.

Aber leider war ich Riley hoffnungslos verfallen, daher hatte ich nachgegeben, sobald sie darum bat, zu Emmy gehen zu dürfen. Das Wiedersehen der beiden zu beobachten, war schon etwas Besonderes. Ich war mir nicht sicher, woher das komische Gefühl in meiner Brust kam, als ich das breite Grinsen auf Emmys Gesicht sah, als sie Riley umarmte.

Egal, es war wahrscheinlich der Kater.

Wieder sah ich Emmy an. Alles, was ich gestern Abend in Bezug auf sie empfunden hatte, war noch da.

Ich fand sie immer noch wunderschön.

Und ich fragte mich immer noch, wie sie wohl in mein Bettlaken gehüllt aussehen würde.

Ich war immer noch sauer, dass sie mit Wyatt weggegangen war, und wünschte immer noch, sie wäre stattdessen mit mir gegangen.

Ich hoffte, dass sie das alles nicht auf meinem Gesicht lesen konnte.

Scheiße, ich bewegte mich auf gefährlichem Terrain.

Emmy Ryder hatte sich auf eine Weise unter meine Haut gegraben, mit der ich nicht gerechnet hatte.

Was zum Kuckuck sollte ich dagegen tun?

Luke

6

Nach meiner letzten Unterrichtsgruppe des Tages machte ich mich auf den Weg zurück zum Haupthaus. Heute war ein schöner Spätsommertag. Die Art von Tag, die der Ranch eine kleine Brise bescherte.

Die Rebel Blue Ranch war der beste Ort auf dieser grünen Erde, und ich wurde den Weg nie leid, der am Bach entlangführte, durch ein Wäldchen von Espen und hinauf auf die Anhöhe, auf der das Haupthaus stand. Es lag etwas höher als alles andere und behielt alles und jeden im Blick – genau wie Amos Ryder.

Normalerweise waren meine Wege von und zu meinem Truck meine liebsten Momente des Tages, aber nicht heute. Heute hatte ich das Einzige gesehen, das ich jemals in meinem Leben schöner gefunden hatte als Rebel Blue, und das war Emmy.

Was zum Teufel war los mit mir?

Emmy war schon immer hübsch gewesen, aber ich hatte in ihr nie mehr gesehen als die kleine Schwester meines besten Freundes. Die Frau, die gestern Abend in meine Bar gekommen war, ging aufrechter, als ich

Emmy je hatte gehen sehen. Sie war noch nie so selbstbewusst gewesen, schon gar nicht in Gegenwart eines Mannes. Ich mochte es gehasst haben, dass sie Wyatt diese Seite von sich gezeigt hatte, aber es gefiel mir trotzdem, sie so zu sehen.

Amos sagte immer, Emmy würde ihr Licht unter den Scheffel stellen, aber aus meiner Perspektive strahlte ihr Licht jetzt ungehindert.

Es war fast so, als wäre Meadowlark eine niedrige Decke gewesen, über die sie hatte hinauswachsen können, als sie es verlassen hatte.

Warum zur Hölle war sie wieder hier?

Diese Frage ging mir durch den Kopf, als der Pfad mich um eine Biegung zu der kleinen Hütte führte. Emmys Truck – ein hellblauer 1991er GMC Syclone – parkte davor. Ich erinnerte mich noch, wie sie ihn gekauft hatte. Ihr Dad hatte Gus und Wes ihre ersten Autos gekauft, aber nicht Emmy. Sie hatte ihn gebeten, das nicht zu tun. Wer zum Teufel lehnte ein geschenktes Auto ab?

Sie hatte auf der Ranch gearbeitet und im *Main Street Diner* gekellnert, um das Geld für den Wagen zusammenzusparen. Diesen hässlichen Truck hatte sie auf den ersten Blick geliebt. Ich fand es gut, dass sie ihn immer noch hatte, war aber überrascht, dass er noch lief. Die Tür der Hütte stand offen, und aus ihrem Inneren erklang die Musik von Cheap Trick. Emmy trat gerade nach draußen, als ich näher kam. Sie hatte ihre Jeans gegen ein Paar enge schwarze Sportshorts getauscht. Gott im Himmel. Ihre gebräunten Beine sahen aus, als wären sie eine Meile lang.

Sie wollte eine der Kisten von der Ladefläche des

Trucks heben. Das Ding sah schwer aus. Gus würde mich umbringen, wenn er wüsste, wie ich seine Schwester anschaute, aber er würde mich auch umbringen, wenn ich ihr keine Hilfe anbot.

So oder so würde ich am Ende tot sein, also konnte ich ebenso gut versuchen, diese ganze Sache mit Emmy aus dem Kopf zu kriegen.

»Emmy, lass mich das nehmen«, sagte ich und joggte zu ihrem Wagen.

Sie würdigte mich keines Blickes, als sie antwortete: »Ich brauche keine Hilfe von einem großen, starken Mann, um eine Kiste zu tragen.« Sie blies sich eine Haarsträhne aus dem Gesicht.

»Du findest mich groß und stark?«, fragte ich.

»Halt die Klappe, Brooks.« Ertappt. Jetzt, da ich fast bei ihrem Truck war, konnte ich sehen, dass er voll bepackt war. Das hätte sie sicher nicht alles mitgebracht, wenn sie nur ein oder zwei Wochen hierbleiben würde.

»Du …«, begann ich, unsicher, wie ich die Frage formulieren sollte, »ziehst wieder hierher zurück?«

Emmy hörte auf, mit der Kiste zu kämpfen, die ich ihr zu tragen angeboten hatte. Sie ließ sie auf dem Autositz stehen. Bei meiner Frage hatte sich irgendetwas in ihr verändert. Sie stieß einen Seufzer aus und schaute gen Himmel. Dann schloss sie die Augen.

»Ja«, bestätigte sie, die Augen immer noch geschlossen. »Das tue ich.«

»Was ist mit den Rodeos?«, hakte ich nach, zu gleichen Teilen neugierig und besorgt. Emmy erstarrte. Es war, als könnte ich dabei zugucken, wie überall um sie herum Mauern in die Höhe schossen.

»Was soll damit sein?«, gab sie trotzig zurück.

»Bist du damit durch?«, fragte ich. Das war die einzige Erklärung. Von Meadowlark aus konnte sie nicht so an Wettkämpfen teilnehmen, wie sie es während der vergangenen zehn Jahre getan hatte.

Emmy seufzte wieder. Es war die Art von Seufzer, die nur durch den Druck einer so großen Last entstehen konnte, dass man keine andere Wahl hatte, als auszuatmen.

Damit kannte ich mich aus.

»Ich weiß es nicht.« Sie hielt die Augen immer noch geschlossen und die Nase gen Himmel gereckt.

»Okay …« Ich wusste nicht, was ich darauf erwidern sollte. *Es geht dich nichts an, Luke.*

Zwischen uns herrschte ein paar Sekunden lang Schweigen. »Ich helfe dir beim Ausladen. Viele Hände, schnelles Ende.« Ich versuchte, mein Angebot sachlich klingen zu lassen und nicht so, als würde ich mehr Zeit mit ihr verbringen wollen oder so. Sie sah mich an, und nach ein paar Sekunden nickte sie. »Ich fange mit der schweren Kiste an«, erklärte ich und schnappte mir den Karton, mit dem diese ganze Sache angefangen hatte.

Heilige Scheiße. Das Ding war verdammt schwer. Ich dachte darüber nach, wie sie ihr Leben in Denver zusammengepackt hatte. War sie dabei allein gewesen? Oder hatte ihr jemand geholfen? Ein fester Freund vielleicht? Meine Finger krampften sich bei diesem Gedanken fester um den Karton.

Obwohl ich Emmy kannte, *kannte* ich Emmy nicht wirklich. Ich hatte keine Ahnung, wie ihr Leben jetzt aussah.

Aber ich wollte es wissen.

Emmy schnappte sich eine kleinere Kiste und ging damit zur Hütte voraus.

Innen hatte sich seit meinem letzten Besuch hier nichts verändert. Gus, Wes und ich hatten hier früher oft abgehangen, meistens mit Bier und einem Joint. Die Hütte war weit genug vom Haupthaus entfernt, dass Amos uns nicht erwischt hatte, aber nah genug, dass wir nicht über die ganze Ranch hatten stolpern müssen.

Ich war mir ziemlich sicher, dass Gus in dieser Hütte seine Jungfräulichkeit verloren hatte. Das sollte ich allerdings unbedingt für mich behalten.

Emmy bückte sich, um ihren Karton neben dem Bett auf den Boden zu stellen, und ich konnte nicht anders, als auf ihren herzförmigen Hintern in den winzigen Shorts zu starren.

Ich würde direkt in die Hölle kommen.

»Du kannst die Kiste einfach irgendwo abstellen«, sagte Emmy, ohne mitzubekommen, dass ich vor einer halben Sekunde noch ihren Hintern begutachtet hatte.

»Was zum Henker ist da drin?«, fragte ich und stellte den Karton neben der Tür auf den Boden. »Steine?«

Emmy verzog das Gesicht zu einem winzigen Lächeln, und ich fühlte mich, als hätte ich im Lotto gewonnen.

Gott, was passierte bloß mit mir?

»Nah dran«, antwortete sie. »Bücher. Hast du je eins gelesen?«

»Witzig.«

»Tut mir leid, ich weiß, dass es ein wunder Punkt für dich ist, nicht lesen zu können.« Ihr Lächeln wurde breiter. Wenn es sie so zum Grinsen brachte, mich zu veralbern, hatte ich keine andere Wahl, als sie das so oft tun zu lassen, wie sie wollte.

»Das öffentliche Schulsystem von Wyoming hat mir und unzähligen anderen gegenüber versagt«, gab ich zurück.

»Du kannst der Schule nicht die Schuld geben, wenn du nie hingegangen bist.«

»Ich bin hingegangen«, protestierte ich, obwohl ich das tatsächlich nicht wirklich getan hatte.

»Football spielen und auf dem Parkplatz Bier trinken zählt nicht.« Gott, dieses Lächeln. Nimm das, Kenny, dachte ich bei mir und erinnerte mich daran, wie Emmy ihn gestern Abend angelächelt hatte. Schau mal, wen sie jetzt anlächelt, Arschloch.

»Verdammt, du hast mich erwischt«, räumte ich ein. Sie hatte nicht unrecht. Trotzdem hatte ich meinen Abschluss gemacht.

»Übrigens, vielen Dank, dass du mich bei Gus verpetzt hast«, bemerkte sie. Ihr Tonfall war immer noch leicht, sodass ich davon ausging, dass sie nicht allzu sauer war, obwohl ich mich wegen der Sache schlecht fühlte.

Ich wusste, wie sie aussah, wenn sie sauer war, und so sah sie im Moment nicht aus. Sie sah gelassen aus. Als fühlte sie sich wohl.

Es gefiel mir, dass sie so aussah, während sie mit mir hier stand.

»Das Detail über Kenny hättest du allerdings weglassen können«, fuhr sie fort. »Dass ich nach Hause gekommen bin, ohne Gus davon in Kenntnis zu setzen, hat wahrscheinlich schon gereicht, um seine berüchtigte Stirnvene zum Vorschein zu bringen.«

Scheiß auf Kenny.

»Hast du …«, wieder wusste ich nicht, wie ich

meine Frage richtig formulieren sollte – Emmy verschlug mir die Sprache, »… hast du dich gestern Nacht noch gut amüsiert, nachdem du die Bar verlassen hast?« Geschmeidig.

Emmy lachte. »Ich kann nicht glauben, dass Gus versucht, mich auszuhorchen, indem er dich dafür einspannt.« Genau, es war Gus, der das wissen wollte. »Kenny hat Teddy und mich zu ihr nach Hause gefahren, denn ich bin mir nicht sicher, ob es dir aufgefallen ist, aber wir waren sturzbetrunken.«

Also nur eine Fahrt zu Teddy nach Hause? Sie war nicht mit zu Kenny gegangen? Es war nichts passiert?

Erleichterung durchströmte mich. Ich redete mir ein, dass ich nur nicht wollte, dass die kleine Schwester meines besten Freundes noch einmal verletzt wurde, was auch stimmte. Aber das war nicht die ganze Wahrheit.

»Deine sehr laute und sehr leidenschaftliche Interpretation von *Islands in the Stream* hat dich vielleicht verraten«, erwiderte ich. Mir fiel wieder ein, wie Teddy den Leadsänger der Hausband aus dem Weg geschoben und Emmy auf die Bühne gezerrt hatte.

Es war jedoch alles ein wenig verschwommen, dank der Shots, die ich hinter der Theke gekippt hatte.

»O Gott.« Emmy fuhr sich mit einer Hand übers Gesicht. »Das hatte ich bis jetzt total verdrängt.«

»Ihr wart ganz gut, ehrlich. Nehmt ein paar Gesangsstunden, dann gebe ich dir und Teddy die Bühne«, witzelte ich.

Emmy ging zu ihrem Wagen zurück, um weitere Sachen zu holen, also folgte ich ihr.

»Dann ist es also wirklich wahr?«, rief sie über ihre Schulter.

»Was ist wahr?«, fragte ich.

»Dass dir das *Devil's Boot* gehört.«

»Das stimmt, ja.«

»Wie ist denn das passiert?«

Es war unmöglich zu erklären, wie das *Devil's Boot* mir in den Schoß gefallen war, ohne die Rede auf Jimmy zu bringen. Ich schwieg kurz und wappnete mich für den vertrauten Schmerz in meiner Brust, der sich jedes Mal einstellte, wenn er erwähnt wurde.

»Erinnerst du dich an den betrunkenen Jimmy?«

»An deinen Dad? Ja, ich erinnere mich an Jimmy.« Emmy wirkte verwirrt, und ich konnte ihr keinen Vorwurf daraus machen.

»Es hat sich herausgestellt, dass die Bar schon immer ihm gehört hat. Als er starb, hat er sie mir vererbt.« Ich redete nicht gern über meinen Dad. Es war nicht so, dass ich ihn für einen schlechten Menschen hielt, aber ich wusste, dass er ein schlechter Vater gewesen war. Meine Gefühle für Jimmy waren jedoch keine offene Wunde mehr. Sie war mit Narbengewebe bedeckt. Das hieß aber nicht, dass unter der Oberfläche nicht noch Schmerz lauerte.

Wie viele Jahre auch vergangen waren, ich konnte die Tatsache nie ganz verwinden, dass mein Dad mich nicht gewollt hatte.

Er hatte mein Leben lang in derselben Stadt gelebt wie ich, und ich hatte ihn vielleicht einmal im Jahr gesehen, bis ich alt genug gewesen war, um mir einen gefälschten Ausweis zu besorgen und ins *Devil's Boot* zu gehen. Bei diesen Gelegenheiten hatte ich ihn immer nur an seinem gewohnten Platz an der Theke sitzen sehen. Manchmal hatte er mit mir geredet, manchmal nicht.

Ich wusste nicht einmal, warum er mir die Bar und alles, was dazugehörte, hinterlassen hatte.

»Ich hätte ehrlich gesagt nicht gedacht, dass das *Devil's Boot* überhaupt jemandem gehört«, bemerkte Emmy und wandte sich ab, um sich einen weiteren Karton zu nehmen. Ich stand direkt hinter ihr. »Ich meine, ich wusste schon, dass es irgendwann mal jemandem gehört haben muss, aber ich dachte, es existiert schon so lange, dass es einfach über irgendeinen Besitzer hinausgewachsen ist.«

»Ehrlich gesagt, in der Buchhaltung sah es wirklich so aus, als hätte es keinen Besitzer gegeben, als ich es übernommen habe. Es war eine Katastrophe.« Jimmy hatte die Bar in den Ruin getrieben. Ich gab es nur ungern zu, aber als ich gesehen hatte, wie viel Schaden er im Laufe der Jahre angerichtet hatte, fand ich es irgendwie tröstlich zu wissen, dass ich nicht das Einzige war, um das sich mein Vater nicht gekümmert hatte. Trotzdem glaubte ich, dass ihm die Bar mehr am Herzen gelegen hatte als ich.

Emmy und ich stellten unsere Kisten in der Hütte auf den Boden. Langsam füllte die sich mit ihren Sachen.

»Ich glaube nicht, dass ich das je zu dir gesagt habe«, begann Emmy. »Aber es tut mir leid, dass dein Dad gestorben ist. Um jemanden zu trauern, den man nie wirklich kannte, ist schwer und verwirrend.« Wieder spürte ich dieses komische Gefühl in meiner Brust. Ich wusste, dass Emmys Worte aufrichtig gemeint waren. Ihre Mom war gestorben, als sie noch kein Jahr alt gewesen war. Bei einem Reitunfall.

»Das weiß ich zu schätzen, Emmy.« Und das tat ich

wirklich. »Jimmy hat mir die einzigen Dinge hinterlassen, die ihm je etwas bedeutet haben, und ich schätze, das ist auch was wert.« So sprach ich sonst nie über meinen Vater. Ich wusste nicht, warum ich es jetzt tat.

Vielleicht wollte ich nur, dass Emmy mich kannte. Und ich wollte sie auch besser kennenlernen.

Wir gingen zwischen Emmys Truck und der Hütte hin und her, bis Cheap Trick von Bruce Springsteen abgelöst wurden und wir sämtliche Kisten in die Hütte geschafft hatten. Nach unserem Gespräch arbeiteten wir überwiegend in angenehmem Schweigen, außer wenn Emmy mir sagte, wo ich etwas hinstellen sollte, oder wenn sie geistesabwesend die Lieder mitsang, die gerade gespielt wurden.

»Ich glaube, das war's«, sagte sie, als ich den letzten Karton hereinbrachte, der weitere Bücher enthalten musste, da er verdammt schwer war. Was las diese Frau bloß? Ich stellte den Karton neben die anderen.

»Danke, dass du mir geholfen hast.«

»Jederzeit«, antwortete ich. Und ich meinte es so. Seit gestern hätte ich alles für Emmy Ryder getan, überall und wann immer. »Brauchst du sonst noch irgendetwas, bevor ich fahre?«

Ich hätte genauso gut auf die Knie fallen und sie anflehen können, mich noch ein bisschen länger bleiben zu lassen. Lieber Gott, was war nur los mit mir?

Sie versuchte, zwischen den Stapeln von Kisten herauszukommen, zwischen denen sie feststeckte. Bevor sie mir antworten konnte, blieb sie mit dem Fuß an der Ecke eines Kartons hängen und fiel der Länge nach hin. Instinktiv streckte ich die Hände nach ihr aus, erreichte sie aber nicht, bevor sie auf dem Boden aufschlug.

Gottverdammte Kartons.

»Emmy!« So schnell ich konnte, lief ich um die Kisten herum, die mir im Weg standen, und hockte mich neben Emmy auf den Boden. Sie blutete am Arm. *Scheiße.* »Emmy, bist du okay?«

Die Panik in meiner Stimme überraschte mich.

»Ja, es geht mir gut. Ich habe den Arm ausgestreckt, um den Sturz zu verhindern, und dann ist er in einem Karton gelandet. Es ist alles in Ordnung.«

»Lass mich bitte einen Blick darauf werfen.«

»Es ist nichts«, brummte sie. *Dickköpfige Frau.* Ihr Kopf war schon immer sturer gewesen als der eines Pferdes.

»Emmy, du blutest gerade überall auf deine Kiste mit Schuhen.« Sie schaute auf ihren Arm hinunter. Anscheinend wusste sie gar nicht, dass sie blutete. Sie wirkte benommen.

»Mist«, hauchte sie.

»Komm her.« Ich legte ihr eine Hand an die Taille und eine unter den Ellbogen an dem Arm, der nicht blutete, um ihr beim Aufstehen zu helfen. »Unter der Spüle ist ein Erste-Hilfe-Kasten. Gus und ich haben ihn erst vor ein paar Monaten neu bestückt.«

»Gott, ich hasse Blut«, murmelte Emmy.

»Dann schau nicht hin, Clementine.«

»Wow, das ist wirklich ein guter Rat, Luke. Du hättest Arzt werden sollen. Danke.« *Luke.* Sie hatte mich Luke genannt. Sie blutete vor meinen Augen und benahm sich wie eine Klugscheißerin, als sie meinen Namen sagte, aber mir gefiel, wie er auf ihren Lippen klang.

»Ich meine das ernst, schau nicht hin«, wiederholte ich. »Komm, setz dich.« Vor dem hinteren Fenster standen ein kleiner Küchentisch und zwei Stühle. Ich führte sie dorthin, drückte sie auf einen Stuhl und schnappte mir den Erste-Hilfe-Kasten, bevor ich mich vor sie hinkniete.

»Ich komme mit Blut nicht klar, Brooks, echt nicht«, sagte Emmy. Ihre Stimme klang jetzt matt. Ich schaute zu ihr auf. Ihr Blick war auf das Blut gerichtet, das ihr aus dem Arm lief.

»Hey«, sagte ich und versuchte, meine Stimme sanft zu halten. »Emmy, sieh mich an.« Sie starrte weiter auf die Schnittwunde, einen abwesenden Ausdruck auf dem Gesicht. Sie sah aus, als würde sie gleich ohnmächtig werden. Ich konnte mich nicht erinnern, dass Emmy eine solche Angst vor Blut gehabt hatte. Schnittwunden und Blut waren auf einer Ranch nichts Ungewöhnliches. Außerdem war ich bei den Ryders häufig nach einer Rauferei in einem weitaus schlimmeren Zustand aufgeschlagen, und ich hatte das Gefühl, dass ich mich daran erinnern würde, wenn Emmy als Kind so heftig auf Blut reagiert hätte.

Mit beiden Händen umfasste ich ihr Gesicht und neigte es nach oben. Damit zwang ich sie, den Blick von ihrem Arm abzuwenden. »Sieh mich an«, befahl ich.

Emmy schaute mit ihren grünen Augen in meine. Sie konnte auf mich hören – wer hätte das gedacht?

»Konzentrier dich weiter auf mich, okay? Ich kümmere mich um dich, Emmy.« Sie antwortete nicht, nickte aber schwach. Ich hielt ihr Gesicht länger fest, als ich das hätte tun sollen, und sog in mich auf, wie es sich anfühlte, ihr so nah zu sein.

Himmel noch mal. Du bist erbärmlich, dachte ich bei mir. Sie blutet buchstäblich, du Vollidiot.

Ich nahm die Hände von ihrem Gesicht und widmete mich ihrem Arm. Dabei legte ich mir ihre Hand auf den Oberarm, damit ich sehen konnte, was ich tat. Nachdem ich die Wunde gesäubert hatte, stellte ich zu meiner Freude fest, dass sie nicht allzu tief war. Es war nur einer dieser Schnitte an der »richtigen« Stelle, die wie verrückt bluteten, bis man die Sache unter Kontrolle gebracht hatte.

Ich nahm das Wunddesinfektionsmittel aus dem Erste-Hilfe-Kasten. »Das könnte etwas brennen«, warnte ich sie, bevor ich mit dem mit Alkohol getränkten Baumwolltupfer über ihren Unterarm strich. Sie schnappte nach Luft und krallte die Finger in meinen Bizeps. Richtig fest.

»Scheiße. Das hat wehgetan«, murmelte sie.

»Fast fertig«, sagte ich. Ich trocknete ihre Haut mit einem Gazetupfer ab und klebte das größte Pflaster auf die Schnittwunde. »So«, sagte ich.

Ich legte meine Arme links und rechts neben ihre Beine, obwohl ich es eigentlich besser wusste, und schaute zu ihr auf. Sie sah nicht mehr so aus, als würde sie gleich ohnmächtig werden – Gefahr gebannt.

Emmys Blick ruhte auf mir, und ich fuhr unwillkürlich mit meinen Händen über die nackte Haut an ihren Oberschenkeln, direkt unter dem Saum ihrer engen Shorts. Ich beobachtete, wie sie schluckte. Die Bewegung an ihrer Kehle bewirkte, dass ich sie am liebsten am Hals gepackt und ihre Lippen auf meine gezogen hätte.

Wann hatte ich mich das letzte Mal so sehr zu jemandem hingezogen gefühlt? Ich war mir nicht sicher, ob mir das je so gegangen war.

»Danke«, sagte sie. Klang sie atemlos? Oder bildete ich mir das nur ein?

Ich schob meine Hände ein wenig höher, zog sie dann aber wieder dorthin zurück, wo sie vorher gewesen waren, und rieb ihre Beine. Ich redete mir ein, dass ich sie damit nach ihrer Verletzung nur trösten wollte. Ihr stockte der Atem, aber sie bremste mich nicht.

Ihr Blick flog zu meinem Mund und dann wieder nach oben.

Verflucht. Ich wollte sie küssen.

Und so wie sie mich ansah, glaubte ich, dass sie mich auch küssen wollte. Ich wusste, wie es aussah, wenn eine Frau das wollte, aber verdammt, das hier war nicht irgendeine Frau.

Das hier war Emmy.

Keiner von uns sagte etwas – wir blieben einfach, wo wir waren.

Ich betrachtete ihren Mund. Ein Kuss würde doch nicht schaden, oder? Wir waren schließlich beide erwachsen.

Ich würde es tun. Ich würde die kleine Schwester meines besten Freundes kü…

»Emmy!« Wes' Stimme riss Emmy und mich aus der Trance. »Ich habe hier dein Bettzeug.« Schnell sprang ich auf, und Emmy folgte mir unverzüglich, gerade als Wes durch die Tür trat. »Oh, hey, Brooks«, sagte er. »Ich hatte mich schon gefragt, warum dein Truck immer noch vor dem Haupthaus steht.«

»Hallo, Mann.« Ich bemühte mich um einen möglichst normalen Tonfall, um nicht die Tatsache zu verraten, dass ich drauf und dran gewesen war, seiner kleinen Schwester einen Kuss aufzudrücken.

»Er hat mir nur bei ein paar Kisten geholfen«, beteuerte Emmy schnell. Sie klang wie ein Kind, das gerade beim Klauen eines Kekses erwischt worden war.

Wes zog eine Braue hoch und sah erst sie und dann mich an. »Das war sehr nett von ihm«, bemerkte er schließlich.

Das hier war schräg.

Emmy und ich benahmen uns schräg.

Wir mussten aufhören, uns so schräg zu benehmen.

Nichts war passiert.

Aber es wäre passiert.

»Ja«, sagte ich. »Ich habe ihren Wagen gesehen, als ich vom Stall zurückgekommen bin. Da dachte ich, ich fasse mal kurz mit an.«

Wes betrachtete mich noch eine Sekunde länger, bevor er sich an Emmy wandte. »Das Essen ist in dreißig Minuten fertig. Riley wollte Grillhähnchen. Brooks, bleibst du heute Abend hier?«

»Danke, aber ich muss in die Bar. Die fragen sich da wahrscheinlich schon, wo ich abgeblieben bin.« Das stimmte. Die Sonne ging langsam unter, sodass die ersten Gäste jeden Moment im *Devil's Boot* eintrudeln würden, aber Joe hatte alles im Griff.

»Bist du dir sicher?« Es war Emmy, die fragte. Wollte sie … Wollte sie, dass ich zum Abendessen blieb? Es gab wohl für alles ein erstes Mal.

»Ja«, sagte ich. »Willkommen daheim, Emmy. Wes, ich bin morgen zum Spiel wieder da.« Sonntags spielte ich immer Football mit den Ryders.

Als ich mich auf den Weg zur Tür machte, winkten mir die beiden zu. Ich winkte zurück und hoffte, dass ich nicht so verlegen aussah, wie ich mich fühlte.

Draußen rannte ich praktisch zu meinem Truck. Ich konnte nicht fassen, dass ich sie um ein Haar geküsst hätte. Wenn Wes nicht hereingekommen wäre, hätte ich es getan.

Und wenn er nicht gerufen hätte, sodass wir wussten, dass er kam, hätte er mich dabei erwischt, wie ich seine Schwester küsste, und ich wäre jetzt tot. Ich bettete die Stirn auf mein Lenkrad.

So etwas durfte nicht noch mal passieren.

Emmy

7

Es war fast eine Woche her, seit ich in die kleine Hütte eingezogen und das mit Brooks passiert war – was auch immer das gewesen sein mochte.

Ich versuchte, nicht daran zu denken, aber jedes Mal, wenn ich meine Gedanken schweifen ließ, kam mir wieder in den Sinn, wie sich sein Arm unter meiner Hand und seine Hände an meinen Schenkeln angefühlt hatten und wie er mich angesehen hatte, als hätte er mich verschlingen wollen.

Brooks war schon immer ein Frauenschwarm gewesen. Und als er mir an meinem ersten Abend in der Hütte seine ganze Aufmerksamkeit schenkte, hatte es keine Minute gedauert, bis ich den Grund dafür verstand.

Er war berauschend.

Ich konnte kaum glauben, dass ich so kurz davor gewesen war, mich von Luke Brooks küssen zu lassen – dem Mann, der wahrscheinlich mit der Hälfte der Frauen in Meadowlark geschlafen hatte, die vom Alter her auch nur halbwegs dafür infrage kamen. Gott sei

Dank war Wes genau im richtigen Moment aufgetaucht, sonst hätte ich es wahrscheinlich getan.

Igitt.

Seitdem hatte ich seinen Truck ein paarmal auf der Ranch gesehen, ihn selbst aber nicht. Meistens blieb ich in meiner Hütte, wo ich gerade erst halb mit dem Auspacken meiner Kleidung fertig war. Wes hatte kein Problem damit, dass ich mich dorthin zurückzog, solange ich zum Haupthaus kam und mit ihm zu Abend aß, aber Gus würde das anders sehen, wenn er zurückkam.

Ich hätte erleichtert darüber sein sollen, dass Brooks und ich uns nicht über den Weg liefen. Schließlich mochte ich ihn nicht mal.

Warum also war ich enttäuscht?

Komm wieder zu dir, Emmy. Weißt du noch, wie du letztes Wochenende via Klebezettel mit deinem Freund Schluss gemacht hast? Du musst erst mal niemanden küssen.

Schon gar nicht Luke Brooks.

Der Gedanke an meinen Ex überrumpelte mich. Stockton und ich waren nicht lange zusammen gewesen – nur ein paar Monate. Er lebte im selben Apartmenthaus wie ich. Anfangs hatte ich ihn gemocht, weil er anders war als alle anderen Männer, die sich je für mich interessiert hatten. Er stammte aus einer Großstadt, arbeitete im Tech-Bereich und war kein Cowboy.

Er hatte sogar noch nie auf einem Pferd gesessen.

Er war nett, aber im Laufe der letzten eineinhalb Monate oder so hatte er angefangen, Dinge zu tun, die mir nicht gefielen. Er überwachte mich ständig und wurde immer ausgesprochen reizbar, wenn Teddy anrief, sodass ich am Ende nicht mehr ans Telefon ging. Vor einigen Wochen waren wir in einem Restaurant gewesen, und er hatte mir mein Essen aussuchen wollen.

Und nicht nur das, er hatte mir ein Steak bestellen wollen.

Dabei aß ich gar kein rotes Fleisch.

Das hatte ich ihm auch bereits gesagt, aber er meinte nur: »Probier es einfach.«

Ich brauchte es nicht »zu probieren«. Ich war buchstäblich auf einer Rinderfarm aufgewachsen. Aber wir waren noch nicht an dem Punkt in unserer Beziehung angelangt, an dem ich das Gefühl hatte, mit ihm über meine sensorischen Probleme reden zu können – vor allem, wenn seine Antwort lautete: »Probier es einfach.« Ehrlich, ich hätte so oder so irgendwann mit ihm Schluss gemacht.

Meine Verletzung und die darauffolgende Abwärtsspirale hatten den Prozess nur beschleunigt.

Es klopfte an der Tür zu meiner Hütte. Bevor ich öffnen konnte, fegte Teddy herein wie ein Tornado.

»Hallo, Schätzchen!« Sie hatte ein paar Einkaufstüten dabei. »Ich bringe Geschenke!«

»Aber warum denn?«, fragte ich. Ich wollte nicht verärgert klingen, aber so kam es heraus.

»Weil du meine Nachrichten nicht beantwortet hast und ich mich deshalb davon überzeugen muss, dass du nicht wieder in eine *Sweet-Home-Alabama*-Situation abgerutscht bist.« Ich verdrehte bei diesen Worten die Augen. »Und nur für den Fall, dass du das doch getan hast: Geschenke.« Sie hielt die Tüten hoch, die sie mitgebracht hatte.

Teddy liebte Geschenke – sie zu kaufen oder zu bekommen, das spielte keine Rolle.

»Ich hab dich lieb, weißt du das?«, fragte ich.

»Natürlich. Und ich hab dich auch lieb, weshalb ich nichts dazu sagen werde, wie patzig du vor ein paar Sekunden noch warst.«

»Es tut mir leid«, sagte ich. Das meinte ich ehrlich.

»Erledigt. Willst du dir deine Geschenke ansehen?«

»Das kannst du dir doch denken.«

Teddy stieß einen aufgeregten kleinen Schrei aus und klatschte in die Hände. Sie ging auf den Schauplatz des Brooks-Zwischenfalls zu, ansonsten bekannt als der Küchentisch, und ich folgte ihr.

»Eins nach dem anderen.« Teddy griff in die größte Tasche von allen. »Neues Bettzeug! Wahrscheinlich bist du patzig, weil du nicht gut schläfst. Ich weiß, Wes hat dir bestimmt die übliche Ranch-Bettwäsche gebracht.« Sie hatte recht. »Das Zeug kratzt, und wir wissen, wie du zu kratzigen Stoffen auf deiner Haut stehst.«

Das Bettzeug, das Teddy mitgebracht hatte, war cremefarben und sehr, sehr weich. Manchmal vergaß ich, wie gut Teddy mich kannte, und der Kloß in meiner Kehle war eine nützliche Erinnerung daran.

»Es ist himmlisch, Ted. Vielen Dank.«

»Wir fangen gerade erst an«, erwiderte sie. »Außerdem habe ich eine kleine Kaffeekanne, deinen klassischen Folgers-Kaffee, einen Haufen Dill-Pickle-Kartoffelchips und diese neuen Leggings mitgebracht, die du bestimmt lieben wirst. Sie fühlen sich buchstäblich an, als würde man nackt herumlaufen.«

Teddy und ich hatten seit dem College nicht mehr am selben Ort gelebt. Obwohl ich nie vergessen konnte, wie es sich anfühlte, von Teddy geliebt zu werden, hatte ich wohl vergessen, wie es war, in ihrer Nähe zu sein.

»Das hättest du nicht alles tun müssen.«

»Ach, Quatsch.« Teddy war ein Ass darin, Komplimente zu machen und Lob auszusprechen, aber nicht darin, sie anzunehmen. »Ich bin froh, dass du hier bist, auch wenn du meine Nachrichten nicht beantwortest, und ich will nur, dass du weißt, dass ich für dich da bin, Em. Was auch immer du brauchst.«

Teddy war meine beste Freundin.

Ich konnte ihr alles erzählen. Das war der ganze Sinn der Sache, eine beste Freundin zu haben. Außerdem musste ich es irgendjemandem erzählen, sonst würde ich womöglich platzen.

»Ich wollte Luke Brooks küssen«, sprudelte es aus mir heraus. Teddy erstarrte vollkommen. Ich wusste gar nicht, dass sie dazu imstande war.

»WAS?« Ihr traten fast die Augen aus dem Kopf. »Fang an zu reden, sofort.«

Mist.

»Es ist schwer zu erklären, aber es gab eine Verletzung und Adrenalin, und seine Bizepse sind einfach so … du weißt schon, und sein Gesicht ist auch nicht übel und …«

Teddy fiel mir ins Wort. »Wo ist das passiert?«

»Da, wo du sitzt.«

»Heilige Scheiße.« Teddy lehnte sich auf ihrem Stuhl zurück und ließ mich nicht aus den Augen. »Du wolltest ihn also …«, sie hielt kurz inne, »… küssen?«

Ich schluckte. »In dem Moment … irgendwie, ja?«

»Und was ist jetzt? Also jetzt, wo der Moment vorbei ist?«

»Natürlich nicht.« Das war eine Lüge. Ich war eine miese kleine Lügnerin.

»Okay. Okay.« Teddy schüttelte ungläubig den Kopf.

Wohl zum ersten Mal in unserem Leben war Teddy sprachlos. »Ich meine, ich kann es dir nicht verdenken«, sagte sie schließlich. »Er hat diese ganze Bad-Boy-Cowboy-Ausstrahlung, die zieht, und du hast gerade mit jemandem Schluss gemacht, also leuchtet es ein.«

»Ja?«

»Nein, aber lass uns so tun, als ob. Dann fühlst du dich besser.« Argh. Ich begrub das Gesicht in den Händen. »Also wie ist es? Magst du ihn?«

»Nein!«, beteuerte ich schnell. Zu schnell. Teddy warf mir einen Blick zu, der mir sagte, dass sie mir nicht recht glaubte.

Ich glaubte mir auch nicht recht.

Es klopfte noch einmal an die Tür meiner Hütte – nun an den Türrahmen, da Teddy die Tür offen gelassen hatte.

»Emmy, wie oft habe ich dir schon gesagt, dass du die Haustüren nicht offen lassen sollst?« Gus betrat die Hütte, die für drei Personen viel zu klein war, vor allem wenn zwei davon Teddy Andersen und August Ryder waren.

»Tut mir leid, Gussy«, rief Teddy. »Das war ich.«

Gus' Schritte stockten augenblicklich, und er warf Teddy böse Blicke zu.

Wenn Gus ein paar Jahre jünger gewesen wäre – und mehr gelächelt hätte –, dann hätten wir Zwillinge sein können. Aber meine Augen besaßen nicht die Fähigkeit, so böse zu blicken wie seine.

Gus trug außerdem einen ordentlich gestutzten Bart, mit dem er wirklich wie eine jüngere Version unseres Vaters aussah. Bei unserer letzten Begegnung hatte er den noch nicht gehabt. »Theodora, ich dachte, ich hätte dich von Rebel Blue verbannt«, bemerkte er. Ganz offensichtlich war er verärgert.

»Und ich dachte, ich hätte dir gesagt, dass ich dir einen Zaunpfahl in den Rachen rammen würde, wenn du mich so nennst«, antwortete Teddy mit eklig süßlicher Stimme. »Und das ist das Letzte, was du gebrauchen kannst, wenn man bedenkt, dass du in letzter Zeit etwas angeschlagen aussiehst.«

Teddy klimperte zur Sicherheit mit den Wimpern. Bei ihr sah diese Geste total herablassend aus.

»Wenn ich dir ein Zaumzeug besorge, hältst du dann die Klappe?«, schnauzte Gus sie an.

»Zaumzeug? Ooooh, August Ryder hat eine versaute Seite«, schoss Teddy zurück.

»Okay«, fuhr ich dazwischen. »Es ist noch nicht mal zehn Uhr morgens, also sollten wir die verbale Kriegsführung vielleicht etwas runterfahren.« Teddy und Gus sahen mich an und erinnerten sich, dass ich da war. Wenn sie so drauf waren, konnten sie den ganzen Tag so weitermachen.

»Richtig, ich möchte aus Gus so früh am Morgen noch keinen Verlierer machen«, sagte Teddy. Sie warf sich ihr kupferfarbenes Haar über die Schulter. »Ich bin nur hergekommen, um nach Maverick zu sehen.« Maverick hatte früher Teddys Dad gehört, aber er konnte nicht mehr reiten, deshalb kümmerte Teddy sich um das Pferd. »Ich ruf dich später an, Emmy.«

»Bis dann, Ted. Hab dich lieb.«

»Hab dich noch doller lieb.« Auf dem Weg zur Tür blieb Teddy vor Gus stehen. »Was ist denn das da?« Sie zeigte auf sein Hemd, und wie ein Idiot schaute er nach unten. Sie schnippte ihren Finger wieder nach oben und traf ihn an der Nase. Gus knurrte. Er knurrte buchstäblich.

Ich hörte Teddy lachen, bis sie ihre Autotür zuschlug.

»Ich kann sie wirklich nicht ausstehen«, bemerkte Gus zu mir.

»Tja, sie kann dich auch nicht ausstehen.« Ich musterte ihn für eine Sekunde, bevor ich zu ihm eilte und ihn stürmisch umarmte. »Willkommen daheim, großer Bruder.«

Gus drückte mich. »Gleichfalls, kleine Schwester.« Er verwuschelte mir mit einer Hand das Haar. Gus spielte überzeugend den harten Burschen, aber unter der Oberfläche war er ein Softie, auch wenn er es nie zugegeben hätte. Wenn ich das zu ihm gesagt hätte, dann hätte er sich noch mehr wie ein Arschloch verhalten, nur um mir das Gegenteil zu beweisen.

»Wie war Idaho? Ich dachte, ihr würdet erst später nach Hause kommen?« Ich freute mich darüber, ihn zu sehen, freute mich wirklich. Aber ich hatte auf ein wenig mehr Zeit gehofft, um mich im Geiste zu wappnen, bevor ich ihm und meinem Dad gegenübertrat.

»Wir haben einen früheren Flug genommen. Dad brennt darauf, dich zu sehen.« Ihre verfrühte Ankunft bedeutete, dass ich meinen Dad schneller umarmen konnte, und das war etwas, das ich brauchte. Es gab nichts, was eine Umarmung und ein selbst gekochtes Essen von Amos Ryder nicht wieder in Ordnung bringen konnten.

»Wo ist er?«

»Er ist im Haus und bereitet für uns das späteste Frühstück der Welt zu. Er hat mich gebeten, dich zu holen. Bist du so weit?« Ich nickte, und wir machten uns auf den Weg zum Haupthaus. Gus zuliebe machte ich ein großes Ding daraus, die Tür zu schließen und abzusperren.

Während Gus und ich zum Haus hinaufgingen, erzählte er mir von der Konferenz in Idaho, an der er und mein Dad teilgenommen hatten. Anscheinend hatte Gus viel über Gästeranches und darüber, gerettete Pferde aufzunehmen, erfahren. So wie er redete, schien er von beidem sehr angetan zu sein. Auf Rebel Blue war jedenfalls Platz für beides.

Wes würde begeistert sein über diesen möglichen Sinneswandel, was die Gästeranch betraf.

»Ist Riley hier?«, fragte ich.

»Nein, sie ist bei Cam. Ich werde sie morgen abholen.«

»Ich habe am Samstag den letzten Teil ihrer Reitstunde gesehen. Sie ist ein Naturtalent«, berichtete ich und dachte daran, wie mutig und selbstbewusst sie auf dem Rücken von Cheerio ausgesehen hatte. So wie ich mich früher auf dem Rücken eines Pferdes gefühlt hatte.

Wenn ich daran dachte, tat mir das Herz weh. Ich fragte mich, ob das Reiten nun hinter mir lag, aber Gus' Antwort riss mich aus meinen Gedanken, bevor ich zu tief in diese Abwärtsspirale geraten konnte.

»Ja, sie ist gut. Und Brooks ist auch ein guter Lehrer.« Natürlich musste Gus die Rede auf Brooks bringen. Ich hatte die Rede auf die Reitstunde gebracht, und mir war klar, dass das Thema des Lehrers die natürliche Fortsetzung dessen war, worüber wir geredet hatten, aber es ärgerte mich trotzdem.

Luke Brooks beanspruchte schon genug Platz in meinem Kopf. Ich wollte nicht, dass er auch noch in meinen Gesprächen Sendezeit bekam.

»Ich bringe Brooks, den Reitlehrer, immer noch nicht in Einklang mit dem Brooks, der für eine etwas andere Art des Reitens bekannt war«, bemerkte ich, fast ohne nachzudenken. Gus sah mich an, als wäre mir gerade ein zweiter Kopf gewachsen.

Er war die zweite Person, die mir heute einen solchen Blick zuwarf, und beide Male hatte es mit Luke Brooks zu tun gehabt.

»Eklig, Emmy. So was will ich nicht aus dem Mund meiner Schwester hören.«

»Ich dachte, auf diesem Stand wären wir, da du mich schließlich letzte Woche gefragt hast, in wessen Bett ich lag«, gab ich zurück.

»Da hast du nicht ganz unrecht.« Gus wechselte das Thema. »Wes hat mir erzählt, du würdest in deiner Hütte herumschmollen«, sagte er. Es war keine Frage.

»Warum denken alle immer, ich würde schmollen?«

»So bist du nun mal, Emmy. Das machst du immer so«, erklärte er sachlich.

Ich lachte spöttisch. »Du hast gut reden.« Aber es ärgerte mich, dass er recht hatte und mich darauf ansprach. Ich war tatsächlich eine Person, die schmollte. Es war einfach leichter für mich als alles andere, mich in meinen Kopf zurückzuziehen. Das war der Weg des geringsten Widerstands – zumindest eine Zeit lang. »Aber ja, ich habe eine Menge Zeit in der Hütte verbracht. Ich lebe mich gerade erst ein. Es ist eine große Umstellung.«

»Also ziehst du wieder her? Es ist nicht nur eine einfache ›Pause‹, wie du es am Telefon genannt hast?«

»Es ist im Prinzip immer noch eine Pause«, beharrte ich. »Aber ja. Ich denke, ich ziehe wieder her. Zumindest für eine Weile.« Ich hatte schon gewusst, dass ich bleiben würde, als ich mit ihm telefoniert hatte, aber das brauchte er nicht zu wissen.

»Dann ist dir klar, dass ich dich zum Arbeiten einspannen werde, ja?«

Ich seufzte. Natürlich würde er das tun. »Ich weiß.«

»Uns fehlt ein Rancharbeiter, also kannst du mit Brooks zusammen einspringen, bis wir die Stelle besetzt haben. Okay?«

Ich war nicht begeistert von der Tatsache, dass Brooks und ich in dieser Situation gemeinsam eingespannt waren, aber ich nickte trotzdem. Wenn ich zustimmte zu arbeiten, würde Gus zufrieden sein.

»Na dann. Ich freue mich, dass du zu Hause bist«, sagte Gus. *Vorhersehbare Reaktion.* Die Arbeit stand für Gus immer an erster Stelle. Das Einzige, was noch vor der Ranch kam, war Riley.

Wir schafften es zurück zum Haupthaus, und Gus stieß die Hintertür für mich auf. Und zum zweiten Mal seit meiner Rückkehr nach Hause prallte ich gegen die steinharte Brust eines Mannes.

Mein Glück bei dem Versuch, Brooks aus dem Weg zu gehen, hatte mich gerade verlassen.

Ich sah zu ihm auf. Sein Gesicht war fast ausdruckslos, als er mich stützte, genau wie nach der ersten Kollision. Egal, ob er mich ausdruckslos anstarrte oder nicht, ich hätte in seinen tiefbraunen Augen ertrinken können.

Schlimmer hätte es wirklich nicht kommen können.

»Hey, Emmy«, sagte er. Kühl. Neutral.

Nervtötend.

Mir wäre es ehrlich gesagt lieber gewesen, er hätte seine arrogante Stimme eingesetzt. Diese kühle Gleichgültigkeit brachte mich auf die Palme, denn schließlich hatte er, seit ich hier war, unablässig meine Gedanken in Beschlag genommen. Es war wirklich ätzend, dass er so gut aussah. Das sollte nicht erlaubt sein.

»Hi.« Dieses Spielchen konnte man zu zweit spielen.

»Schneckchen? Bist du das?« Ich hörte die schroffe Stimme meines Dads aus der Küche. Das war das Einzige, was mich aus meiner Pattsituation mit Brooks retten konnte. Ich rannte zu meinem Dad, und sobald ich ihn sah, stürzte ich mich auf ihn und begrüßte ihn mit der stürmischsten Umarmung, die ich zuwege brachte.

Er schloss mich in die Arme und hob mich hoch. Dass er über Mitte sechzig war, konnte ihm nichts anhaben. Amos Ryder war zäh wie Leder.

Vielleicht lag es ja am Yoga.

Seine Haut war wettergegerbt, und seine grünen Augen waren dunkel. Er trug sein übliches Flanellhemd mit hochgekrempelten Ärmeln. Auf seinen Unterarmen hatte er jeweils eine Schwalbe tätowiert. Nach einem Leben in der Sonne waren sie verblasst, aber ich liebte sie.

Obwohl ich seit einer Woche zu Hause war, hatte es sich ohne meinen Dad nicht so angefühlt. Jetzt war ich wirklich daheim. Er lachte an meinem Haar. Es war ein herzhaftes, raues Lachen. »Ich habe dich auch vermisst, Schneckchen.« Ich drückte ihn kurz noch fester, bevor ich ihn losließ.

Er stellte mich wieder auf den Boden.

Ich sah meinen Dad an. Er sah älter aus als bei unserer letzten Begegnung – ein paar zusätzliche Falten um die Augen, und die silbernen Strähnen in seinem Haar hatten es weiter nach oben geschafft. Inzwischen überwog das Silber.

»Ist Maple gut angekommen?«, fragte er.

»Ja, sie steht in der Box neben Moonshine.« Maple hatte es vor ein paar Tagen nach Rebel Blue geschafft. Ihr Transport hatte etwas länger gedauert als erwartet, aber jetzt war sie hier.

Maple ritt ich seit dem Beginn meiner Profikarriere. Vor ihr hatte ich Moonshine gehabt. Dazwischen hatte ich mehrere Pferde ausprobiert, während ich darauf gewartet hatte, dass Maple bereit sein würde, geritten zu werden, aber keins der anderen Pferde hatte richtig für mich gepasst. Die meisten davon lebten immer noch auf der Ranch, wie Scout, Gus' Pferd.

Nicht jedes Pferd war für das Barrel-Racing gebaut, aber Maple war es ganz eindeutig. Sie war ein ausdrucksstarkes Tier, und wenn wir an einem Wettrennen teilnahmen, merkte ich, dass sie genauso fühlte wie ich.

Wie ich mich früher gefühlt hatte jedenfalls.

»Bestimmt sind sie glücklich darüber, wieder vereint zu sein«, bemerkte mein Dad. Das waren sie tatsächlich. Moonshine war dazu geschaffen, Mutter zu sein, und sie liebte Maple wie einen eigenen Abkömmling.

Beim Anblick der beiden auf der Weide hatte ich fast wieder Lust bekommen zu reiten.

Fast.

»Das sind sie. Ich habe sie beide auf dieselbe Weide gestellt.«

»Wir müssen bald mal mit ihnen ins Gelände gehen. Ich bin mir sicher, dass Moonshine lieber mit Maple reiten würde als mit Cobalt.« Cobalt war das Pferd meines Dads. Er war ein schwarz-weißes American Paint Horse – mit Abstand das schönste Pferd auf der Ranch. Cobalt und Moonshine verband eine Hassliebe. Sie dachten beide, sie wären das Alphatier auf Rebel Blue.

Ich konnte mich nicht dazu durchringen, auf den Vorschlag meines Dads zu antworten, einen Ausritt zu machen. Es war unsere Lieblingsbeschäftigung zusammen – zumindest war es das gewesen, daher nickte ich nur.

Wieder wurde die Haustür geöffnet. Es war Wes. Er trug seine Arbeitskleidung. Um diese Tageszeit aßen die Jungs normalerweise zu Mittag, denn sie waren seit dem Morgengrauen auf den Beinen.

»Weston, du kommst gerade rechtzeitig. Das Essen ist fertig.«

Ich setzte mich an meinen üblichen Platz am Tisch. Dabei hatte ich vergessen, dass es der Platz direkt gegenüber von Brooks war.

Na toll.

Luke

8

Langsam glaubte ich, Emmy wäre nur auf der Welt, um mich zu peinigen. Nach dem Frühstück gestern im Haupthaus war ich davon überzeugt.

Ich hatte kein Wort von dem gehört, was Gus und Amos über ihre Konferenz erzählten, und es war mir sogar egal, dass ich zustimmte, Gus bei einem Haufen Extraarbeit zu helfen.

Ich hatte nur versucht, Emmy nicht anzuschauen und nicht daran zu denken, wie sich ihre Haut unter meiner Berührung angefühlt hatte.

Sie ignorierte mich außerdem erfolgreich, und das ärgerte mich höllisch.

Dabei hatte ich sie ebenfalls ignoriert, aber trotzdem.

Ich hatte ihr höchstens ein paar verstohlene Blicke zuwerfen können, wenn ich dachte, dass sie nicht hinsah. Ihr Haar war durcheinander gewesen, wie immer.

Ich wollte derjenige sein, der es durcheinanderbrachte.

Darüber dachte ich nun nach, als ich die Ställe ausmistete, was eine der Aufgaben war, zu denen ich mich gestern bereit erklärt hatte.

Die Ryders hatten drei Ställe auf dem Anwesen, aber derzeit wurden nur zwei genutzt. In dem einen, in dem die Pferde der Familie untergebracht waren, standen auch die Pferde und Ponys, die wir für den Unterricht nutzten – insgesamt etwa fünfzehn Tiere. Der andere Stall war ein Stück weiter weg, dort, wo die Rancharbeiter ihre Pferde unterbringen konnten, wenn sie ihre eigenen mitbrachten. Das war der größte Stall, daher standen dort auch die Einstellpferde. Ich war dankbar, dass ich nicht die Boxen dort ausmisten musste.

Zuerst nahm ich mir Fridays Box vor. Friday war mein Pferd. Er war ein Palomino Morgan und hatte als gerettetes Pferd auf der Ranch Aufnahme gefunden, als ich siebzehn gewesen war. Als ich ihn das erste Mal gesehen hatte, hörte ich gerade in meinem Truck *Friday, I'm in Love* von The Cure. Daher hatte er seinen Namen.

Friday stand in der Nähe von Moonshine und Maple, Emmys Pferden. Obwohl sie seit fast einer Woche zu Hause war, hatte ich sie noch kein einziges Mal bei den Ställen gesehen. Ich wusste, dass sie hier gewesen sein musste, um alle Pferde auf die Weide zu lassen und wieder hereinzuholen, aber ihr Zaumzeug lag noch an derselben Stelle.

Das bedeutete, dass sie noch nicht geritten war.

Das sah ihr nicht ähnlich. Ganz und gar nicht.

Amos musste normalerweise darum kämpfen, Emmy von einem Pferd zu bekommen. Sie aufs Pferd zu bekommen, war nie ein Problem gewesen. Amos war ein verdammt guter Pferdeflüsterer, aber Emmy war nahe dran, ihn zu schlagen.

Ich dachte an ihren Sturz in der Hütte zurück und daran, wie sie das Blut angestarrt hatte. Und ich fragte mich, ob das etwas mit ihrer unerwarteten Rückkehr nach Hause zu tun hatte.

Gestern war es offensichtlich gewesen, wie froh Amos war, sie zu Hause zu haben. Der Grund dafür war ihm egal. Das Gleiche galt für Wes. Aber ich konnte erkennen, dass Gus sich Sorgen machte.

Mir ging es genauso. Nicht, dass ich auch nur das geringste Recht dazu gehabt hätte.

Ich hörte, wie die Stalltür geöffnet wurde, und Emmy kam herein. Natürlich kam sie genau in dem Moment, in dem ich an sie dachte. Das hatte ich davon, dass ich auf die kleine Schwester meines besten Freundes scharf war.

Sie trug ihre Stiefel, schwarze Leggings und ein weißes Tanktop. Ihr Haar war zu einem Zopf geflochten, der ihr über den Rücken hing, und sie trug eine ausgefranste Baseballkappe auf dem Kopf. Warum sah sie immer so verdammt gut aus? Sie ging zu Maples Box, blieb aber stehen, als sie mich bemerkte.

»Hey«, sagte ich gepresst.

»Hey. Stalldienst?«

»Ja. Friday und Moonshine sind draußen auf der Weide, falls du nach ihr suchst.«

»Ich bin wegen Maple hier. Mach dir um Moonshines Box keine Gedanken, die kann ich übernehmen.«

»In Ordnung. Bist du hier, um zu reiten?«

Es folgte eine lange Pause. Emmy wirkte fast ängstlich. Hatte sie Angst vor Maple? Angst vorm Reiten?

»Ja, ich bin hier, um zu reiten«, antwortete sie schließlich. Sie schien sich da allerdings keineswegs besonders sicher zu sein. Ich mistete weiter Fridays Box aus, aber ich konnte nicht umhin, immer wieder verstohlene Blicke in Emmys Richtung zu werfen. Ich versuchte, es nicht allzu offensichtlich zu tun. Sie ging mit Maples Halfter in die Box. Als sie die Boxentür öffnete, zitterten ihre Hände.

Was zur Hölle?

Sie führte Maple zu den Anbindern und schnappte sich die Putzutensilien von der Wand. Ihre Hände zitterten immer noch, als sie Maple zu striegeln begann.

Emmy wusste besser als jeder andere, dass es keine gute Idee war, sich allein um ein Pferd zu kümmern, wenn man nervös war oder Angst hatte.

Sie stand mit dem Rücken zu mir. Je länger sie striegelte, desto weniger zitterte ihre Hand, aber sie wirkte trotzdem extrem angespannt.

»Emmy?«, fragte ich leise und ging auf sie zu. Sie antwortete nicht, sondern striegelte einfach weiter. Mir fiel auf, dass auch ihre Schultern leicht bebten. »Emmy«, sagte ich etwas fester. Sie antwortete mir immer noch nicht. Ich war jetzt direkt hinter ihr und legte meine Hand auf ihre, um sie vom Bürsten abzuhalten. Abgesehen von ihren zitternden Händen und Schultern blieb sie vollkommen reglos.

Ich nahm ihr den Striegel aus der Hand und schlang meine Finger um ihre, um sie von Maple wegzuführen. Als ich ihr meine Hände auf die Schultern legte, brachte ich sie endlich dazu, sich zu mir umzudrehen. Sie hatte Tränen in den Augen.

Scheiße.

Ich wollte sie nicht weinen sehen.

»Sprich mit mir, Emmy. Was ist los?«

»Mir geht's gut.« Eine Träne lief ihr über die Wange. Ich wischte sie weg, ohne darüber nachzudenken.

»Dir geht's ganz offensichtlich nicht gut.« So hatte ich sie noch nie gesehen. Ich hasste es. »Was ist los?«, fragte ich.

Sie schwieg für eine Sekunde, aber dann nickte sie langsam. Ich rieb ihre Oberarme, um sie zu beruhigen.

»Du kannst es mir sagen, Emmy.«

»Es geht mir gut.« Sie weinte immer noch, aber ihre Stimme war jetzt zornig.

»Emmy …«

»Nicht. Lass mich in Ruhe.«

Tja, das würde ich definitiv nicht tun, aber ich drängte erst mal nicht weiter. Ich blieb nur bei ihr und ließ sie noch eine Weile weinen. Die Tränen über ihr Gesicht laufen zu sehen, fühlte sich an wie ein Schlag in die Kehle.

Irgendetwas musste ihr passiert sein. Sie war aus heiterem Himmel nach Hause gekommen und hatte niemandem etwas gesagt. Gus hatte mir berichtet, dass sie ihre Hütte kaum verlassen hätte, und jetzt ritt sie nicht mal mehr.

Was zum Teufel war in Denver mit ihr passiert?

Das würde ich herausfinden.

»Emmy, warum bist du nach Hause gekommen?«, fragte ich. Dabei versuchte ich, meine Stimme sanft zu halten, obwohl ich mich komisch fühlte, sie in diesem Zustand zu sehen, und das jagte mir eine Heidenangst ein.

»Warum kümmert dich das?«

»Weil du mir wichtig bist«, antwortete ich. Das war schon immer so gewesen, aber jetzt hörte es sich anders an.

Emmy schnaubte nur. Ich beschloss, es anders anzugehen.

»Komm schon, Emmy. Irgendjemandem musst du es sagen. Und selbst wenn ich es Gus erzählen würde, glaubst du, er würde glauben, dass du dich mir anvertraut hast? Du kannst mich nicht leiden.«

Ich bemühte mich, bei diesem letzten Teil nicht sichtlich enttäuscht zu wirken.

»Mir kannst du es erzählen, Emmy.«

Emmy holte tief Luft, bevor sie sprach. »Ich … ich habe mich verletzt. Ich bin abgeworfen worden«, berichtete sie. Ihre Stimme zitterte, und weitere Tränen fielen. »Ich wurde abgeworfen und bin gegen einen Zaun gekracht …« Sie redete jetzt schneller. Die Worte schossen heraus wie aus einem Feuerwehrschlauch.

»Ich wurde bewusstlos, und als ich aufwachte, lief mir Blut in die Augen. Es hat mich genau am Kopf erwischt, und ich weiß nicht, was passiert ist. Das war mit einem anderen Pferd. Hab nur ein paar Übungen gemacht … Dann wurde ich so weit abgeworfen und bin so heftig gegen den Zaun geknallt, dass ich mich eigentlich schlimmer hätte verletzen müssen …« Ihre Atemzüge wurden immer schneller.

Bedenklich schnell.

»Es tut mir total leid, dass dir das passiert ist, Emmy. Wirklich.« Um noch mal an den vorhin gefühlten Schlag in die Kehle zu erinnern … Jetzt fühlte es sich noch viel schlimmer an. Natürlich war sie nicht mehr geritten. So etwas durchzumachen, würde jeden durcheinanderbringen. Ich konnte nur ahnen, wie viel schlimmer es für Emmy war, wenn man bedachte, wie sie ihre Mom verloren hatte.

Selbst wenn sie diese Ereignisse nicht miteinander in Verbindung brachte, wettete ich, dass ihr Kopf es tat, ob es ihr bewusst war oder nicht.

»Ich bin aufgewacht und habe versucht, wieder aufzusteigen. Wirklich, ich hab's versucht … Aber ich konnte nicht. Ich konnte es nicht und war seitdem auch nicht mehr dazu fähig.« Emmys Atmung wurde keineswegs langsamer. »Ich weiß nicht, was ich tun soll. Ich weiß nicht, was ich tun soll.«

»Emmy, hey, es ist okay. Alles ist gut.« Ich rieb weiter ihre Arme. Sie zitterte jetzt am ganzen Körper und griff sich an den Hals, um sich zu kratzen, als wollte sie sich aus ihrer eigenen Haut befreien.

»Emmy. Sag mir, was du brauchst. Sag mir, was ich tun soll.«

»Ich brauche …«, sagte sie, so gut es zwischen zwei Atemzügen ging. »Kannst du …?«

»Alles, Sugar.«

»Halt mich. Bitte.« Sie schloss die Augen und schlang die Arme um sich, als wollte sie sich selbst umarmen. Ich verstand.

Ich zog sie an mich und ließ mich mit ihr zusammen auf den Boden sinken. Dort hielt ich sie fest an meine Brust gedrückt und wiegte sie sanft hin und her. Ihre Tränen tränkten mein Hemd.

»Emmy, atme mit mir zusammen, ja?« Ich atmete übertrieben ein und aus, damit Emmy es spüren und hören konnte. »Du bist in Sicherheit, Emmy.«

Wir blieben für eine Weile im Stall auf dem Boden sitzen. Emmys Atmung verlangsamte sich, und ich lockerte meinen Griff, als ich spürte, wie sie sich entspannte. Meine Atmung blieb langsam und gleichmäßig.

Nach ein paar weiteren Minuten hob Emmy ihr Gesicht von meinem Hals. Es war gerötet, und ihre Augen waren glasig.

»Es tut mir leid«, murmelte sie. »Es tut mir echt leid.«

»Emmy. Bitte, das muss es nicht. Ist dir das schon mal passiert?« Sie nickte nur. »Wie lange geht das schon so? Seit du abgeworfen wurdest?«

»Es ist schon ein paarmal davor passiert, aber seitdem geschieht es öfter.«

»Passiert es jedes Mal, wenn du versuchst, zu reiten?«

»Fast jedes Mal.« Verdammt. Jeder wusste über Emmy, dass sie das Reiten liebte. Nicht nur die Wettbewerbe, sondern das Reiten an sich. Sie war wahrscheinlich der einzige Mensch, der wirklich über jeden Pfad auf Rebel Blue geritten war – nicht nur über die Hauptwege. Und das viele Male. Zu wissen, dass sie nicht mehr reiten konnte, erschütterte mich auf eine Weise, die ich nicht erwartet hatte.

Alles, was ich für sie empfand, war unerwartet.

Ich wollte helfen.

»Und hast du jeden Tag versucht, zu reiten?«

Sie nickte.

»Emmy, warum tust du dir das an?« Wieder traten ihr Tränen in die Augen. Mist.

»Ich dachte, es würde besser werden. Ich dachte wirklich, es würde besser werden.«

»Es wird besser werden, Emmy«, antwortete ich. »Aber das Sprichwort ›man soll schnell wieder aufs Pferd steigen‹ funktioniert nicht, wenn du davon Panikattacken kriegst.«

»Ich weiß nicht, was ich tun soll, Brooks.« Sie so leiden zu sehen, war furchtbar, und ich wünschte mir so sehr, ihren Schmerz zu lindern.

Vielleicht konnte ich das sogar. Ich hatte eine Idee.

»Du hast da eine gewaltige mentale Blockade aufgebaut, Emmy. Aber du bist eine verdammt gute Reiterin – du musst nur wieder lernen, deinen Fähigkeiten zu vertrauen.«

»Wie?«

»Wir werden ganz von vorn anfangen.«

Sie legte den Kopf schief und sah mich an. »Wir?«

»Ja. Ich bringe Leuten das Reiten bei, Emmy«, argumentierte ich leise und versuchte, die Blase, in der wir uns befanden, nicht zu sprengen. An diesem Punkt hätte ich alles getan, um Emmy nahe zu sein, aber hier ging es um mehr als das. Ich wollte, dass sie wieder aufs Pferd stieg, und ich wollte derjenige sein, der ihr dabei half.

Sie sollte das tun können, was sie liebte.

»Bietest du mir an, mir das Reiten beizubringen?«, hauchte sie. Ihre Stimme war zittrig und unsicher.

»Warum nicht?«

»Wir sind doch gar keine Freunde, Brooks.« Autsch.

»Könnten wir das nicht werden?« Ich wollte mehr sein als ein Freund, aber das brauchte sie nicht zu wissen. Niemand brauchte das zu wissen.

Emmy schaute nach unten und mied jeden Blickkontakt mit mir. Ich beobachtete, wie ihre Blicke hin und her huschten, während sie auf den Boden starrte. Das tat sie immer, wenn sie nachdachte. Hatte es immer getan.

Nach einer gefühlten Ewigkeit sagte sie: »Na schön.

Aber du darfst Gus oder Wes nicht erzählen, was los ist. Ich möchte nicht, dass sie es wissen.« Klar, ich würde ihnen auf keinen Fall irgendetwas erzählen, was mit Emmy und mir zu tun hatte.

»Abgemacht. Dann fangen wir morgen an, nach dem, was immer du für Wes erledigen sollst. Acht Uhr früh?«

»In Ordnung«, antwortete sie. Mir wurde bewusst, dass wir immer noch zusammen auf dem Boden saßen und dass Maple, die anscheinend das beste Pferd der Welt war, immer noch zufrieden zwischen den Anbindern stand. Emmy schien das im selben Moment zu begreifen wie ich und sprang buchstäblich von meinem Schoß. Ich stand ebenfalls auf.

»Danke. Dafür«, sagte sie und machte eine Handbewegung in Richtung Boden. »Es war noch nie jemand bei mir, wenn das passiert ist. Es hat … geholfen.« Ich lächelte sie an, und ich hätte schwören können, dass sie errötete.

Es war wahrscheinlich nur das Licht.

Emmy drehte sich zu Maple um und begann, sie loszubinden. »Ich kümmere mich um sie«, sagte ich. »Du kannst ruhig gehen. Ich werde sie rauslassen und ihre Box ausmisten.«

»Das brauchst du nicht …«

»Es ist völlig okay, Emmy. Geh.«

»Danke, Brooks. Für alles. Ich weiß das wirklich zu schätzen.« Sie drehte sich um und wollte zur Stalltür hinausgehen.

»Hey, Emmy«, rief ich. Sie wandte sich wieder zu mir um. Die Sonne schien ihr in den Rücken, als sie dort in der Tür stand. Sie sah aus wie ein verdammter Engel – ein Engel, der absolut tabu war.

»Ja?«

»Also, Freunde?«, fragte ich. Sie schien kurz darüber nachzudenken.

»Okay, Freunde«, sagte sie dann.

Wenn es um Emmy ging, spielte ich mit dem Feuer, aber für sie wäre ich bereitwillig durch die Flammen gelaufen.

Und ich hätte dabei die ganze Zeit ein Lächeln auf dem Gesicht gehabt.

Emmy

9

Die Reitstunden mit Brooks liefen tatsächlich ziemlich gut. Er hatte mich noch nicht aufgefordert, auf ein Pferd zu steigen, aber gestern war ich in der Lage gewesen, Maple vollständig aufzuzäumen und zu satteln, ohne dem kleinen Panikmonster in mir zum Opfer zu fallen.

Ich hatte das Gefühl, es hätte mir peinlicher sein sollen, dass Brooks mich in diesem Zustand gesehen hatte, aber es war mir nicht peinlich. Jedes Mal, wenn ich an diese Situation zurückdachte, kam mir nicht die tatsächliche Panikattacke in den Sinn, sondern die Art und Weise, wie Brooks mich ohne Fragen oder Vorbehalte getröstet hatte.

»*Was brauchst du, Sugar?*« Diese Worte spielte ich im Geiste immer wieder ab. Ich hatte ihn noch nie so reden hören – so sanft. In dem Moment hatten mich seine Worte genauso sehr getröstet wie seine Arme.

Er hatte sich um mich gekümmert, als wäre es das Normalste auf der Welt, und das beschäftigte mich am meisten – nicht die Panikattacke.

Keiner von uns beiden hatte seitdem darüber gesprochen, und ich glaubte auch nicht, dass wir es noch tun würden, aber deshalb war ich nicht weniger dankbar, dass ich das an jenem Tag nicht allein hatte durchstehen müssen.

Die Tatsache, dass noch jemand wusste, was passiert war, fühlte sich seltsam befreiend an. Es war, als würde die ganze Situation jetzt, da er Bescheid wusste, nicht nur in meinem Kopf existieren – sie war real. Der Schmerz, den mir das alles zufügte, war real. Die Nachwirkungen waren real.

Und wenn der Sturz real war, konnte es auch real sein, sich wieder zu erheben.

Bisher beschränkte sich Brooks' Reitunterricht nur auf das gemeinsame Auf- und Absatteln unserer Pferde. Dann führten wir sie auf den Reitplatz und ließen sie im Kreis gehen. Wenn wir in den Stall zurückkehrten, sattelten wir Maple und Friday ab und brachten sie auf die Weide.

Das musste ihn doch langweilen. Wie konnte er die Geduld für all die Arbeit aufbringen, die Pferde fertig zu machen, nur um dann sinngemäß eine Runde Gassi mit ihnen zu gehen wie mit einem Hund und sie dann zurückzubringen?

Ich hatte das Gefühl, dass er seine Zeit mit mir verschwendete, aber ich war dankbar, dass er es langsam angehen ließ und mich nicht unter Druck setzte, auf Maples Rücken zu klettern … noch nicht.

Ich wusste, dass es kommen musste.

Während wir unsere Abläufe des Sattelns und Spazierens durchgingen, unterhielten Brooks und ich uns immer. Dieser Typ hing schon seit meiner Geburt bei mir zu Hause herum, doch es war das erste Mal, dass ich Zeit mit ihm allein verbrachte. Und wir redeten. Ich meine, wir redeten richtig.

Und wenn wir uns unterhielten, dachte ich nicht an meinen Unfall oder dessen Folgen.

Es half. Wahrscheinlich mehr, als ich zugeben wollte.

Im Laufe der letzten Tage hatte ich viel über Brooks erfahren. Seine Lieblingsfilme waren *Der Club der toten Dichter* und *Das Vermächtnis der Tempelritter* – zwei Filme, die ich definitiv nicht erwartet hätte. Ich hatte gedacht, er wäre eher der Typ für *No Country for Old Men*.

Seine Lieblingsband war Bread, aber wenn er eine zweite Lieblingsband hätte wählen müssen, hätte er sich für Brooks & Dunn oder The Highwaymen entschieden.

Ich erfuhr auch noch andere Dinge. Dinge, die in unsere Gespräche einflossen und von denen ihm wahrscheinlich gar nicht bewusst war, dass er sie mir mitteilte. Zum Beispiel, dass seine Halbbrüder überhaupt nicht mehr mit ihm sprachen. Wegen seines Stiefvaters John hatte er seine Mutter seit Jahren nicht mehr gesehen. Vor einigen Jahren hatte ihm jemand im *Devil's Boot* sein Mitgefühl zum Gesundheitszustand seiner Mutter ausgesprochen, und erst dadurch hatte er herausgefunden, dass sie wegen Speiseröhrenkrebs behandelt worden war.

Es ging ihr jetzt wieder gut, aber er hatte sie immer noch nicht gesehen.

Er hatte es ein paarmal versucht, direkt nachdem sie genesen war, aber John hatte ihn nicht ins Haus gelassen.

Als Kind hatte ich gewusst, dass Brooks' häusliche Situation nicht allzu toll war. Deshalb hatte er auch seine ganze Zeit auf der Ranch verbracht. Als Erwachsene davon zu hören, war etwas anderes. Es wog jetzt schwerer für mich.

Und wenn es sich für mich schon beim Zuhören schwer anfühlte, konnte ich nur ahnen, wie es Brooks damit ging. Er war derjenige, der diese Last tragen musste.

Er hatte etwas Besseres verdient.

Es war seltsam, auf diese Weise mit Brooks Zeit zu verbringen. Ich hatte ihn fast mein ganzes Leben lang gekannt, aber ich hatte ihn nicht wirklich *gekannt*.

Bis vor Kurzem hatte ich von Brooks vor allem gewusst, dass er immer da war. Früher war ich immer so neidisch gewesen, dass er mit meinen Brüdern und meinem Dad zusammen zum Club der Ryder-Jungs gehören durfte, obwohl er nicht einmal ein Ryder war.

Ich wünschte, ich hätte schon damals gewusst, wie viel es ihm bedeutete, zu so einer Gemeinschaft zu gehören – bei uns dazuzugehören.

Wir hatten heute eine weitere Unterrichtsstunde, aber erst später am Vormittag. Gus machte sich die zusätzliche Arbeitskraft zunutze, die Brooks zur Verfügung stellte, also ergriff ich die Gelegenheit, mit meinem Dad zu frühstücken. Ich hatte ihn noch nicht oft genug gesehen, seit ich zu Hause war – er war ein viel beschäftigter Mann.

Als wir an der Küchentheke saßen, ich mit selbst gemachten Pfannkuchen mit Schokoladenstückchen, er mit einem grünen Smoothie – Wes hatte wirklich keine Witze gemacht, was die Gesundheitssache betraf –, fragte ich ihn nach Brooks.

»Dad?« Meine Stimme war leise, sogar schüchtern.

»Ja, Schneckchen?«, antwortete er, ohne von seiner Morgenzeitung aufzuschauen. Ich wusste, dass bei dem, was ich fragen wollte, bei meinem Dad die Alarmglocken anschlagen würden, aber ich musste erfahren, was er in Brooks sah.

»Was hältst du von Brooks?«

»Luke? Er ist ein guter Mann. Warum?« *Weil er neulich eine ganze Stunde mit mir im Stall auf dem Boden gesessen hat und ich wissen muss, ob das normal ist.*

»Ich frage mich wohl einfach, warum du ihn im Grunde hier aufgenommen hast, als wir Kinder waren.«

Mein Dad nahm seine Lesebrille ab und legte seine Zeitung weg. »Warum das plötzliche Interesse?« *Alarmglocken: läuten.*

»Keine Ahnung. Bin einfach neugierig.«

Der Blick, den mein Vater mir zuwarf, sagte mir, dass er von meiner Antwort nicht ganz überzeugt war, aber er beantwortete trotzdem meine Frage.

»Luke ist furchtlos. Als Gus ihn damals als Kind von der Schule mit nach Hause brachte, wusste ich, dass er sich entweder großartig entwickeln oder sein eigener schlimmster Feind werden würde, wie sein Vater.« Mein Dad sprach weiter: »Ich habe Jimmy damals ziemlich gut gekannt. Auch er war furchtlos. Aber niemand stellte je irgendwelche Erwartungen an ihn. Was als Furchtlosigkeit begann, entwickelte sich in späteren Jahren einfach zu Verantwortungslosigkeit.«

Das klang für mich einleuchtend. Jimmy Brooks war nicht gerade dafür bekannt, ein verantwortungsvoller oder stabiler Typ gewesen zu sein.

»Aber Brooks war doch auch verantwortungslos«, wandte ich ein und dachte an all die Male, die er sich verletzt oder etwas Dummes angestellt hatte. Wie damals, als er sich ein total schrottiges Motorrad gekauft hatte, ohne Helm durch die Stadt gerast und noch am selben Tag gegen einen Baum gekracht war. Das hatte meinem Dad und Gus einen Mordsschrecken eingejagt. Als ich nach Hause gekommen war, hatte ein blutender und zerschundener Brooks gerade eine von Amos Ryders berühmten Strafpredigten zu hören bekommen.

Mit dem Wissen, das ich inzwischen hatte, fragte ich mich, ob Brooks jemals jemanden gehabt hatte, dem er wichtig genug gewesen war, dass derjenige ihn so angebrüllt hatte, wie mein Dad es an jenem Tag getan hatte.

Seit ich wieder zu Hause war, versuchte ich ständig, mir einen Reim auf diesen Mann zu machen, der viel fürsorglicher und tatkräftiger war, als ich ihm jemals zugetraut hätte.

»Luke ist nicht verantwortungslos. Das ist er nie gewesen. Er war manchmal leichtsinnig – impulsiv und vorschnell –, weshalb er sich wahrscheinlich öfter die Nase gebrochen hat, als ich zählen kann. Aber es ist schwer, vernünftig zu sein, wenn man niemanden hat und es niemanden gibt, der sich um einen kümmert.«

Ich wusste nicht, wie sich das anfühlte. Hatte ich doch immer gewusst, dass ich geliebt wurde.

»Luke ist ein bisschen wie ein streunender Hund«, fuhr mein Dad fort. Reizend, dachte ich. »Er ist ungeschliffen und braucht ein wenig Struktur und eine gesunde Dosis Liebe. Er hat gute Tage und schlechte Tage. Zugegeben …«, mein Dad schnalzte mit der Zunge, »… ich hab ihm schon seit ein paar Jahren nicht mehr den Hintern aus dem Knast auslösen müssen, und darüber bin ich verdammt froh.«

Ich erinnerte mich daran, dass mein Vater Brooks dreimal gegen Kaution aus dem Gefängnis hatte holen müssen, weil er sich geprügelt hatte, und das waren nur die Male, von denen ich wusste.

Zum Glück war dies eine kleine Stadt, und Amos Ryder war mit dem Sheriff zur Schule gegangen.

»Er hat lange gebraucht, bis er mir vertraut hat, bis er Gus und Wes vertraut hat, als wir ihm sagten, er sei hier willkommen, aber wir haben nie aufgehört, für ihn da zu sein, und irgendwann war er auch für uns da – und ist es seitdem konstant.«

Ich dachte an den Tag, an dem Brooks mich einmal von meinem Rodeotraining abholen sollte, weil niemand aus meiner Familie es konnte. Ich wäre lieber zu Fuß nach Hause gegangen, aber Gus hatte beteuert, es würde in Ordnung gehen. Brooks hatte sich verspätet. Er hatte nicht fahren können, weil er ein paar Bier intus hatte, und als sein Truck um die Ecke bog, saß das Mädchen, mit dem er gerade rummachte, auf dem Fahrersitz.

Damals hatte mich die ganze Situation genervt, vor allem, weil ich zwischen dem Mädchen und Brooks auf der Bank sitzen musste. Er hatte seinen Kopf aus dem Fenster strecken müssen, während sie fuhr, um etwas frische Luft ins Gesicht zu bekommen.

Als ich jetzt auf diesen Tag zurückblickte, wurde mir klar, dass er auch damals für mich da gewesen war.

Wenn auch beschwipst und mit Verspätung, aber ich glaubte nicht, dass es viele Menschen gab, für die der zwanzigjährige Brooks das getan hätte.

Ein kleines Lächeln stahl sich auf meine Lippen, als ich daran dachte, dass Luke Brooks dieses andere Mädchen damals hatte bitten müssen, ihn zu fahren, um die kleine Schwester seines besten Freundes abzuholen.

»Ich habe nie darüber nachgedacht, wie es für ihn gewesen sein muss – in einem Haus zu leben, in dem er unerwünscht war«, sagte ich. Es tat mir leid, dass ich mich ihm gegenüber wie ein solches Arschloch verhalten hatte. »Glaubst du, er wäre anders geworden, wenn er Gus nicht kennengelernt hätte?«

»Vielleicht. Aber ich glaube nicht, dass wir uns das allein zuschreiben können. Der Junge hat ein Herz so groß wie die Rocky Mountains. Er kümmert sich gern um andere, und er braucht Menschen, die sich um ihn kümmern. Ich denke, am Ende hätte er seinen Weg gefunden, aber vielleicht mit ein paar mehr beschissenen Boxenstopps.«

Darüber dachte ich noch einen Moment lang nach. Ich versuchte immer noch, die beiden Versionen von Brooks, die ich im Kopf hatte, in Einklang zu bringen: den leichtsinnigen Teenager, der mich regelmäßig auf die Palme gebracht hatte, und den Mann, der eine ganze Stunde lang mit mir im Stall auf dem Boden gesessen hatte, während ich eine Panikattacke gehabt hatte.

Es war schwer zu glauben, dass es ein und dieselbe Person war. Ich wusste nicht, ob er sich verändert hatte oder ob ich ihn nur vorher nicht richtig wahrgenommen hatte.

»Ich schätze, er ist ganz okay«, sagte ich und versuchte, vor meinem Dad nichts preiszugeben.

Er lächelte mich an, und auf seinem Gesicht war ein Ausdruck, den ich nicht einordnen konnte. »Das ist er«, stimmte er mir zu. »Danke, dass du mit mir gefrühstückt hast, Schneckchen.«

»Musst du los?«, fragte ich.

»Ja. Ich will heute in die Stadt, um einige Vorräte abzuholen und ein neues Ersatzteil für eine der Heuballenpressen. Brauchst du irgendetwas?« Er machte sich daran, seinen Platz an der Theke abzuräumen und sein Geschirr in die Spüle zu stellen.

»Nein, ich brauche nichts. Ich muss rüber zu den Ställen.«

»Genieße deinen Tag, Schneckchen«, erwiderte er, bevor er seinen Cowboyhut von dem Haken in der Küche nahm. »Hab dich lieb.«

»Hab dich auch lieb«, antwortete ich. Jetzt, da mein Dad wieder auf der Ranch war, war ich dankbar für die Zeit, die ich mit ihm hatte. Wenn ich jetzt mit ihm Zeit verbrachte, war es anders als früher, wenn ich in den Ferien nach Hause gekommen war oder eine Lücke in meinem Terminkalender gehabt hatte. Da hatte mein Vater immer so geplant, dass wir einen Großteil der Zeit zusammen verbringen konnten.

Da ich diesmal länger bleiben würde, wusste ich diese kleineren Momente mit ihm sehr zu schätzen. Wir konnten zum ersten Mal, seit ich achtzehn war, einfach nur in der Umlaufbahn des anderen leben – ohne Zeitdruck.

Diese kleinen Momente machten mir bewusst, wie sehr ich ihn in meiner Abwesenheit vermisst hatte und wie sehr ich ihn brauchte.

Und, als unerwartete Wendung der Ereignisse, wie glücklich ich darüber war, zu Hause zu sein.

Ich hatte mich gerade auf den Weg zu den Ställen gemacht, als mein Handy summte. Also holte ich es aus meiner Gesäßtasche und sah, dass es Kenny war. Wir hatten ein wenig gechattet, seit ich ihm im *Devil's Boot* begegnet war, aber nicht übermäßig viel. Es hatte an jenem Abend Spaß gemacht, mit ihm zu flirten, und es war nett gewesen, ihn zu sehen. Er war freundlich gewesen, und ich wusste wirklich zu schätzen, dass er Teddy und mich nach Hause gefahren hatte, sodass wir nicht auf der Ladefläche des Trucks draußen vor der Bar hatten schlafen müssen, aber ich war nicht an ihm interessiert.

Das hatte nichts mit dem Mann zu tun, mit dem ich mich gleich treffen würde.

Wahrscheinlich nicht.

Außerdem hatte ich ein paar Nachrichten von Stockton bekommen. Ich hatte sie nicht gelesen, und später, das wusste ich, würde ich sie löschen, ohne das nachzuholen. Ich seufzte und schob das Handy zurück in meine Tasche, ohne Kenny zu antworten.

Ich sah Brooks, bevor er mich bemerkte. Er stand in der Tür zu den Ställen und hatte ein paar Werkzeuge bei sich. Wahrscheinlich war er dabei, das Scharnier zu reparieren, das Gus so nervte.

Zum ersten Mal, seit ich zu Hause war, trug Brooks sein für ihn typisches Muscleshirt. Es sah aus, als wäre es mal ein INXS-T-Shirt gewesen, bevor er es mit einer Schere bearbeitet hatte.

So ärgerlich es auch war, das zuzugeben, aber Luke Brooks war verdammt heiß, und das Gleiche galt für das Muscleshirt. Gott, was war nur los mit mir? Früher war ich eine entschiedene Gegnerin von Muscleshirts gewesen, und jetzt zog es mir beim Anblick von Brooks und seinen entblößten Armen lustvoll den Unterleib zusammen. Wie sich sein Bizeps spannte und abzeichnete, hätte jeden scharf machen können.

Und von der verdammten Baseballkappe, die er verkehrt herum trug, ganz zu schweigen.

Verdammt.

Verdammt. Verdammt. Verdammt.

Du bist schwach, Clementine Ryder, dachte ich bei mir. Eine umgedrehte Baseballkappe, und schon warf ich all meine Ansichten über Muscleshirts über den Haufen.

Und meine Ansichten über Luke Brooks warf ich gleich mit hinaus.

Er musste meine Stiefelschritte gehört haben, denn er schaute von seiner Arbeit auf. Dabei lächelte er so breit er konnte, hielt aber einen Nagel zwischen den Zähnen, um ihn griffbereit zu haben, falls er ihn brauchte.

Warum war auch das heiß?

»Hey«, rief ich. Er nahm den Nagel aus dem Mund und warf ihn in die Schüssel zu seinen Füßen.

»Guten Morgen«, sagte er gedehnt. Früher hatte ich seinen für die Bergregion typischen Tonfall gehasst, aber jetzt wollte ich am liebsten darin baden. Er musterte mich von oben bis unten, aber er tat es schnell, als wollte er nicht, dass ich es bemerkte. Meine Wangen wurden heiß, und ich versuchte, es zu unterdrücken.

»Meinst du, du bist heute bereit, ein Pferd zu besteigen?«, fragte er. Dahinter steckte irgendwo ein Scherz, aber den wollte ich nicht anfassen. Das Letzte, was ich gebrauchen konnte, war, mit Luke Brooks Witze darüber zu machen, irgendjemanden zu besteigen.

Bei dem Gedanken, mich in Maples Sattel zu setzen, schlug mein Herz etwas schneller, aber es war nicht annähernd die Reaktion, die ich noch vor wenigen Wochen darauf gehabt hatte.

»Ich denke, ich kann es versuchen«, erwiderte ich. Brooks lächelte wieder. Wenn er so breit lächelte, bekam er lauter Fältchen um die Augen. Sie waren irrsinnig süß.

»Dann lass uns loslegen.« Er machte mir mit zwei Fingern ein Zeichen, dass ich mit ihm in den Stall gehen sollte. Seite an Seite gingen wir zurück zu Maples und Fridays Boxen, aber die von Maple war leer.

»Wo ist denn Maple?«, fragte ich.

»Ich habe sie heute Morgen rausgelassen«, antwortete er.

Aha?

»Also … werde ich heute dann doch nicht reiten?« Ich war verwirrt. Maple war mein Pferd, und wenn ich reiten sollte, warum war sie dann nicht hier?

»Doch, wirst du, aber wir fangen wieder ganz von vorne an.«

»Ja?«

»Du wirst Moonshine reiten.« Ach? Ich hatte gar nicht daran gedacht, ein anderes Pferd als Maple zu reiten, aber Moonshine leuchtete mir ein. Moonshine war bombensicher – das perfekte Pferd für eine Anfängerin.

Und ich war wieder so etwas wie eine Anfängerin.

Warum war mir das nicht eingefallen?

»In Ordnung«, stimmte ich zu. »Dann also Moonshine.«

»Ich bringe sie und Friday zu den Anbindern, und dann fangen wir an, ja?«

»Gut.« Mein Herz hämmerte gegen meinen Brustkorb, und die frühen Anzeichen von Panik waren an diesem Punkt nur allzu vertraut. Brooks ließ mich nicht aus den Augen, wahrscheinlich, um meine Reaktion abzuschätzen. Anstatt mich auf das Gefühl der Panik zu konzentrieren, das in meiner Brust hochkroch, konzentrierte ich mich auf ihn. Ich dachte daran, wie sicher ich mich gefühlt hatte, als er mich in den Armen gehalten hatte, und wie sein Atem über meine Wange gestrichen war.

Wenn er hier war, würde mir nichts passieren.

Ich kämpfte die Panik nieder und verschloss sie tief in mir. Sie zwickte mich, als ich mich ans Aufzäumen und Satteln machte, aber ich ließ mich nicht davon überwältigen.

Ich konnte das schaffen.

Ich wollte es schaffen.

Während Brooks die Pferde festband, schnappte ich mir das Putzzeug von der Wand, und dann gingen wir zu der gleichen Routine über, die wir seit etwa einer Woche praktizierten. Ich begann, Moonshine zu striegeln, und das schien sie glücklich zu machen. Ihr Schweif schwang ausgelassen hin und her.

»Und, worüber sollen wir heute sprechen?«, fragte er. Es gefiel mir, dass er mit mir reden wollte, dass er unsere Gespräche vielleicht genauso genoss wie ich.

»Hmm ...«, sagte ich laut. Kurz dachte ich darüber nach. Was wollte ich über Luke Brooks wissen? »Welches war das erste Mädchen, das du geküsst hast?«, fragte ich.

Brooks wirkte überrascht, aber er lächelte nur und antwortete: »Interessante Frage, Ryder.«

»Dann beantworte sie«, verlangte ich. »Oder kannst du dich nicht an die vielen Frauen erinnern, denen Luke Brooks das Herz gebrochen hat?«

Er lachte. Es war ein tiefes, aufrichtiges Lachen. »Mein erster Kuss war mit Claudia Wilson.«

Bei diesem Namen – na ja, bei dem Nachnamen – klingelte es sofort in meinem Kopf. »Hast du nicht mit ihrer Mom geschlafen?«, platzte ich heraus.

»Führst du Buch über mich, Ryder?« Er grinste.

»Nein«, sagte ich schnell und fühlte mich ertappt.

»Na klar.« Er grinste immer noch, und ich fand es nicht einmal nervig, was für sich genommen schon nervig war. »Bei meinem ersten Kuss war ich dreizehn. Das war bei einem Schulfest in der Junior-Highschool. Du weißt schon, diese Feste, bei denen sie *Yeah* von Usher spielen und einen dann mit Sachen bombardieren wie *Open Arms* von Journey, während sie einen gleichzeitig warnen, einander nicht zu nah zu kommen?« Ich wusste genau, wovon er sprach. »Und wo diese armen Lehrer einen Raum voller präpubertärer Kids überwachen müssen, die jeden Moment spontan anfangen könnten, sich aneinander zu reiben?« Ich konnte mir ein Kichern nicht verkneifen. Diese Schulfeste waren eine grundlegende Erfahrung in Meadowlark.

»Jedenfalls war es bei einer dieser Veranstaltungen. Während ein langsames Stück gespielt wurde, haben wir uns in die Umkleidekabine der Jungs geschlichen, und in den Duschen habe ich sie geküsst. Ich war nicht sehr gut darin, hätte uns beiden um ein Haar die Schneidezähne ausgeschlagen, und ich habe versucht, meine Zunge einzusetzen, bevor ich wusste, was ich da tat.«

Darüber lachte ich noch lauter.

»Und um deine andere leicht impertinente Frage zu beantworten, ja. Ich habe mit ihrer Mutter geschlafen.« Er wand sich sichtlich, aber wenigstens war er ehrlich. »Das ist aber erst passiert, als ich über zwanzig war; ich habe erst Monate später erfahren, wer sie war, und es war auch nur ein einziges Mal.«

Hm, interessant.

»Und damit das klar ist, die Gerüchte über meine sexuellen Ausschweifungen mit den Müttern irgendwelcher Leute – und über meine sexuellen Ausschweifungen überhaupt – sind total übertrieben.« Ich fand es lustig, dass er von diesen Gerüchten wusste, sie aber nicht sonderlich beachtete. Er machte einfach weiter, ohne sich darum zu kümmern, was irgendjemand von ihm dachte.

»Mit wie vielen Moms hast du denn insgesamt geschlafen?«

»Nur mit der einen, du Schlaumeier.« Irgendjemand hatte mir mal erzählt, es wären mindestens zehn gewesen. Man durfte wohl nicht alles glauben, was man über die Klatsch-Hotline von Meadowlark hörte.

Die Legenden, die sich in Meadowlark um Luke Brooks rankten, hatten tiefe Wurzeln. Früher hatte es mich gestört, dass alle außer mir sein Verhalten einfach hinnahmen.

»Du gewährst mir wirklich tiefe Einblicke, Brooks.«

»Und gefällt dir, was du siehst?«, fragte er scherzhaft, aber ich gab eine ehrliche Antwort.

»Ja.« Er hielt mit seiner Arbeit inne – dem Säubern von Fridays Hufen – und schaute zu mir auf. Ich konnte den Ausdruck auf seinem Gesicht nicht recht einordnen, aber er war … eindringlich. Er verschwand so schnell, wie er gekommen war.

»Und wer war es bei dir?«, fragte er und widmete sich wieder seiner Aufgabe. »Bei deinem ersten Kuss, meine ich.«

»Es war Colton Clifford. In der zehnten Klasse. Während des Feuerwerks beim Rodeo zum vierten Juli.« Ich dachte an den Tag zurück. Da war ich fünfzehn gewesen, und das Einzige, woran ich hatte denken können, war, dass es nur noch drei Jahre dauern würde, bis ich aus Meadowlark wegkommen konnte.

Ich fragte mich, ob mein fünfzehnjähriges Ich enttäuscht gewesen wäre, dass ich wieder genau dort war, wo ich angefangen hatte.

»Verdammt. Ganz schön elegant.« Ich konnte das Lächeln in Brooks' Stimme hören, während ich den hartnäckigen Dreck aus Moonshines Hufen kratzte.

»Das war es wirklich«, bestätigte ich. »Bis ich herausfand, dass er am selben Abend noch ein anderes Mädchen geküsst hat.«

»Du machst Witze.« Lukes Stimme klang ehrlich schockiert, als könnte er nicht glauben, dass ein Junge mir das angetan hätte. Als mein Herz erneut schneller schlug, hatte das nichts mit Panik zu tun, sondern nur mit ihm.

»Nö«, antwortete ich. »Ich habe ihn unter der Tribüne mit einem Mädchen aus der neunten Klasse erwischt.«

»Ich weiß, wo er wohnt. Ich fahre da sofort hin und trete ihm in den Hintern.«

Dazu musste ich lachen, aber es war vielleicht wirklich sein Ernst. »Darum hat sich Teddy schon vor Jahren gekümmert«, berichtete ich lächelnd.

»Gut«, erwiderte er.

Wir striegelten unsere Pferde und gingen dann los, um das Sattelzeug zu holen. Mein Herzschlag beschleunigte sich wieder. Als hätte Brooks das gespürt, sagte er: »Es ist in Ordnung, Emmy« und legte mir eine Hand aufs Kreuz, während er mich zurück zu Moonshine führte. Die Hitze, die bei seiner Berührung durch meinen Körper strömte, lenkte mich von meiner Angst ab aufzusitzen.

Ich ging alle Schritte des Aufsattelns und Aufzäumens durch. Es ging wie von selbst. Ich hatte das in meinem Leben schon Tausende von Malen gemacht. Und das war keine Übertreibung.

Schabracke. Sattel. Gurt. Zaumzeug, beginnend mit dem Gebiss. Ich wiederholte die Worte im Geiste immer wieder, während ich die notwendigen Handgriffe verrichtete und versuchte, mich auf die gegenwärtige Aufgabe zu konzentrieren und nicht darauf, was danach kommen würde.

Als Brooks mit Friday fertig war, führten wir die Pferde aus dem Stall auf den Reitplatz. Brooks band Friday an einem der Zaunpfähle fest und kam dann zu mir.

»Los geht's, Ryder. Soll ich dir hochhelfen?« Eine kleine Hilfestellung konnte wirklich nicht schaden. Nach meiner Reaktion, als er mir seine Hand auf den Rücken gelegt hatte, dachte ich, dass seine Berührung mich ablenken würde, also nickte ich.

In der Atmosphäre verschob sich irgendetwas, als hätte sich zwischen uns etwas verändert, als ich ihm die Erlaubnis gab, mich zu berühren.

»In Ordnung.« Er legte mir seine Hände zuerst auf die Taille, was nicht die richtige Art war, jemandem beim Aufsteigen auf ein Pferd zu helfen. Wir wussten es beide, aber es kümmerte mich nicht. Ich konnte allein auf Moonshine aufsteigen, aber ich wollte, dass er mich berührte. »Linken Fuß in den Steigbügel, Sugar.« Der Begriff kam ihm mühelos über die Lippen. Es klang nicht mehr abwertend, obwohl er wahrscheinlich jede Frau so nannte.

»Eine Hand an den Knauf.« Wurde seine Stimme tiefer? War das überhaupt möglich? Ein Schauer lief mir über den Rücken.

Ich befolgte seine Anweisungen, obwohl ich wusste, was ich tat. Aber nicht darüber nachdenken zu müssen und einfach zuhören zu können, war befreiend.

Die Ablenkung funktionierte. Als wir an den Punkt kamen, an dem er mir hochhelfen sollte, beugte er sich zu mir vor.

»Ich weiß, dass du allein auf dieses Pferd steigen kannst, Ryder.« Seine Hände lagen noch auf meiner Taille, und ich spürte seinen Atem in meinem Nacken. Er drückte meine Taille kurz, dann ließ er mich los.

»Also tu es.«

Ich tat es.

Bevor mir auch nur bewusst wurde, was geschah, stieß ich meinen rechten Fuß vom Boden ab und schwang mein Bein über Moonshine.

Ich saß im Sattel.

Heilige Scheiße.

Ich saß im Sattel, und es war okay.

Ich sah Brooks an – er strahlte, und sein Lächeln wärmte mich durch und durch.

»Da ist sie ja wieder«, sagte er.

Es war fast so, als hätte er Mühe, seinen Blick von mir abzuwenden, als er zu Friday zurückkehrte.

Luke Brooks tat eine Menge sexy Dinge, was mich immer weniger nervte, aber es gab wohl nichts, was so sexy war, wie ihm mit seiner umgedrehten Baseballkappe und seinem Muscleshirt beim Aufsitzen auf sein Pferd zuzusehen.

Verdammt.

Sobald er oben saß, sagte er: »Wir werden es langsam angehen, okay? Ein paar Runden um den Reitplatz, und dann sind wir für heute fertig.«

Ich nickte. Brooks drückte Friday die Schenkel leicht gegen den Bauch, um ihn zu bitten, sich in Bewegung zu setzen, und er tat es.

Ich holte tief Luft und tat das Gleiche bei Moonshine. Sie ging los.

»Atme, Emmy. Du weißt, dass Moonshine auf dich aufpassen wird. Das hat sie immer getan.« Er hatte recht. Ich holte wieder tief Luft und lockerte meinen Griff um die Zügel.

Moonshine folgte Friday, genau wie sie es tun sollte.

Brooks schaute sich immer wieder zu mir um, ob alles in Ordnung war. Und keine Sekunde verschwand das Lächeln von seinem Gesicht.

Wir drehten drei Runden um den Platz, bevor Friday stehen blieb. Ich zog sanft an Moonshines Zügeln, aber sie hätte auch ohne das angehalten. Brooks saß ab und band Friday wieder an den Pfosten. Dann kam er zu mir zurück, und das Lächeln auf seinem Gesicht war so ansteckend, dass ich es sofort erwiderte.

»Wie fühlst du dich?«, fragte er.

»Ich fühle mich umwerfend«, antwortete ich. Ehrlich.

»Du siehst auch umwerfend aus.« Dieser Mann und

seine Fähigkeit, mich zum Erröten zu bringen, nervten immer noch.

»Klappe, Brooks«, sagte ich. Er lächelte einfach weiter.

»Lass uns Schluss machen, solange wir die Nase vorn haben. Bist du bereit abzusitzen?«

Das Absitzen verlief reibungslos, und als meine Stiefel den Boden berührten, konnte ich meine Freude nicht mehr zurückhalten. Als ich Moonshine neben Friday an den Pfosten gebunden hatte, drehte ich mich zu Brooks um. Ich konnte nicht anders – ich warf mich an seine Brust und schlang ihm die Arme um den Hals.

Er blieb einen Moment lang verdutzt stehen und erstarrte, aber dann schlang er seine Arme um mich und hob mich für eine Sekunde vom Boden hoch. Wir lachten miteinander. Ich lehnte mich zurück, um ihn ansehen zu können.

»Danke, Luke.« Ich hoffte, er hörte, wie aufrichtig ich es meinte.

»Das hast du allein geschafft, Emmy. Das warst alles du.«

»Ohne dich hätte ich es nicht geschafft.« Ja, auf ein Pferd zu steigen und einige Runden im Schritt zu gehen, war ein himmelweiter Unterschied zum Barrel-Racing, aber es war immerhin etwas. Nachdem ich so lange gar nichts gehabt hatte, fühlte ich mich, als wäre ich ganz oben.

»Du hättest es geschafft. Das weiß ich.« Er strich mir eine verirrte Haarsträhne hinters Ohr und ließ die Hand an meinem Gesicht liegen. Sein Blick flog zu meinen Lippen, genau wie an dem Abend in meiner Hütte.

Anders als damals fuhr er mir jetzt mit dem Daumen über meine Unterlippe. Ich wollte ihn am liebsten in den Mund nehmen.

Jetzt war es so weit.

Ich wollte, dass er mich küsste. Ich wollte es so sehr.

Aber er tat es nicht.

Stattdessen löste er sich von mir, band unsere beiden Pferde los und führte sie wieder in den Stall.

Luke

10

Innerhalb von nicht einmal zwei Wochen hätte ich die kleine Schwester meines besten Freundes nicht nur einmal, sondern zweimal fast geküsst. Ich wollte sie so sehr küssen, dass es erbärmlich war.

Dabei versuchte ich mir einzureden, es läge nur daran, dass Emmy hübsch war und ich schon lange keine Frau mehr geküsst hatte. Ich hatte nicht den Wunsch danach verspürt. Aber ich wusste, dass das nicht wahr war. Da war etwas zwischen uns.

Und Emmy war nicht nur hübsch, sie war außergewöhnlich.

Irgendwann während der letzten zwei Wochen hatte Emmy angefangen, mich anzusehen, als wäre ich etwas wert, und ich war wie berauscht von dem Gefühl, das mir das gab.

Als ich gestern zugesehen hatte, wie ihr Selbstvertrauen mit jeder Runde um den Reitplatz wuchs, war mir glatt die Jeans zu eng geworden. Und wie sie sich danach in meine Arme geworfen hatte!

Ich war nicht mehr zu retten.

Am nächsten Tag schrieb ich ihr eine Nachricht, dass ich etwas in der Bar erledigen müsse und daher nicht reiten könne. Es entsprach der Wahrheit. Normalerweise arbeitete ich freitags nicht auf der Ranch, weil ich den Tag damit verbrachte, das *Devil's Boot* fürs Wochenende vorzubereiten.

Ich schrieb ihr, dass einige arbeitsreiche Tage vor mir lägen und dass wir am Dienstag weitermachen könnten. Das sollte mir genug Zeit verschaffen, wieder einen klaren Kopf zu bekommen und nicht mehr daran zu denken, wie es wäre, sie zu berühren … überall.

Ich fühlte mich mies, dass ich Emmy hängen ließ, aber ich brauchte ein paar Tage, um wieder vernünftig zu werden, was sie betraf. Wenn ich Emmy sah, während ich mich so fühlte, wie ich es jetzt tat, hatte ich nicht den geringsten Zweifel, dass ich sie küssen würde. Ich würde mehr tun, als sie nur zu küssen.

Ich wollte Emmy auf jede erdenkliche Art in Besitz nehmen.

Ich wollte alles über sie wissen, inklusive wie sie klingen würde, wenn sie meinen Namen stöhnte.

Wenn ich schon vorher gedacht hatte, dass wir uns auf gefährlichem Terrain bewegten, wollte ich gar nicht wissen, wo wir uns jetzt befanden.

Seufzend fuhr ich mir mit den Händen übers Gesicht. Ich hatte eine Million Dinge zu tun und konnte nur an Emmy denken.

Heute Morgen hatte Joe mich gefragt, warum ich so zerstreut war, und ich hatte nicht gewusst, was ich antworten sollte. Joe war ein guter Kerl. Er arbeitete schon länger im *Devil's Boot*, als ich auf der Welt war, und er war der einzige Grund, warum die Bar Jimmy Brooks als Besitzer überlebt hatte.

Als mein Vater mir die Bar überließ, hatte ich fünfzig Prozent davon an Joe weitergeben wollen. Er hatte es verdient, aber er lehnte ab. Wir einigten uns dann auf eine Aufteilung von fünfundvierzig zu fünfundfünfzig. Das schien ihn glücklich zu machen, und ich bekam einen verdammt guten Partner dafür.

Außerdem konnte ich so weiterhin auf Rebel Blue aushelfen, und das bedeutete mir alles.

Fast hätte ich die Bar damals nicht angenommen. Ich hatte nichts von meinem Vater haben wollen. Als er vor ein paar Jahren starb, hatte ich es über dreißig Jahre lang geschafft, nichts von ihm zu brauchen, und wollte nicht plötzlich damit anfangen. Aber als mir die Bank erklärte, dass es wahrscheinlich das Ende der Bar bedeutete – das Ende von etwas, das so vielen Menschen so viel bedeutete, auch wenn es nur der Ort war, an dem sie lauthals Country-Klassiker mitgrölten –, beschloss ich, sie zu übernehmen.

Ich übernahm auch das Haus – einen Bungalow, der zwischen den Bäumen hinter der Bar versteckt lag, ungefähr dreihundert Meter davon entfernt. Das Land, das ich besaß, war kein Rebel Blue, aber vierzig Hektar mit einem Haus und einer Bar waren für jemanden wie mich nicht allzu schlecht.

Ich wusste nicht genau, wie das alles in Jimmys Händen gelandet war, aber ich hätte lügen müssen, wenn ich gesagt hätte, dass ich nicht dankbar war.

Als es an meiner Bürotür klopfte, schaute ich auf, in der Erwartung, Joe zu sehen. Stattdessen stand Teddy Andersen vor mir.

Warum war Teddy Andersen um zehn Uhr morgens an einem Freitag in meiner Bar?

Warum hatte Joe sie überhaupt hereingelassen?

»Bist du beschäftigt?«, fragte sie. Sie hatte das Haar zu dem für sie typischen Pferdeschwanz zusammengebunden, aber der Ausdruck auf ihrem Gesicht war ungewohnt. Sie sah wütend aus.

Teddy war einer der letzten Menschen auf dem Planeten, die ich verärgern wollte. Sie und Gus standen in dieser Hinsicht wahrscheinlich auf einer Stufe. Als Emmy mir gestern die Geschichte von ihrem ersten Kuss erzählt und dabei erwähnt hatte, dass Teddy »sich darum gekümmert« habe, war mein erster Gedanke der gewesen, dass sie diesem Burschen wahrscheinlich den Schwanz abgeschnitten und in den Mund gestopft hatte.

»Was gibt's, Teddy?«, fragte ich. Sie trat über die Schwelle zu meinem Büro und schloss die Tür hinter sich.

»Was läuft da zwischen dir und Emmy?« Sie hielt offenbar nicht hinterm Berg. Mist.

»Wovon redest du?«, antwortete ich. Ich hielt meine Stimme neutral. Zumindest versuchte ich es.

»Lass den Scheiß, Brooks. Sie hat mir von dem Beinahe-Kuss in ihrer Hütte erzählt, und jetzt gibst du ihr Reitunterricht? Sie ist ein Barrel-Racing-Profi. Ich glaube kaum, dass sie irgendwelche Tipps von dir braucht.«

Emmy hatte ihr von der Szene in der Hütte erzählt? Sie hätte es ihrer besten Freundin nicht erzählt, wenn es ihr nichts bedeutet hätte, oder?

Darum geht es nicht, du Idiot.

»Du kannst spielen, mit welchem Mädchen du willst. Warum führst du ausgerechnet Emmy an der Nase herum?«, bedrängte sie mich. Sie akzeptierte meine unbeteiligte Haltung offensichtlich nicht als Antwort.

»Ich führe sie nicht an der Nase herum«, antwortete ich aufrichtig. Das tat ich wirklich nicht. Wenn überhaupt, dann führte sie mich an der Nase herum. Von der Sekunde an, als sie vor einigen Wochen zum ersten Mal durch die Tür meiner Bar gekommen war, hatte es sich angefühlt, als hätte sie sich in mein Gehirn eingebrannt und praktisch verlangt, dass ich rund um die Uhr an sie dachte.

So sollte ich für niemanden empfinden, erst recht nicht für die kleine Schwester meines besten Freundes. »Emmy und ich sind Freunde.«

Teddy wirkte nicht überzeugt. Wahrscheinlich, weil meine Antwort nicht überzeugend war. Emmy und ich waren Freunde, aber nur, weil das alles war, was wir sein konnten.

»Freunde?«, wiederholte sie.

»Ja. Ich verbringe gern Zeit mit ihr.«

»Und der Reitunterricht?«

»Eher eine Auffrischung ihrer Kenntnisse, aber was das sonst noch betrifft, musst du sie selbst fragen.« Ich beschäftigte mich mit den Unterlagen auf meinem Schreibtisch. Es stand mir nicht zu, irgendjemandem zu erzählen, was Emmy gerade durchmachte. Ich wollte bloß für sie da sein.

»Erlebst du spannungsgeladene Beinahe-Küsse mit all deinen Freunden?« *Spannungsgeladen?* Hatte Emmy es ihr so beschrieben?

Ich versuchte, nicht zu lächeln. Es gelang mir nicht,

sodass ich mir ungelenk eine Hand vor den Mund hielt, um meine Gefühle vor Teddy zu verbergen.

Vielleicht war Emmy von dem, was zwischen uns passierte, genauso befallen wie ich.

Darüber durfte ich nicht nachdenken. Ich konnte meine Gedanken nicht in diese Richtung wandern lassen und darüber nachdenken, wo wir enden würden, wenn das wahr wäre.

»Nein«, antwortete ich schlicht. Ich hatte noch nie mit irgendjemandem irgendetwas so Spannungsgeladenes erlebt. Nur mit Emmy.

»Hör auf, so blöd zu grinsen, Brooks. Sag mir, was los ist.«

»Hör mal, Teddy, ich führe Emmy nicht an der Nase herum. Versprochen. Ich würde ihr niemals wehtun. Wir sind Freunde, und ich verbringe gern Zeit mit ihr, das ist alles. Okay?«

Die Hälfte dieses Satzes war wahr, aber es schien zu funktionieren.

Ich beobachtete Teddy eine Minute lang dabei, wie sie über meine Worte nachdachte, bevor ihr Gesichtsausdruck von wütend zu amüsiert wechselte.

»Was?«, fragte ich.

»Nichts. Ich kapiere es jetzt.« Ein kleines Lächeln umspielte ihre Mundwinkel.

»Du kapierst was?«

»Ich kapiere es einfach.« Teddys Lächeln wurde noch breiter. »Danke, dass du alles für mich geklärt hast.«

»Teddy, wovon zum Kuckuck redest du?«

»Nichts.« Gott, sie war wirklich ätzend. Als sie die Tür zu meinem Büro öffnete, sagte sie: »Man sieht sich,

Brooks.« Bevor sie ganz außer Sichtweite war, hörte ich sie hinzufügen: »Wenn du meiner besten Freundin wehtust, schneide ich dir den Schwanz ab und stopfe ihn dir in den Hals.«

Irgendwie hatte ich das ungute Gefühl, dass Teddy genau wusste, was ich für ihre beste Freundin empfand.

Emmy

11

In aller Herrgottsfrühe klingelte mein Telefon. Ich nahm an, dass es Teddy war, denn sie war die einzige Person, die mich in letzter Zeit überhaupt anrief. Ich ging an den Apparat, ohne auf das Display zu schauen.

Großer Fehler.

»Hallo?«, sagte ich mit verschlafener Stimme.

»Hi, guten Morgen, spreche ich mit Emmy Ryder?« Die Stimme am anderen Ende der Leitung war definitiv nicht die meiner besten Freundin. Nicht einmal Teddy war morgens so munter.

»Das tun Sie.«

»Guten Morgen, Emmy. Hier ist Wendy von der Women's Professional Rodeo Association.« Auf der Liste der Personen, mit denen ich an einem Montagmorgen nicht reden wollte, standen die Rodeoleute ziemlich weit oben. Vor allem Wendy mit ihrer aufdringlich süßen Stimme.

»Ich rufe an, weil ich wissen wollte, ob Sie antreten wollen, wenn wir nächsten Monat nach Meadowlark kommen.«

»Ähm, ich weiß nicht. Ich mache im Moment eine Pause vom Rodeosport.«

»Ja, wir sind uns Ihrer Situation bewusst.« Na toll. »Ich wollte anrufen und Ihnen Bescheid geben, dass wir verstehen, wie schwierig es sein kann, so etwas zu verarbeiten, und das sollten Sie unbedingt tun, aber wir hätten Sie auch liebend gern in Meadowlark dabei. Das ist doch Ihre Heimatstadt, oder?«

»Ja«, bestätigte ich schlicht.

»Nun, wir haben die Wettkämpfe noch nie dort abgehalten, und wir denken, dass es für uns und für Ihre Stadt großartig wäre, wenn Sie mitmachen würden.« Was war mit der Frage, ob es auch für mich großartig sein würde?

»Ich werde darüber nachdenken.«

»Wunderbar! Dann melde ich mich in zwei Wochen noch mal. Und Emmy?«

»Ja?«

»Wenn wir irgendetwas für Sie tun können, zögern Sie bitte nicht, sich zu melden. Wir schätzen Sie, und wir sind glücklich darüber, Sie in unserer Crew zu haben. Sie sind eine großartige Barrel-Racing-Reiterin.«

»Danke.« Wo wart ihr, als ich mich einen ganzen Monat lang in meiner Wohnung verschanzt habe, dachte ich. Wendy war seit Jahren für das Barrel-Racing der WPRA zuständig. Ich kannte sie schon lange. Auch wenn ich Wendy keine Vorwürfe machte, hatte ich ihr meinen Unfall gleich danach gemeldet, aber dies war das erste Mal, dass ich von ihr hörte.

Und das Erste, was sie mich gefragt hatte, war, ob ich bereit wäre, an einem Rennen teilzunehmen.

»Gut, wir sprechen uns bald wieder. Ich wünsche

Ihnen einen tollen Tag!«, fügte Wendy hinzu. Ihre Stimme war wirklich wie Fingernägel auf einer Kreidetafel, vor allem so früh am Morgen. Ich beendete das Telefonat, ohne zu antworten. So wollte ich meinen Morgen nicht beginnen.

Bisher hatte ich seit meiner Heimkehr aus Denver nichts anderes auf einem Pferd getan, als auf dem Reitplatz im Schritt ein paar Runden zu drehen. Ich konnte mit Moonshine nicht einmal einen der Reitwege auf dem Gelände der Ranch benutzen.

Es fühlte sich im Moment zu wenig vertraut an, was schwer vorstellbar war, da ich mein Leben lang über diese Wege geritten war.

Darüber konnte ich im Moment nicht nachdenken.

Gestern Abend beim Essen, bei dem Brooks auffälligerweise gefehlt hatte, war von Wes die Frage gekommen, ob ich ihm bei irgendeinem Projekt helfen könne. Ich hatte zugestimmt.

Obwohl Brooks ein paar Tage lang nicht mit mir reiten konnte, ging ich trotzdem jeden Morgen zu den Ställen und drehte im Schritt ein paar Runden mit Moonshine. Es war nicht so einfach ohne ihn an meiner Seite, aber ich schaffte es.

Es war erstaunlich, wie sehr mich unsere belanglosen Unterhaltungen beim Aufsatteln und -zäumen beruhigt hatten.

Ich war noch nicht mutig genug, um mit Moonshine zu traben, daher hoffte ich, dass die Sache, bei der ich Wes helfen sollte, nicht allzu viel Reiten erforderte, sonst würde heute kein guter Tag werden.

Ich zwang mich, aus dem Bett zu steigen und unter die warme Dusche zu gehen. Es war gerade die Phase im

Sommer, in der es morgens bereits kälter wurde, aber noch nicht kalt genug, um ein Feuer in der Hütte zu machen. Doch diese Tage würden wahrscheinlich bald kommen.

Normalerweise wurde es ein paar Wochen nach Teddys Geburtstag, der diese Woche war, abends früher kalt und blieb auch morgens länger kalt. Das hieß aber nicht, dass es tagsüber nicht immer noch höllisch heiß war.

Es war nicht Wyoming, wenn man nicht mindestens drei Jahreszeiten pro Tag erlebte.

Nach meiner Dusche schlüpfte ich in eine Wrangler-Jeans, ein schwarzes Tanktop und einen übergroßen Hoodie von Carhartt. Ich band mir das Haar zu einem Zopf zurück und zog gerade meine Stiefel an, als Wes anklopfte.

»Emmy? Bist du fertig?« Seine Stimme klang gedämpft durch die Haustür.

»Ja, komm rein!«, antwortete ich. Er öffnete die Tür, und die kühle Morgenluft strömte in meine Hütte. Der Hoodie war eine gute Entscheidung gewesen.

»Hey, Morgen. Ist es in Ordnung für dich, wenn wir das UTV nehmen?« Er hatte keine Ahnung, wie sehr das für mich in Ordnung war.

»Ja, geht klar.« Wir verließen meine Hütte, und ich achtete darauf, die Tür fest zu verschließen. *Gern geschehen, Gus.*

Wes war mit dem Side-by-Side-Vehicle zu meiner Hütte gefahren, also ging ich auf die Beifahrerseite und sprang hinein. »Was ist denn das für ein großes Projekt, das du erwähnt hast?«

Wes lächelte, während er den Blick auf die unbefestigte Straße vor uns richtete, und zeigte seine Grübchen.

»Du wirst schon sehen.« Wir kamen an eine Weggabelung, und Wes nahm die linke Abzweigung. Sie führte zu dem älteren Teil von Rebel Blue – also dorthin, wo die meisten Originalbauten zu finden waren. Da hier kaum Arbeitsgebäude standen, streiften meist viele Rinder umher. Es war der Teil der Ranch, in dem sie einem am ehesten den Weg versperrten, aber es sah nicht so aus, als ob das heute Morgen der Fall sein würde.

»Und wie ist es so, wieder zu Hause zu sein?«, fragte Wes beim Fahren.

»Es ist schön. Mir war gar nicht klar, wie sehr ich das Leben hier vermisst habe«, antwortete ich. Es war einfach, Wes gegenüber ehrlich zu sein. In manchen Dingen jedenfalls.

»Mit ›hier‹ meinst du Meadowlark oder Rebel Blue?«

Ich dachte kurz darüber nach. »Beides«, sagte ich wahrheitsgemäß. »Ich hatte gedacht, dass es mir nur mit der Ranch so ging, aber Meadowlark ist nicht so übel, wie ich es in Erinnerung hatte.«

»Jemand sollte mal nachschauen gehen, ob die Hölle schon zugefroren ist«, witzelte Wes, und ich lächelte. »Was ist mit dem festen Freund, den du letzten Monat am Telefon erwähnt hast?«

»Unwichtig«, erwiderte ich. Das war hart, aber wahr.

»Ah, kapiere.« Wes ließ es auf sich beruhen. Ich wusste zu schätzen, dass er mich nicht ausquetschte. Wie Gus mochte ich es nicht, über meine Gefühle zu sprechen. Wes gab mir das Gefühl, dass ich über alles reden konnte, aber er drängte mich nie dazu, bevor ich dazu bereit war.

»Womit hast du dir deine Zeit hier vertrieben?«, fragte er.

»Die meiste Zeit war ich in unseren Ställen.« Das entsprach der Wahrheit. Ich war kaum irgendwo anders in Meadowlark oder auch nur auf Rebel Blue gewesen. Aber ich verschwieg Wes nicht, wo ich gewesen war – ich verschwieg ihm nur, mit wem ich zusammen gewesen war und was ich inzwischen für denjenigen empfand.

»Hat Gus nicht Brooks für die Ställe eingeteilt?«

»Ja, ich habe bloß ausgeholfen.«

»Nun, er hat mit der Bar viel zu tun, deshalb ist das wahrscheinlich nett für ihn.« Wir hielten vor dem Gebäude, das vor unser aller Geburt das Haupthaus gewesen war. Tatsächlich war es größer als das, in dem wir lebten. Aber es war deutlich älter. Unser Dad hatte unser Haupthaus gebaut, als er in seinen Zwanzigern gewesen war, weil die Abwasserleitungen in diesem Haus nicht ideal waren.

Im Gegensatz zu unserem war dieses eher wie ein normales Haus gebaut. Es war ein Ranchhaus im amerikanischen Craftsman-Stil. Die blaue Farbe war verblasst, und die Haustür war mit Brettern vernagelt, aber es war immer noch wunderschön. »Was machen wir hier?«, fragte ich.

Wes lächelte breit, und ich spürte, wie begeistert er war. In dem Golden-Retriever-Gehirn meines Bruders ging irgendetwas Großes vor.

»Das hier wird der Mittelpunkt unserer Gästeranch sein.«

»Moment, Moment, Moment«, sagte ich und wollte dafür sorgen, dass mein Gehirn meinen Mund wieder einholte. »Dad und Gus haben grünes Licht gegeben?«

»Noch nicht, aber das werden sie«, beteuerte er.

»Als sie aus Idaho wiedergekommen sind, hat Gus mich gefragt, ob ich immer noch interessiert sei, was ich natürlich bin, weshalb wir irgendwann diese Woche beim Abendessen abstimmen werden.«

»Nun, du weißt, wie ich stimmen werde«, erwiderte ich.

»Ich weiß. Und danke.«

Ich sah mir das alte Haupthaus an. Es wurde so gut wie möglich instand gehalten, aber es hatte keine Priorität, vor allem, weil wohl niemand glaubte, dass es jemals wieder ein betriebsfähiges Haus sein würde. Wenn wir den Platz gebraucht hätten, dann hätte mein Dad es wahrscheinlich einfach abreißen lassen.

»Dann erzähl mir doch mal, wie du dieses Haus, das im Grunde eine Ruine ist, in einen Ort verwandeln willst, an dem jemand tatsächlich bleiben will?«

»Nun, es wird wahrscheinlich mindestens achtzehn Monate dauern, bis wir Gäste empfangen können, wobei die eigentlichen Bauarbeiten hoffentlich nur sechs bis neun Monate dauern werden«, erklärte er. Ich wusste, dass er schon seit Jahren diesen Plan im Kopf ausarbeitete. »Das ganze Haus muss entkernt und auf den neuesten Stand der Bauvorgaben gebracht werden. Aber was die Aufteilung angeht, befinden sich auf der Westseite sechs Schlafzimmer. Zwei davon werden in große Suiten umgewandelt und die anderen vier in eine Reihe von Suiten mit jeweils einem Bad dazwischen. Wir werden eine große Küche und einen Essbereich einrichten und einen Wohnbereich, in dem man nach einem langen Tag entspannen kann.«

Wes war ein Träumer. Weder Gus noch ich hatten die Fähigkeit, so zu träumen, wie er es tat – so, dass es sich anfühlte, als wäre alles möglich. Ich hätte nie auf diese Ideen kommen können, aber als Wes mir seinen Plan vorstellte, konnte ich das alles fast vor mir sehen.

»Ich bin begeistert. Es wird fantastisch, Wes. Ich bin so stolz auf dich.« Und das war ich. Ich wünschte ihm, dass dies alles klappte.

»Danke, Em.«

»Okay, und warum sind wir heute hier draußen?«

»Wir gehen rein. Wir müssen den Zustand des Hauses dokumentieren. Sobald Dad und Gus ihre offizielle Zustimmung geben, will ich mich auf die Suche nach einem Innenarchitekten und einer Baufirma machen.«

»Dann mal los.« Wes und ich gingen zur Tür.

»Bist du je da drin gewesen?«, fragte Wes.

»Nein. Ich gehe normalerweise nicht wie du in verlassene Gebäude.« Wes mochte Adrenalin. Das war das Einzige an ihm, das ihn manchmal in Schwierigkeiten brachte.

»Langweilig«, sagte Wes, riss die Sperrholzplatte von der Eingangstür und öffnete sie. Ich schaute hinein. Gott, dieses Haus war wirklich in einem schlechten Zustand. Wes und die Leute, die er anheuern wollte, würden alle Hände voll zu tun haben.

Nach einem Nahtoderlebnis, das mit der Küchendecke und einer Menge toter und lebendiger Nagetiere zu tun hatte, versperrten Wes und ich die Tür erneut mit Brettern.

»Wes, ich weiß, dass du es schaffen kannst, aber verdammt noch mal. Bist du dir sicher, dass du das ganze Ding nicht einfach abreißen willst?«, fragte ich kopfschüttelnd. Nachdem ich das Innere des Hauses gesehen hatte, war ich mir zu hundert Prozent sicher, dass es einfacher sein würde, bei null anzufangen.

»Ich bin mir sicher.« Wes lächelte. Er ließ sich von dem Zustand des Hauses nicht abschrecken. »Gus bekommt die Ranch«, fuhr er fort. »Du hast Meadowlark verlassen und ganz allein etwas aus dir gemacht«, fügte er hinzu. »Das hier gehört mir.«

Wes schob die Hände in die Hosentaschen und blickte zurück auf das Haus. Er sah es an, als ob es bereits fertig wäre. Ich bewunderte seine Fähigkeit, das Potenzial von Dingen zu erkennen.

»Es wird wunderschön, Emmy.«

»Ich weiß. Wenn irgendjemand es schaffen kann, dann du.« Das stimmte. Weder Gus noch ich hätten so etwas jemals durchziehen können. Wir hätten es nicht einmal versucht. Wes legte mir einen Arm um die Schultern, und wir gingen zurück zu dem UTV.

»Apropos Träume, wirst du an den regionalen Wettkämpfen teilnehmen, wenn sie nächsten Monat in Meadowlark stattfinden?«

Verdammt noch mal. War denn nichts heilig in dieser Stadt? »Woher weißt du davon?«

»Es stand in der Zeitung.« Natürlich stand es in der Zeitung. Meadowlark war wirklich die einzige Stadt, die noch eine florierende Lokalzeitung besaß. Sie wurde von der öffentlichen Hand finanziert, und jeder bekam eine Zeitung – ob er dafür spendete oder nicht –, und der größte Sponsor der Zeitung war zufällig Amos Ryder.

Wie schön, dass Meadowlark den Lokaljournalismus unterstützte.

»Willst du die ehrliche Antwort hören?«, fragte ich Wes.

»Immer«, sagte er.

»Ich weiß es nicht. Ehrlich gesagt, Wes, weiß ich nicht mehr, was mein Traum ist.« Wes blieb stehen. Ich ging noch einige Schritte weiter, bevor ich ebenfalls innehielt und mich zu ihm umdrehte.

»Du wirst es schon herausfinden. Das tust du immer.« Genau das war die Sache. Normalerweise tat ich das, aber ich wusste nicht, wie ich es diesmal anstellen sollte – wie ich einen Teil von mir aufgeben und einen Neuanfang hinlegen sollte.

»Diesmal bin ich mir nicht so sicher.«

»Ich schon«, entgegnete er. Er sah mich an, und es stand ihm ins Gesicht geschrieben, wie lieb er mich hatte. »Alles endet irgendwann, Emmy. Ob du dich dafür entscheidest, weiter an Rennen teilzunehmen oder nicht, du sollst wissen, dass ich dich liebend gern ein letztes Mal in der Stadt reiten sehen würde, die uns geprägt hat.«

Diese Worte gab mir Wes mit auf den Weg, als wir zurückfuhren. Er setzte mich an den Stallungen der Familie ab, und ich begann mit meinem Tagwerk.

Ich versuchte, nicht darüber nachzudenken, wie dringend ich mit Brooks über Wes' Worte reden wollte. Oder wie still es ohne ihn im Stall war.

Luke

12

Letzte Nacht konnte ich nicht schlafen. Nachdem ich mich stundenlang hin und her gewälzt hatte, fand ich mich mit meinem Schicksal ab und stieg aus dem Bett. Ich streifte mir eine kurze Laufhose über, schnappte mir meine Joggingschuhe und verließ das Haus. Ich musste auf andere Gedanken kommen.

Es war noch dunkel, also war es wahrscheinlich so gegen vier Uhr morgens. Jeden Morgen lief ich den Weg, der einen Bogen um mein Haus machte und zum *Devil's Boot* führte. Ich kannte die Strecke wie meine Westentasche, daher lief ich trotz der Dunkelheit los.

Ich konnte nicht aufhören, an Emmy zu denken. Seit ein paar Tagen hatte ich sie nicht mehr gesehen, aber es kam mir wie Wochen vor. Dieses Gefühl kannte ich nicht. Noch nie hatte eine Frau mich so sehr beschäftigt, wie Emmy es tat. Ich lauschte auf meine Schritte auf dem Pfad und nutzte den vertrauten Rhythmus meines Laufs, um meine Gedanken zu beruhigen. Ich lief nicht mit Kopfhörern, sondern nur mit all den Stimmen in meinem Kopf.

Es gab so viele Dinge in meinen Gedanken, die ich klären wollte, und die meisten davon hatten mit Emmy zu tun und damit auch mit Gus.

Emmy war mir immer wichtig gewesen, und sie hatte zu meinem Leben gehört, solange ich denken konnte. Aber vor diesen letzten Wochen war Gus eine Art Barriere zwischen uns gewesen. Keine schlimme, aber trotzdem eine Barriere. Abgesehen von einigen Fahrten von der Schule nach Hause war ich nie wirklich allein mit ihr gewesen.

Bis jetzt.

Mit Emmy allein zu sein, war wie eine kurze Reise weg von der Realität. Es gab nur uns zwei, Luke und Emmy. Nicht Brooks, Meadowlarks Versager, und Emmy, Meadowlarks Liebling. Das Gefühl, das ich hatte, wenn ich mit ihr zusammen war, entwickelte sich schnell zum besten, das ich je empfunden hatte.

In den letzten paar Jahren hatte ich versucht, etwas zu erreichen, und Emmy hatte etwas an sich, das mir den Glauben gab, es schaffen zu können. Denn wenn sie nicht gerade eine Klugscheißerin war, war sie aufmerksam und freundlich und eine verdammt gute Zuhörerin.

Diese Emmy war neu für mich, und das musste daran liegen, dass ich sonst immer das Schlimmste in ihr ausgelöst hatte. Ich war ein kaputter Junge gewesen. Das hatte zur Folge gehabt, dass ich oft impulsiv war und nach Aufmerksamkeit gierte – jeder Art von Aufmerksamkeit. Dazu gehörten auch Verletzungen durch Emmys scharfe Zunge.

Ehrlich gesagt mochte ich diese Version von ihr immer noch.

Ich verspürte nicht mehr den Wunsch, sie wegen jeder Kleinigkeit aufzuziehen, aber es gefiel mir, wenn sie sich wehrhaft zeigte. In ihrer Kindheit und Jugend hätten die Leute Emmy wahrscheinlich als süß und schüchtern beschrieben.

Ich nicht. Mir hatte sie diese Seite nicht gezeigt.

Ich hätte Ausdrücke benutzt wie »totale Nervensäge« oder »dickköpfig«.

Als wir jünger gewesen waren, war Emmy immer in meiner Nähe aufgetaucht, selbst wenn wir uns nicht auf Blue Rebel befanden. Wenn ich ein Mädchen zum Essen einlud, war Emmy im Diner und lernte dort mit Teddy für die Schule. Wenn jemand eine Party gab, schmuggelte Teddy sich selbst und ihre Freundin irgendwie hinein, auch wenn alle anderen dort mindestens fünf Jahre älter waren als sie.

Das hatte mich höllisch geärgert, und ich sorgte dafür, dass Emmy das wusste.

Eines Abends hatte ich Emmy an einem Lagerfeuer gesehen, wo sie mit einem Typen rummachte, der einen Ort weiter wohnte und älter war als ich. Emmy war siebzehn, also war ich der Ansicht, dass er offenbar ein verdammter Widerling war.

Als er aufstand, um ihr einen Drink zu holen, ging ich zu ihm und sagte ihm, dass es ihm leidtun würde, wenn er sie je auch nur wieder ansah. Nachdem er sich aus dem Staub gemacht hatte, ging ich zu Emmy und sagte ihr ein paar ziemlich üble Dinge – dass sie sich so anziehen würde, um die falsche Art von Aufmerksamkeit zu bekommen, dass sie ein dummes Kind sei, und ich sagte ihr in Gegenwart aller, sie solle gehen.

Ich dachte, ich hätte mich ihr gegenüber so mies verhalten, dass es ihr einen Dämpfer versetzt hätte und sie nach Hause gehen würde. Ich wusste, dass ihr die Sache peinlich war. Wenn jemand anderes das alles zu ihr gesagt hätte, hätte es wahrscheinlich den gewünschten Effekt gehabt, aber da ich es war, gab Emmy direkt Widerworte und machte mich fertig.

Sie ließ mich spüren, dass sie mich für einen nichtsnutzigen Versager hielt, und stürmte davon.

Sie hatte nicht unrecht.

Wenn sie mich so niedermachte, wollte ich immer, dass sie es wieder tat. Ich wusste nicht, was das war – ihre Ehrlichkeit, ihre Bissigkeit oder einfach nur die Tatsache, dass jemand mich so sah, wie ich selbst zu sein glaubte –, das in mir den verzweifelten Wunsch weckte, sie auf die Palme zu bringen.

Jetzt lernte ich eine andere Seite von Emmy kennen, aber ich konnte immer noch etwas von dem Mädchen mit der messerscharfen Zunge in der Frau mit dem verführerischen Mund erkennen.

Es war, als hätte ich mein Leben lang kleine Teile von ihr bekommen, und jetzt setzte ich die Teile endlich zusammen.

Und wer hätte es gedacht? Es gab kein einziges Teil an Emmy, das ich nicht mochte.

Ich war so was von erledigt.

Und ich hatte keine Ahnung, was ich tun sollte. Emmy war tabu – Gus würde ausflippen, wenn er herausfand, dass zwischen uns etwas lief oder je gelaufen war. Angesichts meiner Vorgeschichte mit Frauen konnte ich es ihm nicht einmal verübeln.

Es war nicht so, als würde ich Frauen schlecht behandeln. Um ehrlich zu sein, war ich nie lang genug mit einer zusammen, um sie überhaupt irgendwie zu behandeln. Ich hatte miterlebt, wie mein Stiefvater meine Mom behandelte, und früh entschieden, niemals wie dieser Mann zu werden – ein Mann, der ständig die Oberhand haben, der alle Macht haben musste.

Ich hasste diesen Typ.

Stattdessen wurde ich zu dem Mann, den jede anrufen konnte, wenn sie es nett haben wollte.

Wer würde denn nicht wollen, dass seine kleine Schwester bei einem solchen Typen landete?

Nicht, dass Emmy und ich irgendwo zusammen landen würden oder so was. So meinte ich das nicht.

Gus war mein bester Freund. Wer weiß, was mit mir passiert wäre, wenn er mir in der zweiten Klasse nicht die Hälfte seines Erdnussbutterbrotes abgegeben hätte, als ich kein Pausenbrot dabeihatte.

Ich wollte unsere Freundschaft nicht ruinieren, aber ich wollte auch nicht auf das verzichten, was mit Emmy passieren konnte.

Irgendetwas an ihr fühlte sich einfach anders an. Es fühlte sich gut an. Ich wollte wissen, wohin das führen konnte, wohin das mit uns führen konnte.

Selbst wenn wir am Ende nur Freunde sein würden. Ich wollte sie in meinem Leben haben, mehr, als sie es jetzt schon war. Das reichte mir nicht mehr.

Die ersten Anzeichen des Sonnenaufgangs schimmerten durch die Bäume, und ich blieb direkt vor dem *Devil's Boot* stehen. Der Pfad endete hier, also würde ich umkehren müssen, um wieder nach Hause zu kommen. Im frühen Morgenlicht sah das *Devil's Boot* fast gespenstisch aus. Wahrscheinlich spukte es dort wirklich. Zumindest spukten dort schlechte Entscheidungen herum. Es war, als würden Reste der Nacht an der Bar haften und sich weigern, dem Licht zu weichen.

Ich konnte immer noch kaum glauben, dass der Laden mir gehörte.

Mein Blick blieb auf der verblassten Farbe hängen. Ich hatte das *Devil's Boot* aus dem Loch geholt, das Jimmy ihm geschaufelt hatte. Es hatte eine Zeit gegeben, da hätte ich das Loch noch tiefer ausgehoben. Wirklich, es war verdammt verlockend, alles gegen die Wand zu fahren und mich selbst zu zerstören. Aber das tat ich nicht mehr. Wenigstens versuchte ich, es nicht zu tun. Das war nicht viel, aber es war etwas.

Dieser Teil von mir, der sich ein Leben aufbauen wollte, das anders war als das meines Vaters, hatte das – zumindest bis jetzt – verdammt gut gemeistert. Es war ein weiterer Teil von mir, den Emmy nicht kannte. Und ich wollte, dass sie ihn kennenlernte.

Ich wollte ihr auch Teile von mir geben, die sie zusammensetzen konnte.

Zu Beginn meines Laufs hatte ich überlegt, wie ich mich von Emmy fernhalten konnte. Am Ende traf ich die Entscheidung, dass ich mich ganz und gar nicht von ihr fernhalten würde. Zumindest noch nicht.

Nicht heute.

Heute würde ich Emmy ein Stück von mir geben, das sie behalten konnte.

Emmy

Am nächsten Morgen klopfte es erneut an die Tür zu meiner Hütte. Ich wachte davon auf, was bedeutete, dass es verflucht früh sein musste, da ich meinen Wecker auf sechs Uhr gestellt hatte. Warum bestand alle Welt dauernd darauf, mich zu wecken?

Es klopfte ein weiteres Mal. Ich stöhnte, wälzte mich aus dem Bett und tappte dann zur Tür. Die Holzdielen fühlten sich unter meinen Füßen kalt an.

Als ich die Tür öffnete, stand kein Geringerer als Luke Brooks vor mir. Seine Augen weiteten sich, als er meine Aufmachung betrachtete. Erst jetzt wurde mir bewusst, dass ich gestern Abend nur mit einem dünnen weißen Tanktop und einem Slip ins Bett gekrochen war. *Scheiße.*

»Sekunde«, sagte ich und knallte ihm die Tür vor der Nase zu. Scheiße, Scheiße, *Scheiße.* Jetzt konnte ich ihm nicht mal mehr guten Morgen sagen, weil meine Brustwarzen mir zuvorgekommen waren.

Ich durchwühlte den Kleiderhaufen auf dem Boden und suchte nach etwas, das mich wenigstens etwas mehr bedecken würde. Schließlich fand ich ein altes, übergroßes Flanellhemd und warf es über meinen improvisierten Schlafanzug.

Dann ging ich zurück zur Tür und holte tief Luft, bevor ich sie wieder öffnete. Brooks stand noch da. Jetzt, da ich halbwegs anständig bedeckt war, hatte ich Zeit, sein Äußeres zu betrachten. Eine weitere perfekt verschlissene Jeans, ein verstümmeltes T-Shirt und eine umgedrehte Baseballkappe. Die Uniform seiner Wahl. Ich war neuerdings ein großer Fan der Brooks-Uniform.

Verräterin, schalt ich mich in Gedanken.

»Was machst du hier?«, fragte ich.

»Es ist halb neun. Ich habe eine Stunde lang am Stall auf dich gewartet.« O Mist. Hatte ich wirklich alle meine Wecker verschlafen? »Und ich klopfe seit zehn Minuten. Ich war schon drauf und dran, die Tür einzutreten, um sicherzugehen, dass du noch lebst.«

»Scheiße, tut mir leid. Gib mir ein paar Minuten Zeit, damit ich mich fertig machen kann.«

»Wir reiten heute nicht«, sagte er.

»Was?« Was zur Hölle taten wir dann?

»Ich möchte dich wo hinbringen. Ein Badeanzug wäre wahrscheinlich eine gute Idee.«

Ich verschränkte die Arme vor der Brust. »Aber ich muss arbeiten, Brooks.«

»Einer der Rancharbeiter ist heute hier drüben eingeteilt, weil ich normalerweise nicht da bin, und sein Dienstplan wurde nicht verändert, seit du nach Hause gekommen bist. Also ist alles bestens.« Oh. Dann war das wohl okay.

»Sag mir, wohin wir fahren.«

»Nein. Ich habe dir mit dem Badeanzug schon mehr gesagt, als ich sollte, aber ich dachte, du willst sicher nicht in deiner Unterwäsche schwimmen.«

»Also hast du an mich in meiner Unterwäsche gedacht?« Seine Augen wurden schmal, wahrscheinlich gefiel es ihm nicht, dass ich ihm so früh am Morgen mit Sarkasmus begegnete. Nun, mir gefiel es nicht, dass er an meiner Tür auftauchte und mir vorschrieb, was ich tun sollte.

»Zieh dich an, Emmy«, sagte er entschieden. Er griff in die Hütte hinein und zog die Tür zu, mein Stichwort, zu tun, was er sagte.

Gott, er war manchmal so fordernd. Ich fragte mich, ob er im Bett auch so war.

Reiß dich zusammen, Emmy.

Ich schaute mich in meiner Hütte um, unsicher, wo ich überhaupt einen Badeanzug finden konnte. Die Bude war eine verdammte Katastrophe. Ich war nicht sehr gut darin, Dinge ordentlich zu halten. Manchmal war es für mich einfacher, mit den unordentlichen Haufen zu leben, als mich mit den Dingen zu beschäftigen, die sich dazwischen verbargen. Es war nicht logisch, aber mein Gehirn funktionierte nicht auf normale Weise.

Ich musste ein paar Haufen durchwühlen, aber am Ende fand ich einen roten Bikini. Das Oberteil war sportlich geschnitten und hatte einen hübschen Ausschnitt, der meine Schlüsselbeine gut aussehen ließ.

Ich schlüpfte in eine Jeansshorts und ein bauchfreies Band-T-Shirt und ging zurück zur Tür. Als ich sie öffnete, stand Brooks immer noch an genau derselben Stelle, an der ich ihn zurückgelassen hatte, und sah wirklich aus wie ein Aushängeschild für Wyoming.

»Was für Schuhe soll ich anziehen?«, fragte ich. Brooks nahm das zum Anlass, mich gründlich zu mustern. Mir wurde ganz heiß, als sein Blick von meinen Zehen bis zu meinen Augen wanderte.

»Deine Stiefel sind in Ordnung«, antwortete er.

Sie standen an der Tür, also wandte ich mich von Brooks ab und bückte mich, um sie anzuziehen. »Fertig«, meldete ich und drehte mich wieder um. Sein Blick war immer noch dort, wo mein Hintern gewesen war, als ich meine Stiefel angezogen hatte.

Unsere Blicke trafen sich. Ich musterte ihn mit hochgezogenen Brauen, und Brooks tat etwas, von dem ich gar nicht gewusst hatte, dass er es konnte – er wurde *rot*.

»Lass uns gehen«, sagte er. Er trat zur Seite und streckte seinen Arm aus, um mir zu signalisieren, dass ich vorgehen solle. Ich schloss die Tür zu meiner Hütte und ging zu seinem Truck, der neben meinem parkte. Brooks holte mich ein.

»Du bist in den letzten Tagen geritten, ja?«

»Ja. Woher weißt du das?«

»Einfach geraten. Ich hab gedacht, du könntest einen freien Tag gebrauchen.« Auf der Beifahrerseite des Trucks wollte ich die Tür öffnen, aber Brooks kam mir zuvor.

Ich konnte mich nicht erinnern, wann mir ein Mann das letzte Mal eine Tür geöffnet hatte. Nachdem ich eingestiegen war, vergewisserte er sich, dass ich ganz drin war, bevor er die Tür schloss. Als er auf seiner Seite einstieg, schnappte er sich eine Fliegerbrille von seinem Sitz und setzte sie auf.

Heißer konnte er nicht mehr werden.

»Der Kaffee da ist für dich.« Er deutete mit dem Kopf auf den Becher im Becherhalter, der mir am nächsten war. Er kam aus dem einzigen Café in Meadowlark. Anscheinend konnte Brooks tatsächlich noch heißer werden. Ich nahm einen Schluck. Er war perfekt.

»Ich wusste nicht, ob sich dein Kaffeegeschmack verändert hat, deshalb habe ich einfach das gekauft, woran ich mich erinnern konnte. Filterkaffee, jede Menge Sahne, kein Zucker.«

»Er ist perfekt«, sagte ich. Ich konnte mich nicht mal erinnern, wann Brooks je in der Nähe gewesen war, um mitzubekommen, wie ich meinen Kaffee trank, aber siehe da, er erinnerte sich daran, als wäre es nichts Besonderes. Ich hielt den Kaffeebecher mit beiden Händen und ließ mich von ihm und der Aufmerksamkeit, mit der er bestellt worden war, durch und durch wärmen.

Brooks' Chevy K-20 hatte vorn nur eine Sitzbank, und in der Mitte stand eine Tasche. Obwohl ich keinen Frühstücksspeck aß, erkannte ich den Geruch.

»Und da ist ein vegetarischer Frühstücksburrito für dich drin.«

»Und einer mit einer Extraportion Bacon für dich, vermute ich?« Brooks hatte oft genug bei uns zu Hause gegessen, dass ich wusste, wie sehr der Mann Speck liebte. Er und meine Brüder waren Fässer ohne Böden, wenn es ums Essen ging. Wenn wir am Esstisch die Schüsseln herumreichten, sorgte mein Dad immer dafür, dass ich sie als Erste bekam, denn wenn ich sie zuletzt erwischte, war es gut möglich, dass nichts mehr übrig war, und das trotz der riesigen Portionen, die wir immer zubereiteten.

»Natürlich«, antwortete er.

Ich nahm meinen Burrito aus der Tüte und begann zu essen. Verdammt, das Café hatte sein Frühstücksangebot wirklich verbessert. Das hier war köstlich. »Wann hast du den C/K abgeschafft?«, fragte ich.

Brooks lächelte. »Ich habe ihn noch, aber leider ist er nicht mehr fahrtüchtig. Den hier habe ich letztes Jahr einem Gast im *Devil's Boot* abgekauft.«

»Er gefällt mir.« Der Wagen passte zu ihm. Er war klassisch und maskulin.

»Mir auch. Gus hat versucht, mir einen neueren Truck aufzuschwatzen, aber ich bin nicht bereit, auf das Schaltgetriebe oder die Fenster zu verzichten, die man tatsächlich herunterkurbeln kann«, antwortete er. »Und es freut mich, dass du deinen Truck auch noch hast.«

Jetzt war es an mir zu lächeln. Ich liebte meinen Truck. Ich hatte hart dafür gearbeitet, und es war die erste große Anschaffung gewesen, die ich selbst finanziert hatte. »Ich werde dieses Ding fahren, bis ich wirklich physisch nicht mehr in der Lage dazu bin, und selbst dann wirst du mir die Schlüssel aus meinen kalten, toten Händen klauben müssen«, sagte ich.

»Du weißt, dass das Ding hässlich wie die Nacht ist, oder?« Er grinste.

»Das bist du auch«, witzelte ich. Ich würde mir seine Verunglimpfung meines Autos nicht gefallen lassen. »Wohin bringst du mich überhaupt?«

»Du wirst schon sehen«, antwortete er, und sein Grinsen wurde noch breiter. »Ich glaube, es wird dir gefallen.«

»Wie bist du auf die Idee mit dem Ausflug gekommen?«

»Seit du zu Hause bist, warst du nur an drei Orten: der Ranch, dem *Devil's Boot* und bei Teddy zu Hause.« Er hatte recht.

»Alles großartige Orte«, entgegnete ich. »Außer dem *Devil's Boot*. Bei dem bin ich mir nicht so sicher.« Brooks warf mir einen scharfen Blick zu.

»Wie dem auch sei. Wenn du in Meadowlark bleibst, solltest du ruhig ein paar Orte finden, die du liebst«, antwortete er. »Ich weiß, dass es für dich nicht leicht war, nach Hause zu kommen, und auch wenn du deine Familie und die Ranch liebst, können das nicht die einzigen Dinge sein, die du liebst, wenn du hier bleiben und glücklich sein willst.«

In meiner Kehle bildete sich ein kleiner Kloß. Das war aufmerksam. Statt etwas zu sagen, nahm ich Brooks' Frühstücksburrito aus der Tüte, packte ihn halb aus, damit er ihn während der Fahrt essen konnte, und reichte ihn ihm. Es war nur eine kleine Geste, aber ich hoffte, er würde die Botschaft verstehen: Danke.

Er schenkte mir ein kurzes Lächeln, bevor er sich mit dem Burrito in der Hand wieder der Straße zuwandte. Wie der Mann ein Schaltgetriebe fahren und gleichzeitig einen Burrito essen konnte, war mir ein Rätsel.

Ich dachte an etwas, das mein Dad kürzlich gesagt hatte: Luke Brooks hätte ein Herz von der Größe der Rocky Mountains. Langsam glaubte ich es, und ich fragte mich, warum mir das nicht schon früher aufgefallen war.

Brooks und ich fuhren eine Weile, wahrscheinlich etwa dreißig Minuten. Ich hatte meinen Frühstücksburrito förmlich verschlungen, aber für meinen Kaffee nahm ich mir etwas mehr Zeit und genoss sowohl das Getränk als auch die Geste. Wir fuhren durch die Stadt, die im Grunde nur aus einer Straße bestand. Von dort aus bog er auf den Highway ab.

Ein paar Meilen weiter nahm er eine Ausfahrt, die zu einer Bergstraße führte. Sobald wir die zweispurige Straße verlassen hatten, verlangsamte er das Tempo so weit, dass wir die Fenster herunterkurbeln konnten. Ich war dankbar, dass er damit gewartet hatte, bis wir langsamer fuhren. Offene Fenster auf dem Highway überforderten meine Sinne normalerweise. Der Lärm war einfach zu penetrant. Aber bei diesem Tempo mit heruntergekurbelten Fenstern zu fahren, war himmlisch.

Die Sommerluft Wyomings wehte durch den Truck, und die Sonne glitzerte auf der Motorhaube. Im Radio spielte Brooks & Dunn – eine von Brooks' Lieblingsbands.

Ich fragte mich, ob sein Name etwas damit zu tun hatte.

Er fuhr weiter, bis der Asphalt endete, und blieb dann auf dem Feldweg, der danach kam. Es ging bergauf. Wir fuhren in die Berge. Nach ein paar Serpentinen hielt Brooks am Straßenrand an.

»Wir müssen ein Stückchen laufen. Ist das in Ordnung?«

»Hast du mich hier rausgebracht, um mich umzubringen?«, fragte ich.

»Yep«, bestätigte er gleichmütig.

»Verdammt. Du hättest mir wenigstens sagen können, dass ich Stiefel mit Profil anziehen soll, damit ich mit Würde abtreten kann«, murmelte ich. »Jetzt werde ich beim Weglaufen überall herumschlittern und -rutschen.«

»Ich musste ja sichergehen, dass ich dich fangen kann«, konterte er. Warum zur Hölle fand ich das so … prickelnd? »Aber keine Sorge, es ist nur ein kurzer Weg, und das Gelände ist größtenteils flach. Den steilen Teil haben wir mit dem Wagen hinter uns gebracht.«

Brooks stieg aus dem Truck, und ich folgte dicht hinter ihm. Es gab einen Fußweg, der in die Bäume führte. Hier oben war es kühler, aber immer noch warm.

Brooks und ich gingen ein paar Minuten lang in entspannter Stille weiter. Während wir liefen, schaute ich nach oben. Es gab wohl nichts, was sich magischer anfühlte als der Anblick der Sonne, die zwischen den Bäumen hervorbrach.

Wir traten aus dem Gehölz heraus und gelangten auf eine kleine Lichtung. Sie war üppig und grün und mit kleinen Inseln voller Wildblumen bewachsen. Ich wettete, dass die gesamte Lichtung voller Wildblumen sein würde, wenn man im April herkam.

Ich hörte Wasser über Felsen plätschern und suchte nach der Quelle. Auf der anderen Seite der Lichtung entdeckte ich einen kleinen Wasserfall, der zwischen den Bäumen hervorsprudelte. Das Wasser daraus sammelte sich in einem natürlichen Becken.

Alles an dieser Szene war friedlich. Es war wie ein Gemälde.

»Wie hast du diesen Ort entdeckt?«, fragte ich. Meine Stimme war voller Ehrfurcht.

»Reines Glück. Ich hab ihn gefunden, kurz nachdem ich meinen Führerschein gemacht hatte.« Er strahlte, und die Fältchen um seine Augen tauchten wieder auf, als er zu dem Becken ging. Ich folgte ihm und kämpfte gegen den Drang an, loszurennen und in das kristallklare Wasser zu springen.

»Wie oft kommst du hier hoch?«, fragte ich.

»Sooft ich kann. Im Sommer ist es am schönsten, weil man schwimmen kann, aber im Winter gefriert der Wasserfall. Es ist unglaublich.«

»Kommst du normalerweise allein her?«, erkundigte ich mich. *Übersetzung: Bringst du oft Frauen hierher?* Denn dieser Ort eignete sich verdammt gut dafür, Frauen mitzubringen.

Brooks sah mich mit ernstem Blick an.

»Dieser Ort gehört mir. Du bist die erste Person, die ich hergebracht habe.«

»Oh«, murmelte ich dümmlich.

»Ja, oh«, sagte er mit einem Lächeln.

»Nicht einmal Gus?«

»Nicht einmal Gus.« Ich bekam ein komisches Gefühl im Bauch, das immer häufiger auftrat, wenn ich in Brooks' Nähe war. Ich wusste nicht, was ich davon halten sollte oder davon, wie er mich ansah. Eine Sekunde später veränderte sich sein Gesichtsausdruck zu etwas Schelmischem, und mein Magen schlug einen Purzelbaum.

Was war mit mir los?

Er packte den Saum seines Shirts und zog es sich über den Kopf. Seine Kappe fiel dabei herunter. Er warf mir sein Shirt ins Gesicht. Es roch nach frischer Wäsche und Pfefferminz.

Warum zog er sich aus? Nicht, dass ich etwas dagegen einzuwenden gehabt hätte.

Kein bisschen. Gott, ich war so schwach.

Ich brauchte eine Sekunde, aber dann fiel mir ein, dass ich einen Bikini trug. Das war der Grund, warum er sich auszog. Wir wollten schwimmen gehen. Er schlüpfte aus seinen Stiefeln und zog seine Jeans herunter. Ich versuchte, nicht zu starren, aber verdammt …

Brooks Körper war von harter Arbeit gestählt. Seine Muskeln traten nicht hervor, aber sie waren wohldefiniert, straff und kräftig.

Von den verdammten Adern, die an seinen Unterarmen herunterliefen, will ich gar nicht erst anfangen.

Einen solchen Körper bekam man nicht im Fitnessstudio.

Ich betrachtete ihn. Warum hatte er keine Bräunungsstreifen? Schmorte er nur nackt in der Sonne? Das Bild eines nackten Brooks schoss mir durch den Kopf. Ich konnte mir nicht einmal Vorwürfe machen. Ich war schamlos.

Irgendjemand sollte eine Skulptur von diesem Mann anfertigen, dachte ich.

»Du bist dran«, forderte Brooks mich auf und riss mich aus meinen rasant abschweifenden Gedankengängen.

»Wie – was?«, stotterte ich. Ich starrte ihn immer noch an und mied jeden Blickkontakt.

»Du willst doch nicht in deinen ganzen Klamotten schwimmen, oder?«, fragte er.

Oh. Richtig.

Ich machte mich daran, meine Shorts aufzuknöpfen, aber so wie Brooks mich ansah, kombiniert mit der Tatsache, dass er mich an »sein geheimes Plätzchen« mitgenommen hatte, fühlte sich die ganze Situation unheimlich … intim an. Während ich meine Shorts fallen ließ und aus ihnen heraustrat, schaute ich Brooks in die Augen und beobachtete, wie er nach Luft schnappte. Sein Blick blieb auf mir hängen, während ich mir mein T-Shirt über den Kopf zog und es auf meine am Boden liegende Shorts warf.

Bildete ich es mir nur ein, oder bebten seine Nasenflügel?

»Bist du so weit?«, fragte er. Seine Stimme war definitiv tiefer geworden. Ich nickte nur, weil ich Angst hatte, ich würde quieken wie eine Maus, wenn ich versuchte zu sprechen. Brooks hielt mir eine Hand hin. Ich ergriff sie, verschränkte meine Finger mit seinen und versuchte, nicht darüber nachzudenken, wie gut sich das anfühlte. »Kleine Warnung vorab«, sagte er, »das Wasser wird arschkalt sein.«

Ich stieß ein Lachen aus.

Brooks verschwendete keine Zeit, zog mich zum Teich und rannte dann los. Wieder lachte ich, diesmal lauter. Ich genoss das Gefühl, so frei zu sein.

Als wir den Rand des Beckens erreichten, dachte ich nicht einmal darüber nach. Ich sprang einfach hinein.

Er tat das Gleiche.

Das Eintauchen ins Wasser war heftig und wunderbar.

Brooks hatte recht gehabt – es war arschkalt.

Als mein Kopf unter Wasser war, konnte ich nichts mehr hören. Ich spürte nur noch das Wasser um mich herum und Brooks' Hand in meiner. Nach all den Kämpfen, die ich mit mir selbst geführt hatte, seit ich von dem Pferd abgeworfen worden war, fühlte sich mein Kopf endlich still an.

Ich tauchte wieder auf und holte tief Luft. Brooks kam kurz nach mir an die Oberfläche und zog mich an der Hand, die er immer noch festhielt, zu sich. Ich schlang ihm instinktiv die Beine um die Taille, und mein Magen schlug erneut Purzelbäume.

Verdammt, seine Haut war so weich.

Ihm tropfte Wasser vom Gesicht, und sein Lächeln war breiter, als ich es je gesehen hatte. Dabei wurden die Fältchen um seine Augen noch tiefer, und mir wurde ganz schwindelig.

»Danke, dass du mich hierhergebracht hast«, sagte ich aufrichtig. Ich war erst seit fünf Minuten hier, und schon jetzt liebte ich diesen Ort.

»Es ist schön. Noch jemanden hier zu haben«, fügte er hinzu. Er versuchte nicht, mich wegzuschieben, daher blieb ich mit den Beinen um seine Taille im Wasser. Wir näherten uns einer Grenze, die zu überschreiten ich mir plötzlich verzweifelt wünschte. Ich versuchte, nicht daran zu denken, wie mein Körper in dieser Position auf ihn reagierte. »Wie ist das Reiten in den letzten Tagen gelaufen?«

»Es war ganz in Ordnung. Ich wollte mal versuchen, den Barrel-Parcours im Schritt abzureiten, aber ich weiß nicht, wie ich mich dabei fühlen werde. Maple brennt darauf loszurennen, aber ich glaube, ich bin noch nicht so weit.«

»Wirst du bei den regionalen Wettkämpfen antreten, wenn sie demnächst in Meadowlark stattfinden?« Gott, zuerst Wes und jetzt Brooks. Warum lasen alle Männer in meinem Leben die Zeitung?

»Ich wusste gar nicht, dass du Zeitung liest.«

»Ich bin ein ortsansässiger Geschäftsinhaber. Da muss ich über alles, was in Meadowlark passiert, gut informiert sein«, witzelte er.

»Ich glaube, ich würde gern antreten«, antwortete ich. »Bei dem Rodeo, meine ich.« Indem ich es ihm gegenüber zugab, gab ich es auch mir selbst gegenüber zu. Ich wusste nicht, wie ich es anstellen würde, aber der Gedanke, in meiner Heimatstadt an einem Rennen teilzunehmen, reizte mich mehr, als ich je gedacht hätte.

»Dann solltest du antreten. Du kannst es schaffen, Emmy. Das Schwerste ist, überhaupt wieder aufs Pferd zu steigen.« Das fühlte sich an wie etwas, das Eltern ihrem Kind sagen würden, wenn es vom Fahrrad gefallen war. Ich war schon oft von Fahrrädern und Pferden gefallen, aber diesmal war es einfach anders.

Diesmal hatte es mich auf eine Weise erschüttert, die ich nicht für möglich gehalten hätte.

»Aber ich will nicht einfach nur teilnehmen«, sagte ich, weil ich wusste, dass es mir nicht genügen würde, an einem Rennen nur um des Rennens willen teilzunehmen. »Wenn ich das tue, dann will ich gewinnen.« Ich wollte immer gewinnen. Das war ein Problem.

»Dann gewinne.« Brooks lächelte immer noch, aber jetzt wirkte er nachdenklicher.

»Du sagst das so, als wäre es ein Kinderspiel.«

»Du bist Clementine Ryder. Du hast letztes Jahr bei einem Wettrennen die fünfzehn Sekunden unterboten. Es ist ein Kinderspiel.« Woher wusste er das?

»Ja, und im Moment brauche ich im Durchschnitt ungefähr fünf Minuten, um eine Runde zu drehen«, wandte ich ein. »Bloß ein kleiner Unterschied.«

»Vor zwei Wochen konntest du nicht mal auf ein Pferd steigen, also stehen deine Chancen gut«, erwiderte er. »Abgesehen davon, dass du gewinnen willst, warum willst du reiten?«

Das war eine schwierige Frage. Nicht, weil ich die Antwort nicht kannte, sondern gerade, weil ich sie kannte. Da gab es für mich keinen Zweifel. Ich war mir nicht sicher, was dieser Mann an sich hatte, dass er all die Worte aus mir herauszog, die normalerweise nur in meinem Kopf existierten, aber ihm wollte ich es erzählen.

»Ich möchte die Chance haben, mich zu verabschieden«, gestand ich leise. Ich wusste nicht einmal, ob Brooks mich im Rauschen des Wassers gehört hatte.

»Das hast du verdient«, sagte er schlicht. So wie er mich ansah, wollte ich am liebsten für immer hierbleiben, mit meinen Beinen um seine Taille und mit seinen Armen, die mich festhielten.

»Du wirst mir nicht in den Ohren liegen, warum ich meine Karriere aufgebe, oder mir sagen, dass ich einen Fehler mache?«

»Nein«, antwortete er. »Ehrlich, ich bin neugierig deswegen, aber die einzige Person, die sich mit deiner Entscheidung wohlfühlen muss, bist du, Emmy.« Seinem Gesichtsausdruck nach schien er das wirklich ernst zu meinen.

»Ich weiß nicht, wie ich mich damit fühle, um ehrlich zu sein. Ich weiß nur, dass ich schrecklich gern reite, aber ich will nicht mehr, dass das Reiten das Einzige ist, was ich habe«, gab ich zu.

»Weißt du, wenn du den Weg, auf dem du gehst, nicht magst, dann schlag einen neuen ein.«

»Wer hat das gesagt? Robert Frost?«

Brooks lächelte und schüttelte den Kopf. »Dolly Parton«, antwortete er.

»Ah, Gott höchstpersönlich«, sagte ich und lachte. »Ich habe das Gefühl, dass diese Entscheidung sich lange angebahnt hat. Mein Therapeut in Denver hat sich Sorgen gemacht, dass ich ausgebrannt wäre.«

»Und warst du das?«

»Ja, aber auf eine andere Art, als du denkst«, sagte ich. Er nickte leicht und bedeutete mir damit, dass ich weiterreden solle. »Vor ein paar Jahren wurde bei mir ADHS diagnostiziert. Ich hatte immer das Gefühl, eine Million Dinge gleichzeitig zu tun und all diesen Dingen meine ganze Aufmerksamkeit schenken zu müssen.« Ich dachte darüber nach, wie diese Diagnose mein Leben verändert hatte. Plötzlich hatte ich eine Erklärung dafür gehabt, warum ich die Dinge so tat, wie ich sie tat. Es war eine Offenbarung für mich gewesen. Es hatte vieles verändert, aber nicht so, wie ich erwartet hatte. Ich hatte gehofft, dass die Diagnose ein Allheilmittel sein würde, dass ich mich nicht mehr so verzweifelt danach sehnen würde, immer alles unter Kontrolle zu haben, und dass ich aufhören würde, impulsive Entscheidungen zu treffen, nur weil ich in dem Moment das Gefühl hatte, mein Leben kurz selbst in der Hand zu haben.

Das war nicht passiert. Stattdessen wusste ich zwar, warum ich etwas tat, aber ich konnte mich trotzdem nicht davon abhalten, es zu tun. Ich tat weiter zu viele Dinge und fixierte mich auf die, die mir das Gefühl gaben, die Kontrolle zu haben.

»Eine Zeit lang hat es sich unglaublich angefühlt, all diese Dinge zu tun. Es war, als könnte ich eine Million Sachen vollbringen, ohne dabei Mist zu bauen. Ich habe es in der Highschool so gemacht, ich habe es auf dem College so gemacht, und ich habe es bei meiner Reitkarriere so gemacht. Aber ich habe mich zu sehr verausgabt, zu schnell. Es ist wie ein Kreislauf der übertriebenen Konzentration. Das Reiten ist konstanter geworden als alles andere, aber als ich bei meinem Rekordritt diese fünfzehn Sekunden unterboten habe, hat sich meine Beziehung zum Reiten komplett verändert.«

Brooks hatte den Blick nicht von mir abgewandt und hörte aufmerksam allem zu, was ich zu sagen hatte.

»Es hat mir keine Freude gemacht, aber ich machte trotzdem weiter, weil ich nicht aufhören konnte. Wie ich in den Monaten vor meinem Unfall trainierte und ritt, war fast zwanghaft. Ungefähr eine Woche davor war ich am Ende. Ich hatte meine Motivation verloren. Ich war völlig überwältigt; ich war erledigt. Ich zog mich in meinen eigenen Kopf zurück. Ich war nicht mehr mit dem Herzen bei der Sache und ritt nicht auf meinem Niveau. Wenn ich das getan hätte, dann hätte ich den Sturz wahrscheinlich irgendwie verhindern können. Vielleicht nicht ganz, aber ich hätte den Aufprall abmildern können.«

»Der Sturz war nicht deine Schuld, Emmy. So ein Mist kann jedem passieren«, sagte Brooks. Sein Ton war ernst.

»Ich weiß, aber ich bin schon tausendmal vom Pferd geflogen. Ich weiß, wie man das auf eine sichere Art macht, und das hätte ich tun sollen, anstatt mich von dem Pferd überrumpeln zu lassen.« Bei dem Gedanken daran, wie es sich angefühlt hatte, gegen den Zaun zu krachen, krümmte ich mich und spürte, wie Brooks mit dem Daumen unter Wasser in kleinen Kreisen über meine Rippen streichelte. Seine Berührung war tröstlich.

»Und in den letzten Monaten war ich einfach so verdammt müde. Ich habe meinen Wecker so oft verschlafen wie noch nie. Außerdem hörte ich auf, meine ADHS-Medikamente zu nehmen. Ich saß in meiner Wohnung und habe mich nicht bewegt, während sich mein Leben um mich herum auftürmte, aber das hat mich nicht mal interessiert.«

»Was hat dich schließlich dazu gebracht, wieder nach Hause zu kommen?«, fragte Brooks.

»Schlechte Impulskontrolle«, antwortete ich aufrichtig. Er sah verwirrt aus, und ich hatte das Gefühl, dass ich es erklären sollte. »Wenn ich den Impuls habe, etwas zu tun, fällt es mir schon schwer, mich zu beherrschen, wenn alles normal ist. Wenn ich ohnehin schon das Gefühl habe, die Kontrolle verloren zu haben, ist es besonders schwer.«

»Aber hast du dann das Gefühl, mehr Kontrolle zu haben?«, fragte er nachdenklich.

»Einen Moment lang, ja.«

»Bereust du es denn, nach Hause gekommen zu sein?«

Das war eine verdammt gute Frage. Ich dachte darüber nach. Ehrlich, ich hatte gedacht, dass ich es bereuen würde, nach Hause zurückzukehren, aber ich tat es nicht.

»Nein, ich bereue es nicht. Egal, wie ich zu dieser Entscheidung gekommen bin, es war die richtige.« Ich sah, wie sich seine Schultern bei meiner Antwort ein ganz klein wenig entspannten. Ich hatte gar nicht bemerkt, dass sie angespannt gewesen waren.

»Emmy, ich bin glücklich darüber, dass du hier bist.« Er sah mich wieder auf diese besondere Art an. Als wäre ich der einzige Mensch auf dem Planeten, als wäre ich das Einzige, was zählte.

Dieser Blick war schlicht berauschend.

Meine Beine waren immer noch um seine Taille geschlungen, und er hielt mich weiter fest. Ich konnte die Wärme seiner Hände auf meiner Haut spüren, sogar unter Wasser. Nach einer Weile lehnte ich mich zu ihm vor und legte den Kopf an seine Schulter.

»Weißt du«, sagte er. Ich spürte seine Lippen an meinem Haar. Ich wollte sie überall spüren. »Ich habe in den letzten zwei Wochen mehr über dich erfahren als in den letzten zwanzig Jahren.«

»Gleichfalls«, entgegnete ich. Und ich wollte mehr erfahren. »Erzähl mir noch etwas von dir.«

»Was willst du wissen?«, fragte er.

Ich wollte wissen, wann er sich verändert hatte, aber ich glaubte nicht, dass ich ihn direkt danach fragen konnte. Vor allem, weil ich nicht wusste, ob er sich tatsächlich verändert hatte, ob ich ihn nur noch nicht gekannt hatte, oder ob es eine Kombination aus beidem war.

Stattdessen bemerkte ich: »Du wirkst verändert.«

»Und?«

»Ich schätze, ich frage mich einfach, wann das passiert ist.« Er schwieg. Ich hoffte, dass ich nichts Falsches gesagt hatte.

»Vor fünf Jahren«, antwortete er schließlich. »Da ist mir ein Haufen Dinge auf einmal passiert. Riley kam auf die Welt, Jimmy starb, und ich erbte einen Haufen Kram, von dem ich nicht mal gewusst hatte, dass mein Dad ihn besaß, und ich landete nach einer ziemlich üblen Kneipenschlägerei im Gefängnis.

Dein Dad tauchte auf, um mich auf Kaution rauszuholen. Er sagte, ich könne entweder ich selbst sein, oder ich könne Jimmy sein, aber beides zusammen ginge nicht. Keine Ahnung, es ist, als hätte einfach irgendetwas in meinem Kopf *klick* gemacht. Das meiste an mir ist wohl unverändert. Ich habe bloß aufgehört, aktiv gegen mich selbst zu arbeiten.«

Mein Dad hatte mir gesagt, dass Brooks sein eigener ärgster Feind sei, deshalb konnte ich verstehen, wie sich das für ihn hatte ändern können, als er etwas hatte, für das er kämpfen konnte.

»Hast du die Kneipenschlägerei wenigstens gewonnen?«, fragte ich, um die Situation etwas aufzulockern.

»Selbstverständlich«, antwortete er. »Aber dieses Arschloch hat mir trotzdem die Nase gebrochen.«

»Ah, deshalb ist sie so schief«, antwortete ich. Ich spürte, wie seine Brust vibrierte, als er lachte. Er löste seine Hände von meiner Taille und befreite seine Beine von meinen. Verdammt, dachte ich.

»Du bist eine Klugscheißerin. Weißt du das?«

»Ich? Niemals.« Brooks warf mir einen vielsagenden Blick zu. Ich nutzte die Gelegenheit, ihn mit so viel Wasser zu bespritzen wie nur möglich.

»Du kleines Bie…«

Bevor Brooks seinen Satz beenden konnte, schwamm ich los, denn ich wusste, dass er mich verfolgen würde.

Und das tat er auch.

Ich verlor jedes Zeitgefühl, aber wir schwammen eine ganze Weile in dem Becken umher, wechselten uns auf der Seilschaukel ab, die Brooks vor Jahren aufgehängt hatte, und redeten die ganze Zeit.

Später saßen wir am Ufer der Quelle und trockneten uns ab, als mein Magen laut knurrte, und Brooks sagte: »Wir sollten wahrscheinlich von hier verschwinden.«

Ich wollte nicht weg, aber ich hatte wahrscheinlich tausend Anrufe von Teddy verpasst, die sich fragte, wo ich war. Brooks reichte mir mein T-Shirt und meine Shorts. Wir zogen uns schweigend an und machten uns auf den Rückweg zum Truck.

Brooks verschränkte seine Finger mit meinen. In diesem Moment traf ich meine Entscheidung. Ich würde diesen Mann küssen.

Heute noch.

Luke

13

Auf dem Rückweg zu meinem Truck konnte ich es mir nicht verkneifen, Emmys Hand zu nehmen. Sie verschränkte ihre Finger mit meinen, und Himmel, ich hatte das Gefühl zu schweben. Ich war mir nicht sicher, wann wir die Schwelle überschritten hatten, die dazu führte, dass das hier in Ordnung war, aber ich war verdammt froh, dass wir es getan hatten.

Heute war der beste Tag, den ich seit Ewigkeiten erlebt hatte. Ich öffnete ihr die Tür, hielt Emmy aber auf, bevor sie einsteigen konnte, indem ich einen Finger in eine ihrer Gürtelschlaufen hakte. Mir war selbst nicht klar, was ich tun würde, aber irgendetwas musste ich tun. Diese Frau beanspruchte jedes bisschen ungenutzten Raum in meinem Kopf, und ich wollte nicht länger Abstand zu ihr halten.

Tatsächlich glaubte ich nicht, dass ich es schaffen würde, mich von ihr fernzuhalten, egal, wie sehr ich es auch versuchte.

Emmy Ryder war einfach … besser. Sie war besser als irgendjemand sonst, besser als irgendjemand sein konnte.

Sie war lieb und mutig. Außerdem war sie verdammt schön. Es fiel mir immer schwerer, nicht daran zu denken, wie es wäre, sie zu berühren, sie zu erobern.

Als sie mir im Wasser die Beine um die Taille gelegt hatte, war mir richtig heiß unter der Haut geworden. Ich fühlte mich so stark zu ihr hingezogen, dass ich nicht wusste, wie lange ich es noch unterdrücken konnte.

»Emmy …«, begann ich, konnte aber nicht weitersprechen, weil sie beide Hände in mein Shirt krallte und mich zu sich heranzog.

Als sich unsere Lippen berührten, war es, als stünde ich in Flammen. Ich war zu schockiert, um noch irgendetwas zu tun, außer dazustehen, einen Finger in ihrer Gürtelschlaufe, während sie sich an meinem Shirt festkrallte.

Emmy löste sich viel zu schnell von mir, legte aber dann ihre Stirn an meine.

»Du hast zweimal gekniffen, mich zu küssen, also musste ich es selbst übernehmen«, sagte sie. Ihre Stimme war atemlos und perfekt. Ihr Klang lenkte mich davon ab, dass sie mich gerade beleidigt hatte.

Aber sie hatte recht. Und das hasste ich. Seit wann war ich zu schüchtern, um eine Frau zu küssen, für die ich mich interessierte?

Das musste ich wiedergutmachen. Unverzüglich.

Irgendetwas musste ich zu ihr sagen. Egal, was, damit sie hierblieb, wo ich sie haben wollte.

Aber ich konnte nicht. Emmy Ryder hatte gerade freiwillig ihre Lippen auf meine gedrückt. Mein Gehirn war ein Haufen Stroh. Ihr Griff um mein Shirt lockerte sich, und sie wich zurück. Ihre Wangen waren rot. War ihr das Ganze peinlich? *Scheiße. Nein.* Das wollte ich nicht. Ich wollte ihren Mund auf meinem haben. *Los, Luke, beweg dich.*

Ich konnte nicht zulassen, dass sie mir entkam. Dass sie es beinahe tat, zwang mich schließlich dazu, meinen dämlichen Hintern in Bewegung zu setzen.

Wieder zog ich an ihrer Gürtelschlaufe. Instinktiv legte ich ihr eine Hand um den Nacken und zog ihren Mund zu meinem.

Diesmal stand ich nicht einfach nur da.

Meine andere Faust schloss ich um ihr noch feuchtes Haar, und sie legte mir die Arme um den Hals. Ich konnte nicht genug von ihr bekommen. Das hier bedeutete mir alles.

Sie bedeutete mir alles.

Ich fuhr mit meiner Zungenspitze an ihren Lippen entlang und bettelte darum, in sie einzudringen.

Was immer diese Frau mir geben würde, ich würde es nehmen.

Sie ließ mich ein, und ich eroberte ihren Mund. Unser Kuss war heiß und leidenschaftlich. Sie klammerte sich wieder an mein Shirt, als könnte sie nicht nah genug an mich herankommen.

Ich war wie im Fieber. Mit beiden Händen packte ich ihren perfekten Hintern und hob sie hoch. Sie schlang mir die Beine um die Taille, wie sie es im Wasser getan hatte. Es hatte mich vorhin schon in den Wahnsinn getrieben, und es trieb mich jetzt in den Wahnsinn. Ich war bereits hart für sie.

Emmy biss mir auf die Unterlippe, und ich konnte mich nicht länger beherrschen.

Ich drehte uns um, sodass ihr Rücken zu meinem

Truck zeigte. Ohne unseren Kuss zu unterbrechen, manövrierte ich uns beide vorsichtig in den Wagen und schob sie über die Bank, bis sie auf dem Rücken lag. Sie hatte die Beine immer noch um mich geschlungen, und ich lag auf ihr.

Genau dort, wo ich sein wollte.

Sie ließ ihre Beine offen, und ich schmiegte mich dazwischen. Meine Lippen hingen noch immer an ihren. Ich nahm alles von ihr, was ich bekommen konnte. Ihr Körper fühlte sich an, als gehörte er unter meinen.

Das hier und die Tatsache, dass ich sie den ganzen Tag in diesem gottverdammten Bikini hatte beobachten müssen, bedeutete, dass ich vermutlich innerhalb von fünfundvierzig Sekunden in meiner Hose kommen würde wie ein verdammter Fünfzehnjähriger.

Aber das war mir egal.

Ich dachte nur an Emmy, daran, ihr nahe zu sein, daran, dass ich sie endlich in meinen Armen hielt.

Sie fuhr mir mit beiden Händen über dem T-Shirt den Rücken hinunter, und ich unterbrach den Kuss nur, um ihr meine Lippen auf den Hals zu drücken. Ich spürte ihren Puls unter meiner Zunge. Ihr Herz schlug genauso schnell wie meines.

Ich küsste einen Pfad zu ihrem Schlüsselbein hinunter, und sie stöhnte. Alles an ihr wollte ich mir einprägen, mit meinem Mund, meinen Händen, meiner Zunge.

»Verdammt, Emmy«, murmelte ich. Meine Stimme war heiser. »Du bist so unfassbar perfekt.«

Sie stöhnte wieder, und ich konnte nicht anders, als mit meinen Hüften gegen sie zu stoßen. Jetzt schob sie mir die Hände ins Haar und stieß meine Kappe herunter. Ich küsste mir meinen Weg zurück ihren Hals hinauf und dann wieder zu ihren Lippen.

»O mein Gott«, sagte sie dicht an meinem Mund. »Mehr, ich brauche mehr.« Wieder stieß ich zu, und sie stöhnte erneut. Ich küsste sie heftiger, als würde ich versuchen, ihr Stöhnen zu verschlingen.

Schließlich strich ich mit einer Hand über ihre Brust und drückte sie. Ihr stockte spürbar der Atem, als ich das tat. Ich wollte diesen stockenden Atemzug in mein Gehirn einbrennen.

»Emmy«, hauchte ich. »Wenn wir weitermachen, werde ich nicht aufhören können.« Sie löste sich aus meinem Kuss und hob die Hände an mein Gesicht. Dann sah sie mir fest in die Augen. »Ich will nicht, dass du aufhörst, Luke.« Ich schluckte. War sie …? Wollte sie das hier genauso sehr wie ich?

»Was möchtest du, Emmy?«, fragte ich. Sie schwieg für einen Moment. Ich konnte beinahe unser beider Herzschlag hören.

»Ich will, dass du mich in diesem Truck durchvögelst. Bitte.« *Gottverdammt noch mal.* Wer hätte gedacht, dass Emmy Ryder so ein Mundwerk hatte. Eins stand fest. Ich wollte ihren Mund überall auf mir spüren. Es war, als hätten diese Worte einen Schalter in meinem Gehirn umgelegt. Jegliche Vorbehalte, die ich wegen dieser Sache hier gehegt hatte, lösten sich in Luft auf. Ich überquerte die Schwelle nicht nur – ich wollte sie in die Luft sprengen.

»Wie war das, Sugar? Du willst, dass ich dich hier draußen durchvögele?«, fragte ich, denn ich musste es noch einmal aus ihrem Mund hören. Ich musste hören, dass sie mich wollte.

»Ja, Luke. Das will ich unbedingt. Bitte.« Wie sie meinen Namen sagte, klang geradezu verzweifelt. Gerade als ich dachte, sie könnte mich nicht noch mehr antörnen. Der Teil meines Gehirns, der diese Frau unbedingt besitzen wollte, übernahm die Kontrolle.

»Willst du mich in dir spüren?« Sie stöhnte bei meinen Worten.

»O Gott, ja. Bitte.«

»Verflucht.« Ich küsste sie wieder. Dieser Kuss war ganz Zähne und Zungen. Wir würden noch viel Zeit für Zärtlichkeiten haben, aber im Moment konnte ich nur daran denken, wie sehr ich sie wollte.

Sie ergriff den Saum meines T-Shirts und zog es an mir hoch. Dann schob ich ihr Oberteil hoch, um ihre perfekten Brüste zu sehen.

Ich wollte gerade mit dem Mund zu ihnen hinabsinken, als Emmys Handy klingelte.

Verdammte Scheiße, nein.

Ich saugte über dem Stoff ihres gottverdammten roten Bikinis an ihrer Brustwarze. »Ignorier es«, knurrte ich. Sie hob das Handy trotzdem vom Boden des Trucks auf. *Freche Göre.*

»Es ist Gus«, flüsterte sie.

So ein Mist.

Ich hörte auf mit dem, was ich tat. Ein Anruf von Gus war das Einzige, was mich von der Mission, auf der ich mich gerade befand, abbringen konnte, von der Mission, Emmy bis zur Besinnungslosigkeit zu vögeln.

Seine kleine Schwester.

Himmel noch mal.

Ich stemmte mich von Emmy hoch und betrachtete sie. Ihr Haar war immer noch feucht und wirrer als gewöhnlich, aber endlich war ich derjenige, der ihr Haar in diesen Zustand versetzt hatte. Ihre Lippen waren geschwollen von meinen Küssen, und sie hatte rote Male am Hals von meinem Mund.

Sie war in diesem Zustand absolut umwerfend.

Ihr Handy hörte auf zu klingeln, und ich wertete das als mein Stichwort, da weiterzumachen, wo wir aufgehört hatten. Gerade als ich das tun wollte, klingelte mein Handy.

Ich hatte das ungute Gefühl zu wissen, wer es war.

Als ich das Handy aus meiner Gesäßtasche holte, zeigte das Display Gus' Kontaktdaten.

»Du musst da rangehen«, sagte Emmy. »Wenn du es nicht tust, wird er nach uns beiden suchen.«

Sie hatte recht. Ich holte tief Luft und hielt mir das Telefon ans Ohr. »Brooks hier.« Anscheinend war das nun meine übliche Begrüßung für Gus, nachdem ich gerade Dinge getan hatte, die ich nicht tun sollte und die mit seiner kleinen Schwester zu tun hatten.

»Gott, schon wieder die Begrüßung wie beim Vorstellungsgespräch?«

»Mir gefällt sie«, sagte ich. Emmy kicherte und kniete sich mir gegenüber hin. Ich warf ihr einen warnenden Blick zu, aber sie schenkte mir nur ein Lächeln, bei dem mein Schwanz zuckte.

»Du wirst immer seltsamer, je älter du wirst«, bemerkte Gus am Handy. »Hast du Emmy gesehen?«

Weißt du, lass mich nachdenken, Gus. Tatsächlich hat deine kleine Schwester mir gerade den verdammten Hals abgeleckt.

Lieber Gott.

Diese Frau.

»Nein«, krächzte ich. »Warum?« Emmy fuhr mit

ihren Fingernägeln sanft über meine Brust und meinen Oberkörper, bis sie direkt über dem Bund meiner Hose stoppte. Mein Schwanz war schon hart für sie, und auf keinen Fall konnte sie übersehen, was genau sie da mit mir anstellte.

»Sie ist nicht in ihrer Hütte, und bei den Ställen ist sie auch nicht. Sie hat dir da unten geholfen, oder?« Emmy, die anscheinend ein verdammter Sukkubus aus der Hölle war, nutzte genau diesen Moment, um mir ihre Hand über der Jeans um den Schwanz zu legen.

Verflucht.

Ich biss mir auf die Unterlippe, konnte aber das leise Stöhnen nicht unterdrücken, das herauskam. Ich packte ihr Handgelenk und funkelte sie böse an.

»Ja, aber heute habe ich sie noch nicht gesehen«, sagte ich. Ich hielt Emmys Hand noch fest, aber sie ließ sich nicht beirren. Wieder küsste sie meinen Hals.

»Hm. Das ist seltsam. Sie hat die Ranch eigentlich nicht verlassen, seit sie hier aufgetaucht ist.« Gus' Stimme war besorgt und verärgert zugleich.

»Sie ist wahrscheinlich mit Teddy zusammen«, sagte ich und versuchte, nicht allzu gründlich über die Tatsache nachzudenken, dass ich meinen besten Freund belog.

»Ja, du hast recht. Ich werde später noch mal versuchen, sie zu erreichen.«

»Ist alles in Ordnung?«, fragte ich und war mir sofort unsicher, warum ich etwas sagte, was dieses Telefonat verlängern würde.

»Ja. Wir veranstalten nur am Donnerstag ein Familiendinner. Du kannst auch gern kommen, wenn du willst.«

»Klingt gut. Ich gebe dir Bescheid, wenn ich sie sehe.« Ich spürte Emmys leises Lachen an meinem Hals.

»Okay. Bist du gerade joggen oder so?«

»Nein, warum?«

»Du klingst irgendwie außer Atem.« *Ohne Scheiß, Gus. Ich war drei Sekunden davon entfernt, deiner kleinen Schwester die Kleider vom Leib zu reißen, als du anriefst.* Emmy strich erneut mit den Fingernägeln über meine Brust, und ich musste ein Stöhnen unterdrücken.

»Nein, ich erledige nur ein paar Sachen in der Bar. Wir reden später, ja?«

»Klar. Bis dann.«

Ich legte auf, ohne etwas zu sagen, und Emmy lachte wieder. Diesmal in normaler Lautstärke. Ich liebte diesen Klang.

Mit einer Hand packte ich sie am Haar, zog daran und zwang ihren Kopf nach hinten, sodass sie mich ansehen musste.

»Dafür werde ich dich bestrafen, Sugar«, versprach ich.

»Wofür denn bloß?«, fragte sie honigsüß.

»Dafür, dass du eine verdammte Scharfmacherin warst, während ich am Telefon war.«

»Das kann ich verkraften«, antwortete sie und küsste mich dann von Neuem. *Lieber Gott.* Sie war einzigartig.

War das jetzt meine Welt? Durfte ich jetzt einfach Emmy Ryder küssen?

»Ich muss dich nach Hause bringen«, sagte ich widerwillig. Sie löste sich aus unserem Kuss und zog einen Schmollmund. *Verflucht.* Einmal fast in meinem

Truck miteinander geschlafen, und schon hatte diese Frau mich um den kleinen Finger gewickelt.

Wem wollte ich etwas vormachen? Sie hatte mich schon um den kleinen Finger gewickelt, als sie in meiner Bar aufgetaucht war.

»Sieh mich nicht so an«, sagte ich.

»Na schön. Du kannst mich nach Hause bringen, aber du wirst das wiedergutmachen müssen«, sagte sie und drückte mir einen energischen Kuss auf den Mund.

»Abgemacht«, versprach ich dicht an ihren Lippen. Ich spürte ihr Lächeln.

Und ich wusste genau, wie ich es wiedergutmachen würde, und wenn es so weit war, würde ich mich durch nichts hetzen lassen.

Emmy

14

»Kam der Anruf von deinem Bruder, bevor oder nachdem du Luke Brooks aufgefordert hast, dich ›in seinem Truck durchzuvögeln‹?«, fragte Teddy am Telefon.

»Ted. Du bist gerade absolut keine Hilfe«, antwortete ich. Ich wünschte, ich hätte behaupten können, es zu bereuen, Teddy davon erzählt zu haben, was in Brooks' Truck passiert war, aber ich war nicht in der Lage, es für mich zu behalten. Es war besser, es Teddy zu erzählen, als versehentlich beim Abendessen damit herauszuplatzen oder so etwas.

Es gab schon so vieles, was ich ihr nicht erzählt hatte – warum ich überhaupt nach Hause gekommen war, die Panikattacken –, dazu musste ich einen Ausgleich schaffen.

»Nur um das klarzustellen«, fuhr Teddy fort, »›ich will, dass du mich in diesem Truck durchvögelst‹ ist ein direktes Zitat, ja?« Gott, sie genoss das hier in vollen Zügen. »Ich muss es wissen, damit ich dich zitieren kann, wenn ich später in meinem Tagebuch darüber schreibe.«

»Ich bereue es, dich angerufen zu haben«, antwortete ich.

»Nein, tust du nicht. Außerdem habe ich diese Woche Geburtstag, deshalb bist du rechtlich und vertraglich dazu verpflichtet, mir alles zu erzählen, was mit dir und Luke Brooks zu tun hat.«

»Ich kann mich nicht erinnern, so einen Vertrag unterschrieben zu haben.«

»Dein Dad hat ihn in deinem Namen unterschrieben, als er mit den monatlichen Zahlungen für die Freundschaft anfing.«

»Du bist zum Schreien komisch, und dieser Scherz ist natürlich auf keinen Fall überzogen«, antwortete ich möglichst gleichmütig.

»Wir entfernen uns vom Kern der Sache«, erwiderte Teddy. »Ich muss den genauen Ablauf wissen, ob es ein direktes Zitat war und wie es ist, Brooks zu küssen.«

Ich seufzte. Teddy benahm sich wie ein Hund mit einem Knochen. Wenn sie sich einmal ein Ziel gesetzt hatte, gab es kein Halten mehr, weshalb ich ihr genauso gut sagen konnte, was sie wissen wollte.

»Es war vor dem Anruf, ja, das ist ein direktes Zitat von meiner Wenigkeit, und er küsst sehr gut.«

Er küsste mehr als sehr gut. Ohne jeden Zweifel war er der beste Küsser, den ich je geküsst hatte. Das war ehrlich gesagt ärgerlich.

»Natürlich tut er das. Es konnte ja gar nicht anders sein.« Ich wusste, dass Teddy das nicht so meinte, wie es bei mir ankam, aber es gab mir trotzdem einen kleinen Stich. Es war eine Erinnerung daran, wer Luke Brooks war und immer gewesen war.

Ja, ich hatte in letzter Zeit eine andere Seite von ihm

gesehen, und ich wollte glauben, dass er keine anderen Frauen an seinen Lieblingsort brachte – mit Frühstücksburritos und perfekt ausgesuchtem Kaffee im Gepäck.

Aber Luke Brooks war schon immer ein Playboy gewesen.

Dies war der Mann, der mir noch vor einigen Tagen erzählt hatte, er habe mit der *Mutter* des ersten Mädchens geschlafen, das er geküsst hatte. Nach seinem Geständnis hatte ich ein wenig in den sozialen Medien recherchiert, und ich musste ihm zugestehen, dass Claudias Mom heiß war.

»Emmy«, sagte Teddy durchs Telefon. »Wohin bist du abgedriftet?«

»Nirgendwohin«, log ich.

»Emmy, so habe ich das eben nicht gemeint.« Verdammt. Ich hatte vergessen, dass Teddy tatsächlich Gedanken lesen konnte.

»Nein, ich weiß, aber es ist wahr. Natürlich ist er ein guter Küsser, denn Übung macht den Meister.« Ich dachte daran, wie er mich am Hals berührt hatte, bevor seine Lippen auf meinen gelandet waren.

Normalerweise war ich nicht der Typ Frau, der den ersten Schritt tat, aber in diesem Fall war ich froh, es getan zu haben. Es war, als hätte ich ihm mit meinem Kuss die nötige Erlaubnis gegeben, einfach loszulassen.

Er war so selbstbewusst gewesen, so sicher. Wie souverän er gewesen war – und mich behandelt hatte –, war in dem Moment genauso berauschend gewesen wie der Kuss selbst.

»Willst du wissen, was ich von dieser ganzen Situation halte?«, fragte Teddy.

»Du wirst es mir sicher gleich sagen.«

»Ich glaube, du musst Brooks etwas mehr zutrauen.« Wow, verflixt. Damit hatte ich nicht gerechnet. Nicht im Mindesten. »Er fühlt sich offensichtlich zu dir hingezogen und verbringt gern Zeit mir dir. Hast du je erlebt, dass Luke Brooks etwas getan hat, das er nicht tun wollte?« Sie hatte nicht unrecht.

»Nein«, seufzte ich.

»Hattest du heute einen wunderbaren Tag?«

»Ja«, gab ich zu.

»Gefällt es dir, wie du dich fühlst, wenn du mit ihm zusammen bist?«

»Du bist so frustrierend«, sagte ich ins Telefon. Ich fuhr mir mit einer Hand übers Gesicht. Obwohl Teddy mich nicht sehen konnte, hoffte ich, dass sie die Geste spüren konnte.

»Beantworte die Frage, Clementine.«

»Okay, na schön. Ja, mir gefällt es, wie ich mich fühle, wenn ich mit ihm zusammen bin«, fauchte ich.

»Genau. Womöglich ist an der Sache also etwas dran, vielleicht aber auch nicht, aber das wirst du nie erfahren, wenn du Brooks immer wieder in dieselbe Schublade stecken willst, in die du ihn seit unserem dreizehnten Lebensjahr packst. Diese Version von ihm mag neu sein, aber ich glaube, es lohnt sich, sie kennenzulernen.«

Typisch Teddy, diese widersinnige Situation vernünftig anzugehen.

»Was ist mit Gus?«, fragte ich.

»Was soll mit ihm sein?«, erwiderte Teddy gelangweilt.

»Brooks ist sein bester Freund. Er ist für Gus das, was du für mich bist, und ich will nicht, dass mein Bruder das verliert«, gab ich zu bedenken. »Ich will auch nicht, dass Brooks das verliert. Beste Freunde sind nicht leicht zu finden.«

»Hör zu«, begann Teddy, »ich weiß, dass Gus dieses ganze Ding am Laufen hat, dass er ein stiller, aber tödlicher Beschützer ist, aber du darfst dich nicht von Gus' möglichen Bedenken von dem abhalten lassen, was du tun willst. Und ich bin mir zu neunundneunzig Prozent sicher, dass du es mit Brooks tun willst.« Das entlockte mir ein Lächeln. »Ernsthaft, Emmy. Es ist in Ordnung, ein wenig positives Chaos in deinem Leben zuzulassen.«

»Für dich vielleicht«, konterte ich. Teddy liebte Chaos, aber sie konnte damit umgehen. Sie war eine Meisterin darin, das Beste aus Situationen zu machen, selbst wenn sie einstecken musste. Aber wenn es nötig war, schlug sie auch zurück.

»Für dich auch. Hör zu, wenn Gus es herausfindet und ausrastet, kümmere ich mich um ihn«, versprach sie. »Ich glaube, es kann nicht schaden, Luke Brooks etwas besser kennenzulernen.«

»Und wenn mir diese ganze Sache um die Ohren fliegt?«

»Dann schütze ich dich vor den Trümmern«, beteuerte sie. Ich seufzte, aber Teddy ließ sich nicht beirren. »Weißt du«, fuhr sie fort, »du seufzt ganz schön viel für eine Frau, die gerade ganz altmodisch mit einem der heißesten Männer Wyomings rumgeknutscht hat.« Teddy hatte wieder einmal recht.

»Er ist wirklich heiß, nicht wahr?«, sagte ich.

»Ist er. Und du bist es auch. Ihr zwei verdient es, zusammen heiß zu sein«, sagte sie. »Denk nur nicht zu viel darüber nach, Em. Wenn Luke Brooks sich am Ende doch als Niete entpuppt, was ich absolut nicht glaube, dann hast du wenigstens eine heiße Knutscherei und einen Burrito rausgeschlagen.«

»Der Burrito war wirklich gut«, murmelte ich. »Das *Bean Café* hat sich wirklich gesteigert.«

»Ich weiß. Ich gehe da fast jeden Tag zum Mittagessen hin.« Teddy arbeitete in einer kleinen Modeboutique in der Stadt und verkaufte über ihre Website ihre eigenen Designs. »Ich wäre ja mit dir dorthin gegangen, aber anscheinend verlässt du nur mit Brooks das Gelände der Ranch.«

»Das ist nicht wahr.«

»Doch, ist es, aber ich lasse es dir durchgehen, weil du noch nicht lange wieder zu Hause bist. Hauptsache, du gehst überhaupt mit irgendjemandem weg.«

»Warum bist du plötzlich so ein Brooks-Fan?«, fragte ich.

»Ich habe meine Gründe«, antwortete sie.

»Lust, sie mit mir zu teilen?«

»Nope.« Sie betonte das »p« mit einem Plopp-Laut. »Ich muss Schluss machen. Wir sehen uns am Freitag auf einen Geburtstagsdrink. Hab dich lieb!«

Einige Minuten nach meinem Telefonat mit Teddy kamen Gus und Riley in meine Hütte. Riley war nicht besonders gut im Anklopfen, aber mir machte das nichts aus. Sie schaffte es in genau drei Sekunden von der Tür in mein Bett.

»Tante Emmy, deine Hütte ist aber klein«, bemerkte sie. »Die von Dad ist viel größer.«

»Nun, in die Hütte deines Dads müsst ihr ja auch beide reinpassen. Diese hier habe ich ganz für mich allein«, antwortete ich.

»Hast du keinen Freund wie meine Mom? Er wohnt jetzt bei uns. Sie heiraten.« Gus hatte mir erzählt, dass Camille heiraten würde. Er freute sich für sie, und ich tat es ebenfalls. Gus und Cam hatten uns Riley geschenkt, aber es war jedem klar, auch ihnen selbst, dass sie nicht als Liebespaar füreinander geschaffen waren. Sie waren enge Freunde und bewältigten die gemeinsame Sorge für Riley großartig.

»Ich habe keinen solchen Freund, aber es ist schön, dass deine Mom einen hat.«

»Dad hat auch keine Freundin«, verkündete Riley sachlich. Gus, der neben der Tür stand, räusperte sich.

»Wo warst du vorhin?«, fragte er. »Ich habe versucht, dich anzurufen.«

Weil ich ihm schlecht erzählen konnte, dass ich mit seinem besten Freund rumgemacht hatte, sagte ich: »Ich war in der Stadt. Hab einen Kaffee getrunken und ein wenig Zeit für mich allein genossen.«

»Brauchst du wirklich noch mehr Zeit für dich allein?«, fragte Gus vielsagend.

»Dad, du hast gesagt, Zeit allein sei wichtig«, schaltete Riley sich ein. »Deshalb kann ich dir ja auch sagen, wann ich selbst welche brauche.«

»Ja, *Dad*. Es ist wichtig, Zeit für sich allein zu haben«, neckte ich ihn.

»Da hast du recht, Kleines, aber Tante Emmy hat den ganzen Tag Zeit für sich allein, und das jeden Tag.«

Ich warf ihm einen bösen Blick zu. Riley und ich lagen immer noch auf meinem Bett. Sie drehte sich auf die Seite, damit sie mich ansehen konnte.

»Tante Em, soll ich dich öfter besuchen?«, fragte sie. Ihr Ton war so ernst. Es war entzückend.

»Weißt du«, sagte ich, »du solltest mich wirklich öfter besuchen.« Riley gab einen Kuss auf ihre Hand und berührte dann mein Gesicht. Es war eine Geste, die sie von Gus gelernt hatte. Er sagte, unsere Mutter habe das früher getan, aber ich wusste davon nichts.

»In Ordnung, ich werde öfter zu Besuch kommen«, versprach sie. »Aber ich werde Dad nicht mitbringen«, fügte sie im Flüsterton hinzu. Ich lachte.

»Was ist so witzig da drüben?«, fragte Gus.

»Nichts«, antworteten Riley und ich wie aus einem Mund. Gus schaute zur Decke hoch, als würde er kurz um Kraft bitten. Ich liebte es, ihn auf die Palme zu bringen.

»Wie dem auch sei«, sagte er, »ich bin nur hergekommen, um dir mitzuteilen, dass wir morgen ein Abendessen geben. Es sieht so aus, als würde Wes seine Gästeranch bekommen, aber du weißt, dass Dad nicht zustimmen wird, bevor wir darüber abgestimmt haben.«

»Ich werde da sein«, versicherte ich ihm.

»Gut. Riley, lass uns fahren. Ich muss dich zu deiner Mom zurückbringen.« Ich drückte sie kurz an mich.

»Tschüss, mein Sonnenschein. Ich hab dich lieb.«

»Ich dich auch, Tante Emmy!« Sie hüpfte durch meine Hütte zurück zur Tür. Gus legte ihr eine Hand auf die Schulter und schob sie hinaus.

»Oh, und Brooks kommt morgen dazu, also versuche bitte, dich zu benehmen.«

Luke

15

Was zum Teufel zog man an, wenn man mit der Familie des Mädchens, das man gern hatte, zu Abend aß? Wenn diese Familie aber zugleich auch die Familie des besten Freundes war und sein Vater für einen das verkörperte, was einer Vaterfigur am nächsten kam?

Ich hatte mir noch nie Gedanken darüber gemacht, was ich bei den Ryders oder auch sonst irgendwo anzog. Aber das hier fühlte sich anders an.

Nachdem ich Emmy geküsst hatte, fühlte sich alles anders an.

Es fiel mir immer noch schwer zu glauben, dass das, was in meinem Truck passiert war, Wirklichkeit war, oder sogar, dass dieser ganze Tag Wirklichkeit gewesen war. Die Bilder von ihr, wie sie im Wasser lachte und wie sie ausgesehen hatte, als sie unter mir lag, gingen mir nicht mehr aus dem Kopf.

Geliefert. Das war es, was ich war: geliefert.

Wenn ich ins Haupthaus ging, würde ich das Gefühl haben, alle Ryder-Jungs wüssten, dass ich Emmy geküsst hatte, so als hätte mir jemand heimlich die Worte »ICH HABE EURE SCHWESTER GEKÜSST« mit Textmarker auf die Stirn geschrieben.

Am Ende zog ich meine am wenigsten abgetragene Jeans und ein schlichtes schwarzes T-Shirt an. Dreißig Minuten hatte ich mit qualvollen Überlegungen verbracht, und das war dabei herausgekommen? Na toll.

Ich entschied mich jedoch, auf jede Art von Kopfbedeckung zu verzichten, was eine schwierigere Entscheidung war, als man vielleicht denken würde.

Dann warf ich einen schnellen Blick auf mein Handy. Es war bereits sechs Uhr vierundfünfzig. Mist. Auf keinen Fall würde ich es pünktlich schaffen. Ich mochte ein wenig erwachsener geworden sein, aber Pünktlichkeit würde nie meine Stärke werden.

Rasch schlüpfte ich in meine Stiefel und ging zur Tür hinaus. Es dauerte ungefähr fünfzehn Minuten, um von meiner Schotterauffahrt zur Eingangstür des Haupthauses von Rebel Blue zu gelangen. Ich fuhr mit heruntergelassenen Fenstern und laut aufgedrehter Musik, um meine Gedanken zu übertönen.

Ich hatte schon tausendmal bei den Ryders zu Abend gegessen.

Es würde schon alles gut gehen.

Als ich vor dem Haus vorfuhr, bemerkte ich, dass auch Teddys Truck hier war. Gus war sicher begeistert. Wes war mit seinem Hund Waylon draußen vor dem Haus, einem großen, weißen Pyrenäenberghund. Das Tier war wie ein Marshmallow, innen wie außen. Außerdem war er Wes treu ergeben und ein verdammt guter Hofhund.

»Hey, Mann«, rief Wes.

»Hey«, antwortete ich. Waylon trottete auf mich zu und ließ seinen Tennisball vor meine Füße fallen. Ich hob den Ball auf und warf ihn mit Schwung in die Bäume. Er flitzte davon wie ein geölter Blitz.

»Nur zehn Minuten zu spät«, bemerkte Wes. »Beeindruckend.« Ich schenkte ihm ein schwaches Lächeln und zog die Schultern hoch. Zum Glück war ich schon immer ein Mann von wenigen Worten gewesen, deshalb würde es nicht seltsam wirken, wenn ich ihm nicht das Ohr abkaute.

»Warum bist du nicht im Haus?«

»Das Essen wird nicht vor halb acht fertig sein, und Waylon hat die ganze Zeit jaulend an der Tür gesessen.«

»Das Timing des Dinners war Absicht, hm?«, fragte ich. Wes lächelte nur. Die Ryders kannten die »Brooks Standard Time«.

Gus war mein bester Freund, aber ich stand auch Wes sehr nahe. Ich lag im Alter genau zwischen den beiden, sodass wir drei oft zusammen waren. Die Brüder waren jedoch sehr verschieden. Manchmal war es schwer zu glauben, dass sie verwandt waren, aber einer ihrer gemeinsamen Nenner war ihre Liebe zu ihrer kleinen Schwester. Sie zeigten diese Liebe nur auf unterschiedliche Art.

»Waylon!«, rief Wes. »Lass uns reingehen.« Ein weißes Fellknäuel flitzte aus den Bäumen, und ich folgte Wes ins Haus.

Als ich eintrat, schlugen mir sofort die Düfte einer selbst gekochten Mahlzeit entgegen. Mir lief schon jetzt das Wasser im Mund zusammen, dabei hatte ich Emmy noch nicht mal gesehen.

Auf kleinen Füßen stürmte jemand auf die Haustür zu.

»Onkel Brooks!«, rief Riley und sprang in meine Arme. Ich hob sie hoch, bis über meine Schultern, und warf sie ein wenig in Richtung Decke. Sie kreischte vor Aufregung.

»Hey, was ist mit mir, Kind?«, fragte Wes. Sie war direkt an ihm vorbeigerannt. Ich liebte dieses Mädchen.

»Dich habe ich schon gesehen«, sagte Riley. Wir gingen in den hinteren Teil des Hauses. Gus deckte gerade den Tisch, und Amos werkelte in der Küche. Auf Rebel Blue gab es eine Köchin, Ruby, die für alle auf der Ranch Frühstück und Mittagessen zubereitete. Es gab auch einen Kühlschrank und eine Speisekammer, die den Rancharbeitern zur Verfügung standen, und sie bekamen einen wöchentlichen Zuschuss für Lebensmittel, da sie auch in ihren Hütten eine Küche hatten. Ruby ließ Amos oft ein Abendessen oder Reste vom Vortag da, aber normalerweise zog er es vor, selbst zu kochen. Er tat es gern.

»Hey, Luke«, rief Amos aus der Küche. »Freut mich, dass du kommen konntest.«

»Das wollte ich mir nicht entgehen lassen«, antwortete ich. »Es riecht himmlisch hier drin.«

»Überbackenes Huhn, Kartoffelpüree und Gemüse sind im Anmarsch.«

»Ich hatte einen Rinderbraten vorgeschlagen«, warf Gus ein.

»Aber Emmy isst kein rotes Fleisch, oder?«, sagte ich, ohne nachzudenken. Mist. Konnte ich das wissen? Hatte ich das immer schon gewusst? War es seltsam, dass ich das wusste?

»Nein, tut sie nicht, und Gus sollte das wissen«, bemerkte Amos. »Und er sollte wahrscheinlich aufhören, zu jeder Mahlzeit Rindfleisch zu essen.« Er warf Gus einen vielsagenden Blick zu. »Du wirst langsam alt, und dein Cholesterinspiegel ist auch nicht mehr das, was er mal war.« Ich verkniff mir ein Lachen.

»Ich bin vierunddreißig!«, rief Gus.

»Dad, du bist schon so alt?«, fragte Riley. Alle lachten – bis auf Gus.

In diesem Moment öffnete sich die hintere Schiebetür, und Emmy kam herein. Gut, dass ich Riley noch im Arm hielt, sonst wäre ich wahrscheinlich auf die Knie gefallen.

Sie war wunderschön. Ich fragte mich, ob es jemals eine Zeit geben würde, in der sie meinen Herzschlag nicht innerhalb von einer Sekunde von null auf hundert beschleunigen würde.

Die Haare hatte sie nach hinten aus dem Gesicht gekämmt. Sie trug ein altes, verblichenes Broncos-Sweatshirt mit Rundhalsausschnitt und Jeansshorts. Es war wohl das erste Mal seit ihrer Heimkehr, dass sie nicht ihre Stiefel trug, sondern nur ein Paar Sandalen, aus denen sie schlüpfte, als sie durch die Tür trat.

»Hey, Schneckchen!«, rief Amos aus der Küche. Emmy begrüßte ihn mit einem spöttischen Salut. Sie brauchte eine Sekunde, bis sie Riley und mich bemerkte, aber dann blieb ihr Blick einen Hauch zu lange auf uns haften.

Ich bekam ein seltsames Gefühl in der Brust, als sie mich ansah.

Vielleicht brauchte ich ein paar verdammte Pillen gegen Sodbrennen oder so was. Aus dem Augenwinkel nahm ich wahr, wie Teddy durch die Schiebetür kam, aber ich starrte immer noch Emmy an, die Wes umarmte. Als ich den Blick von ihr losriss, bemerkte ich, dass Teddy mich mit einem selbstgefälligen Ausdruck auf dem Gesicht musterte.

Das war das zweite Mal, dass sie mich dabei erwischte, wie ich dort hinstarrte, wo ich nicht hinstarren sollte: direkt zu Emmy.

»Hey, Brooks«, sagte Teddy. Sie klang amüsiert.

»Teddy.« Ich nickte ihr zu.

»Du siehst schick aus«, bemerkte sie. »Gibt es irgendeinen bestimmten Grund, warum du auf dein zerfleddertes T-Shirt und die Kappe verzichtest, die du so gern trägst?«

Erbarmungslos. Teddy war erbarmungslos.

»Gibt es irgendeinen bestimmten Grund, warum du immer wieder gegen dein lebenslängliches Hausverbot auf Rebel Blue verstößt?«, meldete Gus sich zu Wort, bevor Teddy eine weitere Granate in meine Richtung schleudern konnte.

»Ja, um dich nachts mit einer Garrotte zu überraschen.« Teddy hatte zu ihrem honigsüßen Tonfall gewechselt, den sie nur für Beleidigungen reservierte.

»Ich möchte gern alle daran erinnern, dass hier kleine Ohren anwesend sind.« Das war Emmy. Ich schaute zu ihr hinüber. Sie stand neben Wes und hatte die Arme vor der Brust verschränkt. Ihr Blick war auf Teddy gerichtet, und sie sah aus, als wollte sie sie telepathisch anschreien.

Wenn man bedachte, wie nahe diese zwei sich standen, hätte es mich nicht überrascht, wenn Teddy sie hätte hören können.

»Dad«, begann Riley, »was ist eine Garrotte?«

»Sie meinte Karotte, Sonnenschein«, erklärte Gus,

ohne zu zögern. Verdammt, er war wirklich geistesgegenwärtig.

»Warum will Teddy dir eine Karotte geben?«, fragte Riley.

»Weil Teddy sich für witzig hält.«

»Teddy ist witzig«, konterte Riley, und ihr Ton war ziemlich sachlich für eine Vierjährige. Alle im Raum lachten erneut auf Gus' Kosten. Er sah aus, als hätte er gerade den schlimmsten Verrat erlitten.

Amos klatschte aus der Küche einmal in die Hände und lenkte die allgemeine Aufmerksamkeit auf sich. »Nachdem das geklärt ist, lasst uns essen. Schnappt euch jeder eine Schüssel und bringt sie an den Tisch.«

Ich stellte Riley auf den Boden, und sie huschte zu Amos hinüber. Er gab ihr den Salat. Ich machte Anstalten, ebenfalls auf ihn zuzugehen, aber Emmy stieß mit ihrer Schulter gegen meine. Bei ihrer Berührung blieb ich wie angewurzelt stehen. Ich schaute zu ihr hinunter. Sie schenkte mir ein kleines Lächeln.

»Hey«, sagte sie.

»Hey.« Sie hakte für eine halbe Sekunde unsere kleinen Finger ineinander, bevor sie in Richtung Küche weiterging, neben ihrem Dad stehen blieb, die Handflächen nach oben drehte und sagte: »Zeit fürs Anrichten, Daddio.« Amos reichte ihr eine riesige Schale Kartoffelpüree. Ihr Leibgericht.

Anscheinend hatte ich im Laufe der Jahre viel mehr Informationen über Emmy abgespeichert, als ich dachte. Wir nahmen unsere gewohnten Plätze bei Tisch ein. Ich saß neben Wes, der neben Riley saß. Emmy nahm mir gegenüber Platz, und Teddy setzte sich an ihre rechte Seite. Amos und Gus bezogen ihre Positionen jeweils am Kopfende des Tisches. Es war mir praktisch unmöglich, Emmy nicht anzusehen. Ich hoffte, dass niemand das verlegene Lächeln bemerkte, mit dem wir einander alle paar Minuten ansahen, weil wir nicht anders konnten.

Wir unterhielten uns alle eine Weile. Gus informierte Amos über die neuesten Entwicklungen auf der Ranch: die Schätzungen für die Heuballensaison, die Rancharbeiter, die über den Winter blieben, und die Abkalbezeit. Wes hatte Updates über die Bewässerung und die Zäune.

»Emmy«, begann Amos, »wie läuft es im Stall? Hat Maple sich gut eingelebt?«

»Ja, es geht ihr prima. Die Tierärztin kommt in den nächsten Wochen zum jährlichen Check-up am Ende des Sommers. Sie macht das auch bei den Einstellpferden.«

»Gibt es irgendetwas, um das wir uns Sorgen machen sollten?«

»Whiskys Haut ist sehr trocken, deshalb habe ich ihr vorsorglich ein proteinreiches Futter gegeben.« Whisky hatte Emmys Mom gehört. Sie war alt, aber immer noch gesund.

»Gut. Sonst noch etwas?«

»Nein. Brooks leistet da unten gute Arbeit. Alle Pferde sind versorgt.« Es war zwar nur ein einfaches Kompliment, aber aus Emmys Mund fühlte es sich an, als hätte ich gerade den Nobelpreis gewonnen.

Amos richtete seine Aufmerksamkeit nun auf mich. »Irgendwelche anderen Updates, Luke?«

»Nein, Sir. Die letzte Reitstunde des Sommers findet am Samstag statt, und im November ziehen wir in die

Reithalle um«, berichtete ich und stolperte über die ersten paar Worte.

»Gut. Teddy, ich nehme an, du hast keine Neuigkeiten für mich?«, fragte Amos, um sicherzugehen, dass niemand von dem Gespräch ausgeschlossen wurde. Bei der Frage stöhnte Gus.

»Keine, die direkt mit der Ranch zusammenhängen, Sir«, antwortete Teddy mit einem Lächeln. Ich sah, wie Emmy Teddy unter dem Tisch aufs Bein schlug. Amos betrachtete beide für einen Moment, und seine Verwirrung war offensichtlich, aber er tat die Sache ab.

»Also gut. Ihr wisst alle, dass wir hier sind, weil wir ernsthaft darüber nachdenken, eine Gästeranch auf Rebel Blue einzurichten. Stimmt jemand dagegen?« Die drei Ryder-Geschwister schüttelten den Kopf.

Wes strahlte.

»Weston«, sagte Amos mit seiner bewährten Ranchbesitzer-Stimme, »das ist dein Projekt. August, Clementine und ich erwarten bis Ende nächster Woche einen Kostenplan und einen Finanzierungsvorschlag von dir. Abgemacht?«

»Abgemacht«, antwortete Wes. Man konnte ihm die Aufregung förmlich ansehen, die er ausstrahlte. Amos nickte nachdrücklich.

»Wenn die Zahlen mich nicht überzeugen, machen wir es nicht. Wenn sie es tun, erwarte ich von dir, dass du dieses Projekt von Anfang bis Ende durchziehst. Bist du dazu bereit?«

»Ja, Dad, das bin ich.« Ich hatte keinen Zweifel daran, dass Wes die Sache erfolgreich abschließen würde.

»In Ordnung.« Amos griff nach seinem Bier. »Auf die Gästeranch von Rebel Blue.«

»Cheers«, sagten alle und hoben ihre Gläser, einschließlich Riley, die mit ihrem Traubensaft anstieß.

»Hey, Teddy«, begann Wes, »denkst du, du könntest mir helfen, jemanden für die Gestaltung des alten Haupthauses zu finden?«

»Du weißt, dass ich Kleidung entwerfe, ja? Nicht Häuser?«

»Ach nee. Aber du bist irgendwie künstlerisch veranlagt und hast Beziehungen und so. Wen auch immer du findest, wird besser sein als der, den ich auftreiben werde. Das Projekt soll etwas Einzigartiges werden.«

Teddy dachte eine Sekunde lang nach. »Ja, ich kenne tatsächlich jemanden, der für so etwas wirklich gut geeignet wäre. Ich werde mich mit ihr in Verbindung setzen und herausfinden, ob sie frei ist. Wann willst du anfangen?«

»Wenn es keine Probleme mit meinem Finanzierungsvorschlag gibt« – Wes warf Gus einen vielsagenden Blick zu –, »nach der Abkalbezeit.«

»Klingt gut. Ich werde dich auf dem Laufenden halten.«

»Danke, Teddy.«

Der Rest des Abendessens verlief angenehm. Nachdem das Geschäftliche geklärt war, kam die Unterhaltung in Gang. Nach dem Dessert, Amos' berühmtem Pfirsichauflauf, zogen wir ins Wohnzimmer um. Emmy und ich landeten auf demselben Sofa, was Teddys wachsamem Auge definitiv nicht entging, und ich musste mich sehr konzentrieren, um sie nicht zu berühren.

Als die Uhr im Eingangsbereich halb zehn schlug, erhob sich Gus von seinem Stuhl. Riley war bereits auf seinem Schoß eingeschlafen und hatte die Arme um seinen Hals geschlungen.

»Wir machen uns besser auf den Weg, damit ich diese Kleine in ihr eigenes Bett legen kann. Danke für das Abendessen, Dad.«

Amos schüttelte Gus die Hand, als er an seinem Stuhl vorbeikam und in Richtung Haustür ging.

Einige Minuten später stand Teddy auf, um sich ebenfalls zu verabschieden.

»Teddy, ich habe ein paar Portionen für deinen Dad aufgehoben, du findest sie im Kühlschrank. Es ist genug für ihn und die Pflegerin da, die heute nach ihm sieht«, sagte Amos.

»Vielen Dank, Mr Ryder. Darüber wird er sich sehr freuen.« Ich wusste nicht viel über Teddys Dad, aber ich wusste, dass er und Amos schon lange Freunde waren. Beide waren alleinerziehende Väter gewesen, die einfach nur für ihre Familien da sein wollten.

»Sag ihm, dass ich ihn am Samstag besuchen werde, in Ordnung?«

»Ja, Sir.«

»Wes, hilf Teddy, die Lebensmittel zu ihrem Wagen zu tragen.« Wes, der mit seinem Cowboyhut auf dem Gesicht auf dem Boden lag, stieß einen Seufzer aus und rappelte sich hoch.

»Bisschen sehr dramatisch, was?«, sagte Emmy und lachte.

»Ich war da unten fast eingeschlafen.« Wes gähnte. Emmy stand auf und umarmte Teddy, bevor sie und Wes in die Küche und dann zur Haustür hinaus gingen. Teddy erzählte ihm etwas über eine Innenarchitektin, die sie kannte.

»Ich sollte wahrscheinlich auch zu meiner Hütte runtergehen.« Emmy gab ihrem Dad einen Kuss auf die Wange.

»Luke, sorg dafür, dass Emmy gut nach Hause kommt, okay?«

Ich sah Emmy an. Sie sah aus, als wüsste sie nicht, was sie darauf antworten sollte. Ich wusste es auch nicht.

»Dad, es sind nur fünfhundert Meter«, war das, wofür sie sich entschied.

»Draußen ist es stockdunkel, und ich bin noch nicht dazu gekommen, ein paar Solarleuchten am Weg anzubringen. Lass deinem alten Herrn einfach seinen Seelenfrieden, hm? Luke macht das nichts aus, oder?«

»Ganz und gar nicht, Sir.«

»Gut«, antwortete Amos. Emmy hatte einen Ausdruck auf dem Gesicht, den ich nicht einordnen konnte. Sie wirkte … nervös vielleicht? »Ich wünsche dir noch einen schönen Abend, Luke. Gute Nacht, Schneckchen.«

»Nacht, Dad.«

Emmy und ich gingen zur Schiebetür. Ich öffnete sie für sie, und sie schlüpfte als Erste hinaus. Eine Minute gingen wir schweigend nebeneinander her, bevor ich meine Finger mit ihren verschränkte und ihre Hand drückte.

Sie erwiderte die Geste.

»Hattest du einen schönen Abend?«, fragte ich sie.

»Ja, hatte ich. Mein erstes Familiendinner, seit ich wieder zu Hause bin. Ich hatte das vermisst.«

»Dein Dad hat heute Abend richtig gestrahlt. Ich glaube, er hat dich auch vermisst.«

Sie schwieg. Vielleicht war es falsch gewesen, das zu sagen?

»Darf ich dich etwas fragen?«, erwiderte sie schließlich.

»Nur zu.«

»Ich habe das Gefühl, ich sollte das mit dem Hinweis einleiten, dass ich dich nicht um etwas Bestimmtes bitte, aber was ist das hier für dich? Machst du bloß ein bisschen mit der kleinen Schwester deines besten Freundes rum?« Ich musste mich anstrengen, damit mir das keinen Stich versetzte. In Wahrheit wusste ich nicht, wie ich das hier handhaben sollte. Ich wusste nicht, wie ich Emmy geben konnte, was sie brauchte, oder wie daraus irgendeine Art von Beziehung entstehen sollte. Ich hatte so etwas noch nie gemacht.

Ich hatte es nie auch nur versuchen wollen, aber bei Emmy war alles anders.

Und das machte mir eine Heidenangst.

»Gott, nein. Emmy, das würde ich dir niemals antun und dich auch nicht als jemanden betrachten, mit dem ich nur herumspielen würde. Ich will Zeit mit dir verbringen. Okay?«

Wieder stießen meine Worte auf Schweigen.

Wir waren fast bei ihrer Hütte angekommen. Ich konnte das Licht auf ihrer Veranda sehen.

Sie sagte nichts, bis wir vor ihrer Tür standen. »Okay«, sagte sie leise. »Ich will auch Zeit mit dir verbringen.«

Jetzt sah ich sie an. »Ich meine es ernst, Emmy. Ich weiß nicht, wann es passiert ist, aber ich mag dich. Ich mag dich viel mehr, als ich das verdammt noch mal tun sollte, und ich weiß, wir sollten die Finger davon lassen, weil tausend Dinge schiefgehen könnten, aber du fühlst dich einfach so *richtig* an.«

Sie schaute zu mir auf. »Okay.«

»Gut.« Ich drückte ihr mit den Fingerknöcheln das Kinn hoch, damit ich sie auf die Stirn küssen konnte. Emmy schmiegte sich an mich, und ich hielt sie für einen Moment fest. Sie passte in meine Arme, als wäre sie dafür geschaffen. Und das wollte ich gern glauben. Am liebsten hätte ich ihr gesagt, wie viel sie mir bedeutete, wie viel mir die letzten Wochen bedeutet hatten, aber ich konnte es nicht. Noch nicht.

Nicht, solange ich das Gefühl hatte, dass mir die ganze Sache jeden Moment entgleiten konnte. Morgen konnte sie aufwachen und feststellen, dass ich nur der verkorkste Junge war, den sie kannte, und dass ich ihre Zeit nicht wert war.

Ich wusste nicht einmal, ob sie vorhatte, in Meadowlark zu bleiben. Sie konnte nach Denver zurückfahren, bevor ich überhaupt wusste, dass sie fort war.

Und Gus konnte mich umbringen, wenn er von uns erfuhr. Auch das war möglich.

»Ich sollte zu Bett gehen«, sagte sie. »Ich muss mich vor Teddy Andersons Geburtstagsparty morgen ausruhen.« Ich kicherte, wollte sie aber nicht loslassen.

»Teddy macht keine halben Sachen, hm?«

Emmy schüttelte den Kopf. »Sehe ich dich am Samstag? Ich komme zu Rileys Reitstunde.«

»Ja, klar«, antwortete ich. Aber ich war noch nicht bereit, das hier zu beenden. Ich wollte sie so sehr. Den ganzen Abend hatte ich ihr nicht nahe kommen können, und das hatte mich in den Wahnsinn getrieben. Sie sah so perfekt aus in ihrer knappen Jeansshorts. Alles an ihr schien dafür geschaffen, mich in den Wahnsinn zu treiben.

Emmy löste sich von mir, drückte ihre Tür auf und drehte sich dann noch einmal zu mir um.

»Ich mag dich auch, Luke.« Diese Worte trafen mich mit solcher Wucht, dass es mir den Atem verschlug. »Gute Nacht.«

Ich konnte meine Zunge nicht schnell genug mobilisieren. »Gute Nacht«, antwortete ich, aber erst ein paar Sekunden nachdem sie die Tür geschlossen hatte. *Na toll.*

Ich drehte mich um und ging benommen zum Haupthaus zurück. Nach einigen Schritten hielt ich inne und betrachtete den gewaltigen nächtlichen Himmel über Wyoming. Es war unglaublich, wie viele Sterne zu sehen waren.

Ich konnte nicht fassen, dass das Universum so groß war und ich zur selben Zeit wie Clementine Ryder auf diesem zufällig durchs All schwebenden Brocken gelandet war.

Bevor ich auch nur begriff, was ich tat, drehte ich mich um und machte mich, so schnell ich konnte, auf den Weg zurück zu Emmys Hütte.

Ich wollte sie, und ich wollte verdammt sein, wenn ich sie entwischen ließ.

Emmy

16

Brooks gute Nacht zu sagen, war eine gute Entscheidung gewesen. Eine kluge Entscheidung. Nachdem ich ihn den ganzen Abend angestarrt hatte, war es ein Wunder, dass ich ihm nicht gleich die Kleider vom Leib gerissen hatte, als wir durch die Hintertür hinausgegangen waren.

Buchstäblich das Erste, was ich beim Betreten des Haupthauses gesehen hatte, war er gewesen, der meine perfekte Nichte in seinen starken Armen hielt. Was für ein betörend schöner Anblick.

Und ich will gar nicht erst anfangen von seinem Haar. Bei jemandem, der Hüte so sehr mochte, hätte man denken können, dass er Geheimratsecken versteckte oder so, aber nein. Er hatte volles Haar und sah ohne Kopfbedeckung genauso gut aus wie mit Hut.

Es war kein Geheimnis, dass Brooks mit einer verkehrt herum aufgesetzten Baseballkappe mein Kryptonit war, aber der Anblick seines vollen, dunklen Haars hatte mich heute Abend einfach umgehauen.

Dass Brooks' Aussehen mich beinahe feucht werden ließ? Das war zu erwarten gewesen. Das war schon ewig so, selbst als ich ihn noch nicht gemocht hatte. Dass Brooks mir sagte, dass er mich mochte? Unerwartet. Dass ich ihm glaubte? Ebenfalls unerwartet, aber nicht unwillkommen.

Sein Gesichtsausdruck war so eindringlich und ernst gewesen, als er es gesagt hatte. Es war unmöglich, ihm nicht zu glauben.

War es dumm von mir, ihn heute Abend weggehen zu lassen? Dies hätte einer dieser Momente sein können. Die Momente, die unwichtig schienen, die sich aber dann doch als wichtig erwiesen. Die Momente, die den Lauf der Dinge beeinflussten und jemandes Weg veränderten.

Das wollte ich. Einen neuen Weg.

Ich wollte Brooks.

Als ich meine Haustür wieder aufstieß, dachte ich gar nicht nach, sondern wollte ihm nur nachjagen.

Aber ich fand Brooks genau an der Stelle wieder, an der ich ihn zurückgelassen hatte. Jetzt hob und senkte sich allerdings seine Brust, als wäre er weggegangen und wieder zurückgerannt, und er hatte den Arm erhoben, als wollte er gerade anklopfen.

Wir starrten einander an, und ich beschloss, dass dies der Moment war. Nicht der Moment, der es gewesen wäre, wenn ich ihm nicht die Tür vor der Nase zugemacht hätte, sondern ein besserer – ein Moment, für den wir beide bewusst zurückgekommen waren.

Das war der Gedanke, der mir durch den Kopf ging, als Brooks sagte: »Ich kann nicht mehr von dir wegbleiben.«

Er trat einen Schritt vor, nahm mit beiden Händen mein Gesicht und küsste mich, bis mir die Luft wegblieb. Als seine Lippen auf meinen lagen, konnte ich überhaupt nicht mehr denken.

Ich krallte die Fäuste in sein T-Shirt und versuchte, ihm so nahe zu kommen, wie es nur menschenmöglich war. Er schob mich langsam durch meine Tür zurück, und ich ließ es zu. Ich wünschte mir verzweifelt zu wissen, wohin uns das hier führen würde.

Sobald wir in der Hütte waren, trat er die Tür mit dem Fuß zu. Er fuhr mit den Händen von meinem Gesicht nach unten – über meinen Hals, meine Brüste und meine Taille, bis er meinen Hintern packte und mich vom Boden hob. Ich schlang die Beine um ihn und klammerte mich fest.

Jetzt drehte er sich mit mir um, sodass ich mit dem Rücken die Haustür berührte. Gierig stieß er mir seine Zunge in den Mund, und er nahm und nahm. Ich wollte, dass er alles nahm. Mit einer Hand ließ ich sein Shirt los und schob sie in sein dichtes Haar.

Gott, ich wollte ihn.

Es kostete einige Anstrengung, aber ich löste mich von seinem Mund. Er ließ sich nicht beirren und küsste mich einfach auf den Hals. Dabei konnte ich nicht verhindern, dass mir ein kleines Stöhnen entwich. Es war, als wüsste er genau, wo er mich berühren musste.

»Luke«, hauchte ich. Er antwortete nicht, sondern drückte meinen Hintern nur noch fester. Er hatte die Position seiner Hände verändert. Sie waren nicht mehr auf meiner Shorts, sondern unter ihr. Ich spürte seine Haut an meiner, und es fühlte sich berauschend an.

»Luke«, sagte ich noch einmal. Diesmal lehnte er sich zurück. Seine Augen standen in Flammen.

»Soll ich aufhören?«, fragte er.

»Nein, i–«, stammelte ich. »Du sollst nicht aufhören. Ich will es alles, das Ganze.« Seine Augen brannten noch heller.

»Bist du dir sicher?«, hakte er nach.

»Hundertprozentig.« Und das stimmte. Ich wusste nicht, wann ich mir das letzte Mal bei einer Sache so sicher gewesen war.

»Ich habe kein Kondom dabei.« Luke Brooks schleppte also nicht zufällig eine Großpackung Kondome mit sich herum? Das war ja für alle ein Jammer.

»Ich trage eine Spirale«, sagte ich. »Und ein paar Tage vor meiner Abreise aus Denver war ich beim Arzt. Ich bin kerngesund.«

»Ich auch.«

Gott sei Dank.

»Bist du dir sicher?«, fragte er noch einmal. »Ich will dich nicht unter Druck setzen.«

»Das tust du nicht«, beteuerte ich. »Ich will es. Ich will dich.« Dabei nahm ich sein Gesicht mit beiden Händen, und seine Bartstoppeln kratzten auf ganz wunderbare Weise über meine Haut.

»Wenn du an irgendeinem Punkt deine Meinung änderst, sagst du es mir sofort, okay?« Er neigte den Kopf und drückte mir einen sanften Kuss auf eine meiner Handflächen.

»Ich werde meine Meinung nicht ändern«, versicherte ich ihm.

»Sag, dass du mir Bescheid gibst, falls du deine Meinung änderst.« Seine Stimme war fest. Ich liebte es.

»Ich werde dir Bescheid geben.«

Er holte tief Luft, als würde dieser Satz die Fesseln sprengen, die ihn noch hielten.

»Gott, Emmy, ich will dich so sehr.«

»Dann nimm mich«, sagte ich. Er überlegte nicht lange. Wieder presste er seinen Mund auf meinen und trug mich dann zum Bett.

Als große Frau waren die meisten Männer, mit denen ich geschlafen hatte, nicht viel größer gewesen als ich. Mir war nicht bewusst gewesen, dass mich das störte, bis ich mit Luke zusammen war. Dass er mich einfach so hochheben und herumtragen konnte, war höllisch heiß.

Bevor wir es zu meinem Bett schafften, stellte er mich auf den Boden.

»Zieh dich aus«, verlangte er. Seine Stimme war tief und rau und ging mir direkt unter die Haut. »Ich will dich sehen.« Er trat ein paar Schritte zurück, und ich konnte erkennen, dass sein Schwanz sich gegen seine Jeans stemmte.

Dass er mich wollte, erfüllte mich mit einem Selbstvertrauen, das ich normalerweise nicht besaß.

Zuerst zog ich meinen Pullover aus. Darunter trug ich zwar ein Tanktop, aber keinen BH. »Zieh dein Shirt aus«, verlangte ich von Brooks. Meine Stimme war atemlos und kaum wiederzuerkennen. Brooks tat sofort, worum ich gebeten hatte, und riss sich sein schwarzes T-Shirt herunter. Sein muskulöser Bauch und seine harte Brust waren leicht behaart. Es war ein Klischee, aber bis jetzt war ich nur mit Jungen zusammen gewesen. Luke war ein verdammter Mann.

»Weiter, Emmy«, drängte er. »Lass mich dich sehen.«

Ich knöpfte meine Shorts auf und schob sie mir die Beine hinunter. Wieder musste ich an die Quelle denken und daran, wie nervös es mich gemacht hatte, mich auszuziehen und in meinem Bikini dazustehen. Jetzt konnte ich es kaum erwarten, dass Brooks mich ganz sah.

Ich zog mein Tanktop aus und hörte Brooks ein leises Knurren ausstoßen. Den Ausdruck »seine Augen verdunkelten sich« hatte ich nie verstanden, obwohl er in allen Liebesromanen vorkam, die Teddy mir lieh. Bis jetzt.

Der Blick, mit dem er mich ansah, war alles verzehrend. Brooks eilte auf mich zu, aber ich streckte einen Arm aus, um ihn aufzuhalten. Er blieb sofort stehen.

»Deine Hose. Runter damit.«

Brooks' kräftige Hände fanden seinen Gürtel, und er biss die Zähne zusammen. »Das ist der letzte Befehl, den du mir gibst«, sagte er. Verdammt, ich hatte gewusst, dass er im Bett so sein würde. »Heute Nacht habe ich das Kommando. Hast du das verstanden?« Alles an ihm war so vereinnahmend, dass ich meiner Stimme nicht zutraute, ihm zu antworten.

Also nickte ich nur, denn ich wollte, dass er die Kontrolle übernahm. Ich vertraute darauf, dass er mich gut behandeln würde.

»Ich habe dir eine Frage gestellt, Sugar.« Er würde sich nicht nur mit einem Nicken begnügen.

»J-ja. Ich habe verstanden.«

»Gut.« Er löste seinen Gürtel, ließ seine Jeans fallen und stieg aus ihr heraus. Sein Schwanz stemmte sich gegen seine schwarze Unterhose.

»Hör auf, meinen Schwanz so anzustarren, Sugar.«

Mein Blick flog zurück zu Brooks' Gesicht. »W-wie denn?«

»So als wolltest du, dass ich dich auf die Knie drücke und ihn dir in den Rachen stoße.« *Lieber Gott*. Ich leckte mir die Lippen, während ich ihn anstarrte. »Würde dir das gefallen, Sugar? Mein Schwanz in deinem heißen kleinen Mund?« Es würde mir gefallen. Es würde mir definitiv gefallen.

Ich nickte.

Sofort war er wieder bei mir, packte mich am Hals und verschlang mich mit seinen Küssen. Dann hob er mich wieder hoch und setzte sich auf mein Bett, sodass ich rittlings auf seinem Schoß saß. Ich spürte seinen Penis an meinem blauen Höschen, das so durchnässt war, es war fast peinlich.

Ich rieb mich an ihm, und er stöhnte.

»Verflucht. Du bist so verflucht perfekt«, murmelte er dicht an meinen Lippen. Ich konnte nicht anders, als mich weiter an ihm zu reiben und mir zur wünschen, es wäre nichts zwischen uns, aber ich wollte auch nicht aufhören. Es fühlte sich so gut an. Ich konnte wahrscheinlich schon allein durch diese Reibung kommen. Er strich mir über den Rücken. »Fühlt sich das gut an, Sugar?«, fragte er atemlos. »Deine Pussy an meinem Schwanz zu reiben?«

»Ja«, stöhnte ich. Er neigte den Kopf und biss mir leicht in den Hals, sodass ich einen spitzen Schrei ausstieß, dann fuhr er mit der Zungenspitze über den Biss.

»Mach weiter, Emmy. Mach es dir so.« Nun, wenn er darauf bestand … Ich bewegte mich schneller. Die

Reibung war köstlich, und ich legte ihm beide Hände auf die Schultern, um das Gleichgewicht zu halten. Gott, ich fühlte so viele Dinge gleichzeitig. Ich konnte mich nicht erinnern, wann ich das letzte Mal so erregt gewesen war.

Oder wann ich mich das letzte Mal so begehrt und gewollt gefühlt hatte.

»So ist es gut, Sugar. Reite mich weiter.« Brooks' ermutigende Worte spornten mich an, genau wie seine Hand auf meinem Hintern und die andere auf meiner Brust. »So verdammt perfekt. Ich kann spüren, wie feucht du bist.« Ich war so kurz davor und wurde nun schneller, jagte dem hinterher, was er mir anbot. Als er mir einen leichten Klaps auf den Hintern gab, verließ mich jedes Rhythmusgefühl, und ich ritt ihn mit hemmungsloser Leidenschaft. »Ich weiß, dass du kurz davor bist. Komm schon, Sugar, lass mich spüren, wie du kommst.«

Nach ein paar weiteren Sekunden explodierte ich. Die Lust, die mich durchströmte, ließ meinen Körper erbeben. Ich war noch nie so heftig gekommen, dabei hatte keiner von uns auch nur seine Unterwäsche ausgezogen.

Ich schaute zu Brooks hinunter, der mich nicht aus den Augen ließ. Er krallte die Finger in mein Haar und küsste mich. Der Kuss war heiß und wild.

»Du bist so schön, wenn du kommst.« Er stand auf und warf mich aufs Bett. Warf mich buchstäblich auf die Matratze. »Ich kann es gar nicht erwarten, es noch mal zu sehen«, fügte er hinzu.

Er stand am Fußende meines Bettes und zog endlich seine Unterhose aus. Sein Schwanz stand deutlich ab.

Ich hatte schon spüren können, dass er groß war, aber es zu sehen, war etwas anderes. Ich konnte es gar nicht erwarten, ihn in mir zu haben.

Er stieg aufs Bett und kroch zu mir hoch. Das Spiel seiner Muskeln, als er sich über mir abstützte, brachte mich fast um den Verstand. Über meinem Bauch hielt er inne, damit er mich den ganzen Weg von meinen Rippen bis zu meinen Brüsten ablecken konnte.

Er fuhr mit der Zungenspitze um meine linke Brustwarze, und mein Rücken bog sich durch. Dann biss er sanft zu, bevor er zur anderen Seite wechselte. Immer wieder wechselte er zwischen beiden ab, während eine seiner Hände ihren Weg zu meinem Slip fand.

Mit dem Daumen strich er durch den Stoff über meine Klitoris, und ein Ruck durchlief mich. Ich konnte sein Feixen an meiner Brust spüren. »Bist du empfindlich, Sugar?«, fragte er.

»Ein bisschen«, hauchte ich. Er reagierte, indem er meinen Slip zur Seite schob und einen seiner Finger in mich hineingleiten ließ. Wir stöhnten beide.

»Gott, du bist so feucht. Ist das alles für mich?« Ich stieß einen Laut aus, den er korrekterweise als ein Ja gedeutet haben musste, denn er schob einen weiteren Finger in mich hinein. Die Geräusche seiner Finger, die in mich hineinstießen und wieder herausglitten, waren obszön.

Mit seinen Fingern in mir und seinem Mund auf meinen Brüsten war ich ganz kurz davor, erneut zu kommen. So war es noch nie für mich gewesen. Ich wusste nicht, wie ich damit umgehen sollte.

Er leckte bis ganz hinauf zu meinem Hals, bevor er

mich erneut küsste. Als er sich von mir löste, zog er auch die Finger aus mir heraus, und das war ein fast schmerzlicher Verlust. Er schwebte über mir und sah mir direkt in die Augen, als er die Finger in den Mund nahm und daran saugte.

Seine Augen schlossen sich, als würde er den Geschmack mit allen Sinnen auskosten. Dann zog er die Finger mit einem anzüglichen Plopp wieder aus dem Mund. »Willst du kosten?«, fragte er mich. Das Zusammensein mit Luke fühlte sich erotisch und befreiend an. So etwas hatte ich noch nie getan.

Zu meiner eigenen Überraschung nickte ich.

Wieder schob er seine Finger in mich hinein und stieß einige Male zu. Mein Rücken hob sich vom Bett, und mein Körper begann aus eigenem Antrieb, sich an ihm zu reiben, aber er zog die Finger wieder heraus. Gott, das war so frustrierend.

Er strich damit über meine Lippen, bevor er sie mir in den Mund schob.

»Koste dich selbst«, forderte er mich auf, und ich tat es. Ich leckte mich selbst von seinen Fingern. Es fühlte sich irre gut an. »Braves Mädchen.« Die Hitze, die mich bei seinem Lob durchströmte, war unerwartet, aber nicht unwillkommen.

»Du schmeckst traumhaft«, sagte er. »Ich brauche mehr.« Wieder rutschte er nach unten, schob sich zwischen meine Beine und legte sie sich jeweils über eine seiner Schultern. Er breitete mich vor sich aus wie sein persönliches Festmahl.

»Luke …«, begann ich.

»Ja, Sugar?«

»Du musst das nicht tun«, murmelte ich und spürte,

wie die Unsicherheit, die mich manchmal beim Sex überkam, ihr hässliches Gesicht zeigte.

»Deine perfekte Pussy lecken?«, fragte er. Er schaute zwischen meinen Beinen auf, und ich wünschte, ich hätte ein Foto machen können. Ich errötete. Nachdem ich mich für ihn ausgezogen, mich bis zum Orgasmus an seinem Schwanz gerieben und mich selbst von seinen Fingern geleckt hatte, ließ mich das hier erröten?

»J-ja, das meine ich.«

»Das will ich aber. Unbedingt. Aber ich mache es nicht, wenn du dich damit nicht wohlfühlst.«

»D-das ist es nicht.« Er sah mich forschend an und wartete darauf, dass ich weitersprach, aber ich tat es nicht.

»Sprich mit mir, Sugar.«

»I-ich b-bin noch nie dadurch gekommen, deshalb lohnt es sich nicht für dich.« Die Männer, mit denen ich bisher zusammen gewesen war, hatten dabei immer so gewirkt, als wäre das einfach der letzte Boxenstopp, bevor sie richtig mit mir schlafen konnten, und das hatte mich immer abgetörnt.

»Es lohnt sich nicht für mich?« Er klang … ärgerlich? »Ich weiß nicht, mit was für Männern du geschlafen hast, Sugar, aber es wird sich für mich immer lohnen, deine perfekte Pussy zu verschlingen.« Ich schluckte und spürte, wie mir wieder heiß wurde.

»Ich sag dir was. Wenn es okay für dich ist, lass mich dich ein paar Minuten mit meiner Zunge verwöhnen, und wenn es dir nichts bringt, machen wir was anderes. Ja?« Das klang … vernünftig.

»Okay«, stimmte ich zu. Obwohl ich wusste, dass es mir nichts bringen würde. Das hatte es nie getan.

»Gib mir ein Kissen und heb dann die Hüften an.« Ich tat wie geheißen. Er schob mir das Kissen unters Becken. Luke behielt mich genau im Auge, während er sich zu meiner Pussy hinunterbeugte und mir einmal längs darüber leckte. Dann tat er genau das, was er angekündigt hatte: Er verschlang mich.

Er ließ die Finger wieder in mich hineingleiten, während seine Zungenspitze um meine Klitoris kreiste und dagegen schnippte. Er sorgte für den köstlichen perlenden Druck, den ich gespürt hatte, als ich mich an ihm gerieben hatte. Dieser Druck zusammen mit dem Gefühl seiner Finger baute sich immer mehr entlang meiner Wirbelsäule auf.

Das war mir noch nie passiert.

Heilige Scheiße. Normalerweise kam ich, wenn ich oben lag und den Druck an meiner Klitoris spürte – oder ich kam einfach gar nicht und erledigte das später selbst.

Luke machte weiter. Er war ein Mann auf einer Mission, und nichts konnte ihn aufhalten. Meine Hände waren wieder in seinem Haar vergraben – anscheinend einer ihrer Lieblingsorte –, meine Hüften zuckten ganz von allein, und was ich fühlte, war alles viel zu viel. Ich wusste, dass ich laut und ohne Sinn und Verstand stöhnte, aber das scherte mich nicht.

»Oh … Luke … Ich werde …« Ich schaute nach unten und bemerkte, dass Luke die Hüften rhythmisch gegen die Matratze stieß.

Machte ihn das an? Gab es so etwas?

Dass Luke davon erregt war, mir Lust zu bereiten, brachte mich zum Höhepunkt. Zum ersten Mal in meinem Leben kam ich, weil mich jemand leckte. Und nicht irgendjemand – Luke Brooks.

Ich war mir nicht sicher, ob dieser Mann nicht magische Kräfte besaß.

Er sah zu mir auf und leckte sich über die Lippen, bevor er wieder zu mir hochkroch und mich innig auf den Mund küsste. Er stützte sich über mir ab, und das reichte mir auf keinen Fall. Ich wollte sein ganzes Gewicht auf mir spüren, also legte ich ihm die Hände auf die Hüften und zog sie zu meinen herunter.

Wir keuchten beide, als sein Schwanz mich berührte. »Ich brauche dich in mir«, bat ich.

Mit einer Hand strich er über meinen Kiefer. »Mein gieriges Mädchen ist auf meiner Zunge explodiert, und jetzt will sie an meinem Schwanz kommen?«

»Ja, bitte, Luke. Bitte«, flehte ich.

»Verdammt, Baby. Wenn du so bettelst, komme ich gleich.«

»Dann solltest du besser in mir sein.«

Luke küsste mich erneut. »Unersättliches Mädchen«, sagte er. Und das war ich auch. Es war mir egal. Luke griff nach unten und setzte seinen Schwanz an meiner Mitte an. Er sah mich an, während er sich in mich hineinarbeitete. Verdammt, er war groß. Schon allein die Eichel seines Schwanzes weitete mich mehr, als ich es gewohnt war.

»Du bist so groß«, hauchte ich.

»Du schaffst das, Sugar. Ich mache langsam.« Ich nickte. Er zog sich zurück und drang dann wieder ein, diesmal ein bisschen tiefer, weitete mich ein wenig mehr. Das tat er immer wieder und wieder.

Schließlich spürte ich, wie er sich ganz in mir versenkte. Das Kissen lag immer noch unter meinen Hüften, was ihm die Möglichkeit gab, tiefer einzudringen, als er das sonst hätte tun können. Er stöhnte an meinem Hals. Gott, ich würde eine Sekunde brauchen, um mich an seine Größe zu gewöhnen.

»Du fühlst dich so gut an, wie du meinen Schwanz umschließt.« Noch nie hatte ein Mann so mit mir geredet. Wenn jemand mit mir schmutzig reden wollte, hörte sich das normalerweise einfach nur merkwürdig an. Aber Lukes schmutzige Worte erregten mich nur noch mehr, was ich an diesem Punkt gar nicht mehr für möglich gehalten hätte.

»Ich fühle mich so ausgefüllt«, hauchte ich. Mit ihm in mir spürte ich alles. Jede Empfindung wurde verstärkt – der kühle Lufthauch auf meiner heißen Haut, das leichte Brennen von seinen Bartstoppeln, und wie die Haare, die ihm über die Stirn fielen, über meine Wangen strichen.

»Gott, du bist perfekt.«

Ich wiegte die Hüften, damit er sich bewegte.

»Gib mir eine Sekunde, Baby«, flüsterte er. »Ich muss dafür sorgen, dass ich hier ein bisschen länger durchhalte.« Ich suchte seinen Mund und küsste ihn, ließ unsere Zungen miteinander spielen. Nach einer gefühlten Ewigkeit zog Luke sich ein wenig zurück und stieß dann langsam wieder in mich hinein. Er tat es wieder. Und wieder. Und jedes Mal ein wenig schneller.

»Verdammt, Luke. Ja. Ja.«

»Emmy, du bist für mich geschaffen worden.« Er fand seinen Rhythmus und vögelte mich gnadenlos. Erneut baute sich der Druck in meiner Wirbelsäule auf und wanderte nach unten, während Luke mich nahm. Es würde geschehen. Dieser Mann würde mich dreimal kommen lassen, was mir noch nie passiert war.

»Ich möchte, dass du noch mal kommst, Sugar. Ich möchte spüren, wie du kommst, während du meinen Schwanz umschließt. Kannst du das für mich tun?«

»J-ja«, stöhnte ich. Als wüsste er genau, was ich brauchte, behielt Luke denselben Rhythmus bei, verstärkte aber die Intensität seiner Stöße und schob mich damit fast das Bett hoch. Der Druck in meiner Wirbelsäule erreichte seinen Höhepunkt, und ich kam mit einem Schrei.

Nachdem ich gekommen war, beschleunigte Luke sein Tempo und rammte sich in mich hinein. Ich klammerte mich an seinen Schultern fest, überwältigt von allem, was ich fühlte. Jeder Nerv in mir war lebendig.

»Gott, ich kann es nicht erwarten, dir alles zu geben«, sagte er heiser.

Ich konnte es auch nicht erwarten. Ich wollte es fühlen. Ich wollte *ihn* fühlen.

»Bitte«, flehte ich. »Ich brauche es.« Daraufhin kamen seine Stöße ruckartig und unregelmäßig. Er war kurz davor. »Komm in mir, Luke.« Er stöhnte, und sein Körper erzitterte, als er kam.

Dann erschlaffte er auf mir und vergrub das Gesicht an meinem Hals. »Verdammt«, sagte er, bevor er die Arme unter mich schob und uns so umdrehte, dass ich auf ihm lag.

Ich bettete den Kopf an seine Brust und lauschte auf seinen Herzschlag, der wie eine Basstrommel klang und nun etwas langsamer wurde. »Das war unglaublich«, antwortete ich.

»Du bist unglaublich«, gab er zurück. »Ich könnte mich rund um die Uhr in dir verlieren und würde es niemals leid werden.«

»Ist das ein Versprechen?«, fragte ich und hob den Kopf, um ihn anzusehen. Post-Sex-Luke hätte in ein Museum gehört. Sein dunkles Haar war verwuschelt, und seine braunen Augen strahlten mit eindringlichem Blick. Sein Lächeln reichte bis zu seinen Augen, sodass die Lachfältchen dort zum Vorschein kamen. Die mochte ich schrecklich gern.

»Willst du, dass es eines ist?«

»Ich hätte nichts dagegen.« Und ich hätte tatsächlich nichts dagegen gehabt. Solchen Sex hatte ich noch nie erlebt. Zwar hatte ich vorher nicht gedacht, dass ich schlechten Sex gehabt hätte, aber nach dem Sex mit Luke war ich davon nicht mehr überzeugt.

Er ließ die Fingerspitzen sanft an meinem Rücken auf und ab wandern.

»Ich kann nicht glauben, dass das gerade passiert ist«, sagte ich. »Mein dreizehnjähriges Ich würde jetzt förmlich schweben.«

Lukes Brust vibrierte unter mir vor Lachen. »Ja? War sie ein Fan?«

»Ein Fan von deinem Aussehen, ja.«

»Autsch.«

»Keine Sorge, mein siebenundzwanzigjähriges Ich findet dich eine Spur weniger nervig.« Ich stemmte mich auf die Ellbogen, um ihn zu küssen. Dabei legte er mir eine Hand um den Hinterkopf und hielt ihn fest. Dieser Kuss war langsam und forschend. Es war unser erster Kuss dieser Art. Ich wusste, es würde nicht unser letzter sein.

Eine Stunde später, nach einer Toilettenpause und nachdem wir die Anzahl an Personen, die in meine Dusche passten, ausgereizt hatten, und nach einem weiteren Orgasmus für jeden von uns schlief ich in Luke Brooks' Armen ein.

Zum ersten Mal seit langer Zeit fühlte ich mich sicher.

Emmy

17

Die Sonne, die durch mein Fenster flutete, weckte mich. Es dauerte einen Moment, bis ich begriff, dass das Gewicht auf meiner Taille von einem menschlichen Arm stammte. Dann brauchte ich noch einen Moment, bis ich mich daran erinnerte, wem er gehörte.

Ich hatte mit Luke Brooks geschlafen.

Und es war einfach unglaublich gewesen.

Er musste gespürt haben, dass ich mich regte, denn er schloss seinen Arm fester um mich, bevor er meinen Nacken küsste.

»Guten Morgen, Sugar«, sagte er. Verdammt, seine Stimme war so früh am Tag eindeutig schärfer als je zuvor.

»Guten Morgen«, antwortete ich und drehte den Kopf gerade weit genug, dass er mir einen süßen Guten-Morgen-Kuss geben konnte. »Hast du gut geschlafen?«

»Wie ein Stein. Und du?«

»Ich habe ganz gut geschlafen, aber es hat sich da so ein riesiger Cowboy im Bett um mich herumgewickelt.«

»Tatsächlich?« Er küsste weiter meinen Hals, und die Hand an meiner Taille begann, in sanften Kreisen zu meinem Brustkorb hochzuwandern.

»Ja«, bestätigte ich. »Es war, als würde ich mit einer Würgeschlange in einem Bett schlafen.« Seine Brust bewegte sich an meinem Rücken, als er leise lachte.

»Das muss ja ein ziemlich notgeiler Cowboy gewesen sein«, sagte er. Er zog seine Kreise nun unter dem Tanktop, das ich vor dem Schlafengehen angezogen hatte. Die Kreise wurden größer und führten über meinen Brustkorb bis direkt unter meine Brüste, dann nach unten, knapp über meinem Höschen entlang, bevor es wieder zu meiner Taille ging und von vorn begann.

Und mich hatte er eine Scharfmacherin genannt?

Er küsste mich von meinem Nacken bis zu meinem Ohr, und ich spürte, wie er hinter mir hart wurde. »Du bist wirklich ein notgeiler Cowboy«, hauchte ich und wurde mit jeder Sekunde erregter.

»Sagt die Frau, die um sieben Uhr morgens ihren Hintern an meinen Schwanz drückt.«

»Du hast damit angefangen«, gab ich zurück.

»Und ich plane, es auch zu Ende zu bringen.« Gott, seine Stimme. Ich sollte ihn zwingen, eine Szene aus einem der Bücher, die Teddy und ich letzten Monat gelesen hatten, laut vorzulesen. Er fuhr mit seinen langsamen und frustrierenden Kreisen fort und kam immer näher an die Stelle, an der ich ihn haben wollte.

Es dauerte ewig, bis sein kleiner Finger endlich unter den Taillenbund meines Slips tauchte, aber seine Hand bewegte sich weiter.

Dieses Spiel konnte man zu zweit spielen.

Ich bog den Rücken durch und drückte den Hintern gegen seine Erektion. Er stöhnte. Gut.

Als seine Hand diesmal zu meinem Slip zurückkehrte, verschwand sie darunter und blieb dort.

»Du bist jetzt schon so feucht für mich.« Er spielte mit meiner Klitoris. »So verdammt feucht.« Zwei seiner Finger glitten in mich hinein, aber er behielt die Handfläche auf meiner Klitoris, damit ich die Reibung spüren konnte, während seine Finger hinein- und herausfuhren.

Meine Hüften bewegten sich ganz von allein mit, und er rieb sich fester an meinem Hintern. Verdammt. Ich sehnte mich jetzt schon nach Erlösung.

»So ist es gut, Sugar. Reite meine Hand.«

Ich stöhnte. »Luke, ich brauche dich in mir.«

»Bettel noch mal darum, Sugar.«

Die Wirkung, die er auf mich hatte, war fast peinlich. Ich würde darum betteln, so viel er wollte.

»Ich will dich in mir, bitte.«

»Verdammt, du bettelst so hübsch. Davon allein könnte ich kommen.«

Er zog die Hand aus meinem Slip, und ich hasste diesen Verlust. Dann schob er sich etwas von mir weg, aber nur, damit er seine Unterhose ausziehen konnte. Gleichzeitig entledigte ich mich meines eigenen Höschens. Eine Sekunde später presste er sich wieder gegen meinen Rücken und schob einen seiner Arme unter mich, um meine Brust zu packen. Ich konnte seinen harten Schwanz an meiner Haut spüren. Er fuhr mit den Fingern an meiner Wirbelsäule hinunter und sorgte für Hitze und Gänsehaut, dann strich er über meinen Hintern und landete zwischen meinen Beinen.

Eins davon hob er an und schob den Arm unter mein gebeugtes Knie.

»Darf ich dich so nehmen, Baby?«

»Du kannst mich nehmen, wie immer du willst.« Das meinte ich sehr ernst.

Er glitt langsam von hinten in mich hinein. Es waren noch keine fünf Stunden vergangen, seit wir das zum letzten Mal gemacht hatten, und es fühlte sich schon zu lange an.

»Gott, ich kann nicht glauben, dass du mir erlaubst, diese Pussy ohne Kondom in Besitz zu nehmen.« Dieser Mann und sein schmutziges Mundwerk. Er wiegte hinter mir das Becken und streichelte mit einer Hand meine Klitoris.

Er vögelte und streichelte mich gleichzeitig, und seine Finger und sein Schwanz arbeiteten synchron, um mich um den Verstand zu bringen. Ich wusste nicht, wo oben oder unten war. Ich wusste nur, dass es niemals enden sollte.

»Ja, Luke. O Gott. Ja«, wimmerte ich.

»Es gefällt dir, wie ich dich ausfülle?«

»Ja. Ja.« Wenn er in mir war, waren einsilbige Wörter meine einzige Option. Mein ganzer Körper spannte sich an, während Luke mit aller Kraft in mich stieß. Ich schrie laut auf.

»So ist es gut, Emmy. Nimm meinen Schwanz. Nimm ihn jedes Mal. Er gehört dir, so lange du ihn willst.« Ich war so kurz davor. So verdammt nah dran, und er wusste es. »Sag mir, was du brauchst, Sugar. Sag mir, was du brauchst, und es gehört dir.«

Ich legte ihm eine Hand auf seine, die meine Klitoris streichelte. Dann übte ich mehr Druck aus und wiegte die Hüften gegen ihn, um die Wirkung zu verstärken. »*Scheiße*, Emmy.«

Wir bewegten uns beide immer hektischer. Lukes Worte verwandelten sich in Stöhnen, und ich zersprang in tausend Stücke. Ich spürte, wie er sich hinter mir versteifte, aber er behielt die Finger auf meiner Klitoris und streichelte mich durch meinen ganzen Orgasmus, Welle um Welle.

Nach ein paar Minuten kamen wir von unserem Rausch herunter. Luke klammerte sich an mich. Wir klebten beide vor Schweiß. Ich wandte mich zu ihm um. Er hatte ein sinnliches Lächeln auf dem Gesicht, bei dem ich mich am liebsten auf ihn gestürzt hätte … wieder.

Luke strich mir das Haar hinter die Ohren. »Du bist etwas ganz Besonderes, Emmy Ryder.« Seine Augen hatten einen sanften, zufriedenen Ausdruck. Als könnte er den ganzen Tag hier bei mir bleiben. Als er mich so ansah, tat mein Herz einen Sprung.

Wenn ich nicht aufpasste, würde ich mich Hals über Kopf in diesen Mann verlieben, bevor ich überhaupt wusste, was los war.

Ein Klopfen an der Tür meiner Hütte riss uns aus unserer Seifenblase. Warum klopften verdammt noch mal ständig Leute an?

»Emmy? Bist du wach?« Es war die Stimme von Wes. Scheiße. Scheiße. *Scheiße*. Luke und ich sahen einander an wie Rehe im Scheinwerferlicht. »Emmy?«, rief Wes erneut.

Ich wurde blitzschnell aktiv, schlug die Decke zurück und sprang aus dem Bett. Luke war direkt hinter mir. Ich fand ein T-Shirt auf dem Boden und zog es mir über den Kopf, außerdem schlüpfte ich in eine Pyjamashorts. »Versteck dich im Badezimmer. Schnell«, sagte ich zu Luke, während er diesen kleinen Hüpftanz aufführte, um seine Jeans ganz hochzuziehen. Alles, was er tat, war heiß.

Ich ging zur Tür. »Hey.« Lukes Stimme war halb Flüstern, halb Schreien. Ich drehte mich wieder zu ihm um, und er kam und gab mir schnell einen Kuss auf die Lippen, bevor er ein Lächeln aufblitzen ließ, das mein Herz in eine Wachspfütze zu meinen Füßen verwandelte. »Okay, jetzt kannst du die Tür öffnen.«

Es dauerte eine Sekunde, bis ich mich erinnerte, wovon er sprach. Ach ja, mein Bruder stand vor der Tür.

»Einen Moment!«, rief ich. Ich wartete, bis ich das Klicken meiner Badezimmertür hörte, bevor ich die Haustür öffnete.

»Guten Morgen, mein Sonnenschein«, sagte Wes mit einem Hauch von Sarkasmus, während er mein Aussehen betrachtete. Mist. Ich hatte nicht mal in den Spiegel geschaut. Wahrscheinlich sah ich aus wie eine sexbesessene Barbarin. »Lange Nacht gehabt?«

»Warum fragst du?« Ich hoffte, dass meine Stimme normal klang.

»Weil du aussiehst, als wärst du gerade erst aus dem Bett gekrochen, und weil dein Haar total wirr ist. Ich meine, noch viel wirrer als sonst.«

»Ach ja, ich habe diese Nacht nicht viel geschlafen.« Das war die Untertreibung des Jahrhunderts.

»So sieht es aus. Ich habe versucht, dich anzurufen.«

Hoppla. »Ich habe gestern Abend vergessen, mein Handy aufzuladen. Was gibt es denn?«

»Drei von unseren Rancharbeitern haben sich einen

Magenbazillus eingehandelt, und auf mich wartet ein Riesenhaufen kaputter Zäune auf der Südseite der Ranch. Könntest du deinem Lieblingsbruder ein bisschen helfen?«

Seit ich wieder zu Hause war, hatte ich mich dort in der Gegend noch nicht blicken lassen. »Klar. Aber heute ist Teddys Geburtstag, du kannst mich also zu nichts anderem mehr einspannen.«

Wes legte sich eine Hand aufs Herz. »Ich schwöre es. Nie im Leben würde ich Teddy und ihrem Geburtstag in die Quere kommen.« Er kannte Teddy lange genug, um zu wissen, dass ihr Geburtstag genauso gut ein nationaler Feiertag hätte sein können.

»Okay. Ich ziehe mich an, und wir treffen uns am Stall.« *Übersetzung: Bitte geh, damit ich einen deiner Freunde aus meiner Hütte schmuggeln kann, ohne dass ihn jemand sieht.*

»In Ordnung. Ich gehe schon vor und schaue mal, ob Brooks auch helfen kann.«

Das Herz sackte mir in die Kniekehlen. »Ah, ist er da unten?«, fragte ich. Unbeteiligt, wie ich hoffte.

»Nun, sein Truck steht vor dem Haupthaus, also muss er schon früh auf der Ranch aufgetaucht sein. Normalerweise ist er freitags nicht hier, deshalb muss ich das ausnutzen, so lange ich kann.«

O Gott. Lukes Truck. Wir hatten seinen Truck dort stehen lassen, wo ihn meine Familie sehen musste, die immer früh auf den Beinen war.

»Verstanden. Bis gleich da unten?«

»Ja. Danke, Em.«

Ich salutierte ironisch, bevor ich meine Tür schloss und mich mit dem Rücken dagegen lehnte.

Was für ein Morgen.

Luke streckte den Kopf durch meine Badezimmertür.

»Ist die Luft rein?«, fragte er.

»Ja, alles klar.« Er kam auf mich zu und legte mir die Arme um die Taille. Wieso roch er so früh am Morgen so gut? Nach Pfefferminze und … Mann. Ich wollte den Geruch am liebsten in Flaschen abfüllen.

»Darüber sollten wir reden«, bemerkte Luke.

»Worüber?«, fragte ich, obwohl ich wusste, was kommen würde.

»Über deinen Bruder. Deine *Brüder.*«

»Was ist mit ihnen?«

»Wenn wir hiermit weitermachen wollen, möchte ich mich nicht vor ihnen verstecken, Emmy.« Die Gefühle, die in seiner Stimme mitschwangen, trafen mich wie ein Tritt in die Kniekehlen, und ich fühlte mich plötzlich unsicher auf den Beinen. »Ich war schon öfter mal das schmutzige kleine Geheimnis von irgendjemandem, und es hat mir nichts ausgemacht, weil die betreffende Person mir nichts bedeutet hat, aber du bedeutest mir etwas.« Seine Stimme war fest und trotzdem sanft und freundlich. Ich wollte auch nicht, dass er mein Geheimnis war, aber ich wusste noch gar nicht, was das hier eigentlich sein sollte.

Ich brauchte etwas Zeit.

»Das verstehe ich. Aber gib mir noch ein bisschen Zeit, okay?« Lukes Gesicht wurde eine Spur länger, und es hätte wahrscheinlich weniger wehgetan, ein Messer in die Hand gerammt zu bekommen, als das mitanzusehen. Wir betrachteten einander eine Weile schweigend. Ich beobachtete, wie er im Geiste durchspielte, was er sagen wollte.

Schließlich erklärte er: »Okay, aber wir werden über dieses Thema noch mal reden.«

Das war die beste Antwort, die ich hätte bekommen können.

»Okay.« Ich stellte mich auf die Zehenspitzen und küsste ihn. »Du solltest losgehen. Du musst dir überlegen, warum dein Truck da steht, du aber nicht beim Stall bist, und ich hab Zäune zu reparieren.«

»Danke, dass du mich daran erinnerst. Wir reden später?«

»Ja.«

Wieder küsste er mich. Mit ihm war es so leicht, sich hinreißen zu lassen.

Luke legte seine Stirn an meine. »Bevor ich gehe, brauche ich etwas von dir.«

»Was denn?«, frage ich und hoffe insgeheim, dass es etwas Unanständiges war.

»Mein T-Shirt.«

Emmy

18

Gegen vier Uhr am Nachmittag lenkte ich meinen Truck in Teddys Einfahrt. Ich hatte die strikte Anweisung, für später keine »Ausgehklamotten« mitzubringen, was bedeutete, dass Teddy bereits etwas geplant hatte und sich nicht davon abbringen lassen würde.

Teddy schneiderte für ihr Leben gern, und sie war gut darin. In der Mittelstufe hatte sie angefangen, Blumen auf die Gesäßtaschen unserer Jeans zu sticken.

In der Highschool hatte sie auf dem Bauernmarkt von Meadowlark von der Ladefläche ihres Trucks aus aufgearbeitete Vintage-Jeansjacken verkauft.

Auf dem College studierte sie im Hauptfach Wirtschaft, erwarb aber noch einen zweiten Abschluss in Fashion Merchandising.

Sie war wahnsinnig talentiert und hartnäckig. Wenn irgendjemand Erfolg haben konnte, dann Teddy.

Ich klopfte an die Tür, bevor ich sie öffnete. Der Eingang zum Haus der Andersens führte direkt in ihr Wohnzimmer, wo Hank, Teddys Dad, in seinem Sessel saß und sich Wiederholungen der Sendung *Die wilden Siebziger!* ansah. Sein langes, einst schwarzes Haar war inzwischen größtenteils grau, aber seine blauen Augen leuchteten wie eh und je.

Hank war ein Rockstar – buchstäblich. Als er Teddys Mom kennengelernt hatte, war er als Drummer auf Tournee gewesen. Sie verbrachten eine magische Nacht zusammen, gingen aber getrennte Wege. Elf Monate später war sie bei einem Konzert mit einem einen Monat alten Baby aufgetaucht, dem sie noch nicht einmal einen Namen gegeben hatte.

Hank zufolge hatte er Teddy von der ersten Sekunde an geliebt, als er sie gesehen hatte. Er hatte sie nach der berühmten Jazzsängerin Theodora King benannt. Kurz darauf hatte er seine Band verlassen und war mit seiner kleinen Tochter in eine Kleinstadt gezogen, durch die er ein paar Jahre zuvor mit einem Tourbus gefahren war. Er hatte sich einen Job gesucht, und die beiden hatten ihr Leben als zweiköpfige Familie begonnen.

Die Stadt war Meadowlark, Wyoming, und der Job war auf der Rebel Blue Ranch gewesen.

Keiner von ihnen hatte Teddys Mom je wiedergesehen.

Ich fragte mich, wie mein Leben verlaufen wäre, wenn mein Dad dem Drummer mit den großen Augen, dem Baby und null Erfahrung als Rancharbeiter keine Chance gegeben hätte.

»He, Emmy. Wie zum Teufel geht es dir?« Hanks raue Stimme war fröhlich.

»Gut, Hank. Wie geht es Ihnen?«

»Ich überlebe noch.« Er meinte das wörtlich. Hank

sagte keine Dinge, die er nicht meinte. Das hatte Teddy von ihm.

Vor Teddy hatte Hank das typische Bandleben mit Sex, Drugs & Rock 'n' Roll geführt. Inzwischen hatte ihm das eine Menge gesundheitlicher Probleme beschert. Er wurde zu Hause gepflegt und brauchte eine Sauerstoffflasche.

Deshalb hatte Teddy nach dem College beschlossen, weiterhin zu Hause zu wohnen. Sie wollte ihn nicht verlassen.

»Und er sieht dabei verdammt gut aus.« Teddy war im Flur aufgetaucht. Als sie Blickkontakt zu mir herstellte, fasste sie mich scharf ins Auge. »Du strahlst heute ja geradezu, Clementine.« Gottverdammt noch mal. Teddy entging wirklich nichts. »Was hast du letzte Nacht getrieben?« Ihr Ton sagte mir, dass sie es bereits wusste.

»Teddy, sie ist gerade erst angekommen«, meldete sich Hank zu Wort. Der Gute.

»Ja, Teddy, ich bin gerade erst hier angekommen«, sagte ich unschuldig.

Teddy musterte mich weiterhin vielsagend. »Wir werden darüber reden, wenn wir uns nicht in der Gesellschaft meines Dads befinden.«

»Das weiß ich zu schätzen«, sagte Hank. »Ich brauche nichts über irgendwelche Techtelmechtel zu wissen, die mit Emmy und Luke Brooks zu tun haben.«

Mir klappte der Unterkiefer herunter, und mein Blick schoss zu ihr. »Ist das dein Ernst, Teddy?!«

»Ich habe ihm nichts erzählt, das schwöre ich.« Teddy hob mit großen Augen abwehrend die Hände, um ihre Worte zu unterstreichen.

»Sie hat mir wirklich nichts erzählt«, gestand Hank, bevor er sich zu Teddy umdrehte. »Aber du solltest mal darüber nachdenken, deine Tür zu schließen, wenn du telefonierst.«

Ich schlug mir beide Hände vors Gesicht und wünschte mir, im Erdboden zu versinken. Teddy stieß ein leises »Hoppla« aus.

Hank lachte nur und schwelgte in seiner ausgeprägten Gabe, Teddy und mich schrecklich zu blamieren. »Dein Geheimnis ist bei mir sicher, Emmy. Behalte es nur nicht zu lange für dich.«

Himmel. Man hätte denken können, Hank hätte mein Gespräch mit Luke heute Morgen mitbekommen.

»Das werde ich nicht«, antwortete ich. Hoffentlich meinte ich es auch so.

»Nun, nachdem das geklärt ist«, begann Teddy, »dachte ich, wir könnten zusammen etwas zu essen und einen Nachtisch machen, bevor der abendliche Teil des Geburtstagsspektakels anfängt.«

»Das klingt großartig, Ted.« Teddy und ich machten jedes Jahr zu ihrem Geburtstag ein Essen. Begonnen hatte das, als wir noch im College gewesen waren. Es war unser erstes Studienjahr gewesen, und wir waren am Tag zuvor eingezogen.

Wir hatten die gesamte Mahlzeit zu ihrem achtzehnten Geburtstag mit einer Mikrowelle und einer Kaffeemaschine zubereitet. Es waren die schlimmsten Nudeln, die wir beide je gegessen hatten, aber wir hatten uns so gut amüsiert, dass es keine Rolle spielte.

Teddy ging zu ihrem Dad hinüber und half ihm aus seinem Sessel. Er hatte zu kämpfen, versuchte aber, es sich nicht anmerken zu lassen. Sobald er stand, gab

Teddy ihm einen Kuss auf die Wange. Sie hakte ihn unter, und gemeinsam gingen sie in die Küche. Ich folgte ihnen.

Als Hank auf einem Stuhl an der Theke Platz genommen hatte, drehte sich Teddy zu mir um und umarmte mich fest. »Tut mir leid, dass ich dich versehentlich an Meadowlarks größtes Klatschmaul verpetzt habe«, murmelte sie an meiner Schulter.

»Ist schon verziehen.« Ich löste mich aus der Umarmung. »Wie fühlt es sich an, siebenundzwanzig zu sein?«, fragte ich.

»Als würde ich gerade erst loslegen.« Sie ließ ein typisches Teddy-Lächeln aufblitzen.

Teddy hatte alle Zutaten da, um Hühnerschnitzel und Nudeln mit scharfer Wodkasoße zu machen, denn wir hielten uns an die Nudel-Tradition – aber inzwischen bereiteten wir Mahlzeiten zu, die auch essbar waren.

Ich kümmerte mich um die Soße, Hank zauberte aus einem Fertigsalat aus dem Supermarkt gekonnt einen Caesar-Salat, und Teddy konnte sich ganz auf ihr Hühnchen konzentrieren. Das war für mich in Ordnung. Obwohl ich Huhn aß, konnte ich es nicht ertragen, rohes Fleisch anzufassen.

Wenn ich es berührte, fühlte sich mein Zahnfleisch seltsam an. Außer mir verstand das niemand, aber Teddy hatte mich nie damit genervt. Eine Erwachsene mit sensorischen Problemen zu sein, war eine seltsame Sache. Wie sollte ich irgendjemandem erklären, dass es mich in eine Abwärtsspirale katapultierte, wenn ich ein Stück Hühnchen anfasste, während die Musik zu laut war und ich jemanden atmen hören konnte?

Hank schaltete die Eagles ein. *Peaceful Easy Feeling* tönte aus dem Bluetooth-Lautsprecher in der Küche, und beim Duft von Knoblauch und Zwiebeln zählte ich die Minuten, bis das Abendessen fertig war.

Mahlzeiten und wie sie Menschen zusammenbrachten, hatten schon etwas. Deshalb kochte mein Dad so gern, auch wenn er davor den ganzen Tag lang auf der Ranch gearbeitet hatte. In meiner Kindheit und Jugend war das gemeinsame Abendessen mit der Familie ein Muss gewesen. Sowohl Hank als auch Teddy hatten sich mindestens einmal die Woche zu uns gesellt, wenn Hank seinen Arbeitstag auf der Ranch hinter sich gebracht hatte.

»Wie läuft es mit dem Heuballenpressen auf der Ranch, Emmy?«, erkundigte sich Hank, als wir uns alle zum Essen hinsetzten. Hank hatte als die rechte Hand meines Vaters auf Rebel Blue gearbeitet, bis er dazu körperlich nicht mehr in der Lage gewesen war, daher kannte er die Abläufe genauso gut wie Amos Ryder selbst.

»Tatsächlich sind wir ein bisschen im Rückstand, was Gus auf die Palme bringt, aber er hat einen Plan, wie wir das nächste Woche aufholen können.«

»Er führt ein strenges Regiment«, bemerkte Hank.

Teddy stöhnte. »Dad, bitte fang an meinem Geburtstag nicht mit deiner Predigt darüber an, was für ein toller junger Mann Gus Ryder ist. Der heutige Tag ist heilig.«

»Hey, ich habe jahrelang beobachtet, wie Amos die Ranch geleitet hat. Ich war seine rechte Hand, also weiß ich, was nötig ist, um gut darin zu sein, und Gus macht seine Sache ganz hervorragend. Das ist alles, was ich sagen wollte.«

»Er macht seine Sache wirklich gut«, pflichtete ich ihm bei. »Dad wünscht sich allerdings, dass er etwas lockerer wird.«

Hank gluckste. »Er ist ein sturer Hund, nicht wahr?«

»Die Untertreibung des Jahrhunderts«, murmelte Teddy. »Ach, übrigens, ich habe Wes eine E-Mail wegen einer Designerin geschickt, die ich für gut halte«, fuhr sie fort und wechselte das Thema. »Sie war in einigen meiner Modekurse, bevor sie das Fach gewechselt hat. Sie ist talentiert und hat eine riesige Anzahl an Followern in den sozialen Medien. Ihre Beteiligung an dem Projekt wäre vielleicht auch eine gute Methode, euren Namen als Gästeranch bekannt zu machen.«

»Wes hat heute nichts erwähnt, also werde ich ihn mal anstupsen. Ich weiß gar nicht, ob er seinen E-Mail-Account überhaupt benutzt.« Was der Wahrheit entsprach. Wir hatten alle eine Rebel-Blue-E-Mail-Adresse, aber Gus war wohl der Einzige, der sie regelmäßig benutzte. Er war derjenige, der auf sie bestanden hatte.

»Wie heißt sie denn?«, fragte ich.

»Ihr Name ist Ada. Sie ist großartig. Erinnere mich daran, dir später ihre Profile in den sozialen Netzwerken zu zeigen.« Hank hatte wie Amos die strikte Regel, beim Abendessen keine Handys zu benutzen.

Wir plauderten noch eine Weile zu dritt, bevor Hank seine tätowierten Hände zusammenschlug. Auf den Fingerknöcheln der einen Hand stand »theo« und auf denen der anderen »dora«. Er war überall tätowiert, aber ich wusste, dass das Teddys Lieblingstattoos waren, obwohl sie nie Theodora genannt wurde.

»Emmy, kannst du mir aufhelfen?«, bat Hank. »Ich habe eine Überraschung für das Geburtstagskind.«

Teddy erhob sich halb. »Dad, ich kann dir hel–«

»Setz dich auf deinen Hintern, Theodora. Es ist dein Geburtstag.« Ich half Hank von seinem Stuhl.

»Wohin gehen wir?«, fragte ich.

»Nur in die Speisekammer.« Wir gingen dorthin, und Hank öffnete die Tür. Er schob eine Packung Müsli beiseite und förderte einen Teller Haferkekse mit Schokoladenstückchen zutage, Teddys Lieblingsgebäck. Ich schnappte mir den Teller und reichte ihn ihm, damit er derjenige sein konnte, der ihn Teddy hinstellte. »Danke, Emmy«, sagte Hank. Wir kehrten an den Tisch zurück, wo Teddy ungeduldig auf uns wartete. Hank stellte den Teller mit Keksen vor seine lächelnde Tochter.

»Wann hattest du denn Zeit, die hier zu backen?«

»Während du gestern bei der Arbeit warst. Ich musste alle Fenster öffnen, um sicherzustellen, dass du sie nicht riechen konntest, als du nach Hause kamst.«

»Vielen Dank, Dad.«

»Ich bin etwas aus der Übung, deshalb schmecken sie vielleicht total beschissen.«

Teddy griff nach einem Keks und nahm einen riesigen Bissen.

»Sie sind perfekt«, befand sie. Ihre Stimme war belegt, als würde sie mit den Tränen kämpfen. »Verdammt, Hank.« Sie wischte sich eine Träne aus dem Augenwinkel. »Hab dich lieb, alter Mann.«

»Hab dich auch lieb, Bär. Und jetzt schnappt ihr beiden Ladys euch einen Keks und macht euch fertig. Die Geburtstagsdrinks im *Devil's Boot* trinken sich nicht von selbst.« Hank beugte sich hinunter und gab Teddy einen Kuss auf die Schläfe, bevor er sich seinen Gehstock schnappte, der an der Rückenlehne seines Stuhls gehangen hatte. Teddy und ich blieben stehen und beobachteten, wie er zu seinem Sessel im Wohnzimmer ging, bevor wir durch den Flur zu ihrem Zimmer gingen.

Teddys Zimmer war eine Erweiterung ihrer selbst. Es war der Traum eines Dekorationsmaximalisten. Eine ihrer Wände war von einer Galeriewand inspiriert, aber es hingen keine echten Rahmen oder Kunstwerke daran. Es waren einfach aufgemalte Rahmen, gefüllt mit Dingen, die sie ebenfalls selbst gemalt hatte.

Auf den Eichendielen lag ein schwarz-weiß karierter Teppich, außerdem bedeckte eine smaragdgrüne Tagesdecke das Bett, es gab eine Fülle von bunten Kissen und mehr Bücherstapel als in der Bibliothek von Meadowlark.

»Gott, typisch Dad, mich wegen einer Ladung Kekse zum Weinen zu bringen«, murmelte sie, während sie versuchte, die Tränen zu verscheuchen.

»Ich heule auch gleich wegen dieser verdammten Kekse, und sie waren nicht mal für mich bestimmt«, sagte ich.

»Glaub ja nicht, dass die Tränen dich davor retten, mir zu erzählen, was letzte Nacht zwischen dir und Brooks passiert ist.«

Ich stöhnte. Hatte ich doch gehofft, sie hätte es vergessen.

Wunschdenken.

Ich warf mich auf Teddys Bett und drapierte mir den Arm über das Gesicht. Sie ließ sich nicht beirren.

»Spuck's aus«, verlangte sie.

»Warum muss ich es dir erzählen, wenn du es bereits weißt?«, quengelte ich.

»Weil es Spaß macht, dich dazu zu bringen, Dinge

zuzugeben. Außerdem wird es realer, wenn du es laut ausspricht.« Sie hielt inne und wartete darauf, dass ich genau das tat.

»Na schön. Ich habe mit ihm geschlafen.« Sie hatte recht. Es wurde wirklich realer, nachdem ich es laut ausgesprochen hatte.

»Geschlafen mit wem?«

»Du bist eine echte Nervensäge. Weißt du das?«

»Ich will nur sichergehen, dass es keine unangenehmen Überraschungen gibt.« Als ich mich auf den Rücken drehte, schaute ich meiner besten Freundin in die Augen. »Ich habe mit Luke geschlafen.« Jetzt war es heraus, und ich konnte es nicht mehr vor mir selbst verdrängen. Nicht, dass ich das wirklich gewollt hätte, aber es war alles so neu für mich. Ich hatte erwartet, dass irgendeine Art von Bedauern oder Unbehagen in mir hochkochen würde, wenn ich Teddy von Luke und mir erzählte, aber das war nicht der Fall.

Stattdessen fühlte ich mich … glücklich. Sogar zufrieden.

»Verdammt, ich hab's gewusst. Du hast mich fast geblendet mit deinem Nachglühen.« Teddy hielt sich die Hände über die Augen, als würde sie die Sonne abblocken wollen.

»So was gibt es gar nicht«, argumentierte ich und zog ihr die Hände vom Gesicht.

»Und ob es das gibt«, antwortete sie und griff nach meiner Hand, sodass ich einen Arm weniger hatte, um ihn mir selbst verlegen vor die Augen zu schlagen. Teddy würde mir nicht erlauben, mich vor dieser Sache zu verstecken. »Und du hast es. Wie viele Orgasmen waren nötig, um das zu erreichen? Drei? Vier?«

»Fünf«, murmelte ich.

»Fünf?!« Teddy schüttelte ungläubig den Kopf, und ich konnte mir ein Lachen nicht verkneifen.

»Es hätten sogar mehr werden können«, begann ich. »Aber die Dinge wurden abrupt beendet, als Wes heute Morgen an meine Haustür klopfte.« Teddys Augen weiteten sich, und ihr klappte der Unterkiefer herunter. »Bitte sag mir, dass dein Bruder Brooks nicht in deinem Bett erwischt hat. Das nehme ich jedenfalls nicht an, denn ich habe heute noch nichts von einem Mord gehört. Nicht, dass Wes jemanden ermorden würde, aber er würde es Gus erzählen, und das wär's dann.«

»Nein, Luke musste sich im Bad verstecken, aber ich habe die Tür in seinem T-Shirt geöffnet, ohne es zu realisieren.«

Teddy hing der Unterkiefer herunter. »Du kannst dich glücklich schätzen, dass er sich gestern für das schlichte schwarze T-Shirt entschieden hatte, sonst wärst du am Arsch gewesen. Auf eine schlimme Art. Nicht auf die nette Art, wie du es gestern Nacht offensichtlich warst.« Ich spürte, wie mir die Röte den Hals hinaufkroch. Sie hatte in beiden Punkten recht. »Und was machst du jetzt? Seid ihr zwei jetzt, ähm, ein Paar?«

Vor dieser Frage hatte mir gegraut, aber ich hatte gewusst, dass sie kommen würde.

»Keine Ahnung«, antwortete ich. Und dachte daran, dass Luke gesagt hatte, ich bedeute ihm etwas und er wolle nicht mein Geheimnis sein. »Er hat gesagt, er will schauen, wohin sich das entwickelt.«

»Was hat er noch gesagt? Du verschweigst mir etwas.« Ich liebte sie, aber verdammt, sie war als menschlicher Lügendetektor manchmal höllisch nervig. »Woher weißt du das?«, fragte ich scharf.

»Weil du aussiehst, als hättest du Verstopfung.« Okay, meinetwegen. »Er hat gesagt …« Ich zögerte für eine Sekunde. »Er hat gesagt, er will nicht mein ›schmutziges kleines Geheimnis‹ sein.«

Teddy ließ sich neben mir aufs Bett plumpsen. »Willst du denn, dass er das ist?«

»Was? Nein, natürlich nicht.« Und das meinte ich ernst. Ich wusste nicht genau, was Luke für mich sein sollte, aber das war es definitiv nicht. »Diese ganze Sache ist einfach ziemlich viel. Vor drei Wochen war Luke Brooks die einzige Person, der ich auf Kommando eine Ohrfeige verpasst hätte. Aber jetzt sagt er mir, dass ich ihm wichtig bin, und wenn er mich küsst, habe ich das Gefühl zu schweben, und ich weiß einfach nicht, wie ich damit umgehen soll.«

Die Worte sprudelten nur so aus mir heraus, ohne dass ich eine Chance zum Atmen bekam. Sobald ich angefangen hatte zu sprechen, konnte ich sie nicht mehr aufhalten. Erneut bedeckte ich meine Augen.

»Ich will nicht, dass er sich so fühlt, als wäre er ein Geheimnis, aber ich will das hier auch nicht der ganzen Welt verkünden und mitansehen, wie seine Freundschaft mit meinen Brüdern in die Brüche geht, während ich immer noch herauszufinden versuche, was zur Hölle da eigentlich läuft. Denn in Wahrheit kenne ich ihn gar nicht gut und weiß nicht, ob diese ganze Sache so echt ist, wie sie sich anfühlt, wenn ich mit ihm zusammen bin.«

Teddy stieß einen leisen Pfiff aus. »Na, da hast du aber einiges zu verdauen, hm?«

»Ja«, seufzte ich.

»Er hat dich nicht gebeten, sofort zu deinen Brüdern zu rennen und es ihnen zu erzählen, oder?«

»Nein.«

»Gut, denn es ist verständlich, dass du etwas Zeit brauchst, und es ist verständlich, dass er dir von seinen Bedenken erzählt. Stimmt's?«

Zu guter Letzt nahm ich die Hände von den Augen und schaute zu Teddys Zimmerdecke hoch. »Stimmt.«

»Gut. Dann machen wir Folgendes. Wir werden uns heute Abend deswegen nicht den Kopf zerbrechen. Ich weiß, du hast das Gefühl, sofort eine Entscheidung treffen zu müssen, aber das musst du nicht. Nach ein paar Tagen sieht alles anders aus, also gib der Sache ein wenig Zeit, sich in deinem Gehirn von selbst zu klären. Okay?«

»Okay.« Ich drehte den Kopf, damit ich Teddy ansehen konnte, die neben mir auf dem Bett lag. »Tut mir leid, dass ich gerade einen kleinen Anfall hatte.«

»Davon solltest du mehr haben, finde ich. Sie sind gesund. Ich bin froh, dass du mit mir darüber redest, Em. Du musst diese Zeit nicht alleine durchstehen – nach Hause zu kommen, deinen nächsten Schritt zu planen und unerwartet Gefühle für den besten Freund deines Bruders zu entwickeln, das wäre für jeden ein bisschen zu viel auf einmal.«

Und Teddy kannte nicht einmal die halbe Wahrheit. Schuldgefühle nagten an mir wegen all der Dinge, die ich meiner besten Freundin nicht erzählt hatte.

Ich brauchte einfach etwas Zeit.

»Willst du heute Abend irgendwo anders hingehen? Um ein bisschen Abstand zu bekommen?« Der Plan war, mit Teddy und ein paar ihrer Freundinnen aus der Boutique ins *Devil's Boot* zu gehen.

Vielleicht hätte ich mir etwas Abstand von Luke wünschen sollen, aber das tat ich nicht. Ich wollte ihn sehen, wollte quer durch den schummrigen Schankraum des *Devil's Boot* einen Blick auf ihn erhaschen. Und ich wollte einfach dort sein. Selbst ohne Luke war das der einzige Ort, an dem man sich gut amüsieren konnte, und ich wusste, dass Teddy die Bar liebte.

Das Besondere an Teddy war, dass sie im Mittelpunkt der Aufmerksamkeit stehen konnte, während sie sich gleichzeitig unentwegt auf die Bedürfnisse und das Wohlbefinden anderer Menschen konzentrierte. Ich musste besser darin werden, auf ihre Bedürfnisse achtzugeben. Sie hätte bereitwillig das *Devil's Boot* und ihre gesamten Geburtstagspläne sausen lassen, wenn sie auch nur eine Sekunde lang gedacht hätte, ich würde nicht hingehen wollen, aber ich wollte es.

Ich sah Teddy an, schüttelte den Kopf und bedeutete ihr damit, dass ich nirgendwo sonst hingehen wollte.

Ihr Mund verzog sich zu einem Lächeln. »Gut. Warte, bis Brooks dich in dem Kleid sieht, das ich gemacht habe.«

»Kommt es dir nicht seltsam vor, dass du mir ein Kleid zu *deinem* Geburtstag geschneidert hast?« Teddy sah mich an, als wäre das das Dümmste, das mir je über die Lippen gekommen war. »Schon gut, vergiss es.«

Teddy ging zu ihrem Schrank und holte einen schwarzen Kleidersack heraus. Sie kam damit zum Bett und legte ihn dort ab, wo sie eben gesessen hatte.

»Mach ihn auf, bevor ich platze«, forderte Teddy mich auf.

Ich setzte mich auf und zog den Reißverschluss an dem Kleidersack herunter. Sofort erblickte ich ein wunderschönes, sattes Karminrot.

Als ich es ganz herauszog, kam ein einfaches, aber wunderschön geschnittenes Sommerkleid zum Vorschein. Es sah aus, als würde es knapp unter der Mitte meiner Oberschenkel enden. Das Mieder lag eng an und wies einen eckigen Karree-Ausschnitt auf, und es hatte dicke Tanktop-Träger. Teddy wusste, dass ich solche Ausschnitte und Träger liebte, weil sie meine Schlüsselbeine toll zur Geltung brachten – genau wie bei dem Bikini, den ich mit Luke an dem Wasserfall getragen hatte. Teddy hatte mir dabei geholfen, ihn auszusuchen.

»Teddy, es ist wunderschön. Ich liebe es.«

»Ich wusste, es würde dir gefallen. Rot ist deine Farbe, aber du trägst sie viel zu selten.«

Mir fiel kein anderes rotes Kleidungsstück ein, das ich außer meinem Bikini besaß. Vielleicht eins von Gus' alten Budweiser-T-Shirts? Definitiv nichts in dieser Art.

»Und ich weiß, dass Leinen sich für dein Gehirn komisch kratzig anfühlt, deshalb ist das Oberteil mit Strick-Jersey gefüttert. Aber es ist leicht, also sollte dir nicht zu heiß werden oder so.«

»Ich liebe es wirklich. Danke.« Schnell umarmte ich Teddy. »Ich kann es gar nicht erwarten, es anzuziehen.«

»Noch nicht«, sagte Teddy. »Wir müssen erst noch das restliche Styling für den Geburtstag beziehungsweise die Liebeskomödie hinter uns bringen, bevor du es anziehen kannst. Das ist dann das Finale.«

»Ach ja?«

»Ja. Wir müssen dafür sorgen, dass ich das Geschenk bekomme, das ich mir gewünscht habe.«

»Und was ist das?«

»Zuzusehen, wie Luke Brooks auf die Knie fällt, wenn er dich sieht.«

Luke

19 Den Tag im *Devil's Boot* verbrachte ich wie im Nebel. Als Joe und ich die Stühle von den Tischen nahmen, ließ ich mehr als einen fallen, verzählte mich bei der Inventur der Spirituosen und ließ um ein Haar ein Gestell mit sauberen Biergläsern herunterkrachen. Ich konnte nicht glauben, was letzte Nacht passiert war. Und heute Morgen.

Ich war Emmy Ryder verfallen.

Vor dem gestrigen Tag hätte ich es noch leugnen können, aber jetzt nicht mehr. Es war mehr als nur der Sex, der natürlich phänomenal gewesen war; es war das Gefühl, das ich heute Morgen gehabt hatte, als ich mit ihr in meinen Armen aufgewacht war, und dass ich den ganzen Tag dort hätte bleiben können.

Normalerweise wachte ich nicht mit Frauen auf. Ich verschwand, bevor die Sonne aufging, und bereute es nie, gegangen zu sein. Nicht so bei Emmy. Am liebsten wäre ich jeden Tag neben ihr aufgewacht.

Und wie sie in meinem T-Shirt ausgesehen hatte, davon wollte ich gar nicht erst anfangen.

Ich hätte den ganzen Tag in ihrem Bett verbracht, wenn Wes nicht an ihre Tür geklopft hätte.

Das war verdammt knapp gewesen.

Aber mir wäre es lieber gewesen, Wes hätte uns erwischt als Gus. Ich wollte die vierzig noch erleben.

»Wo bist du heute mit deinen Gedanken?« Joes Stimme riss mich aus den Überlegungen.

»W-was?«, fragte ich. Ich räumte Gläser unter die Theke, und Joe wischte ein letztes Mal vor dem Öffnen der Bar die Tische ab.

»Du bist schon den ganzen Tag geistig abwesend. Was ist los?«

»Nichts. Ich habe nur letzte Nacht nicht viel Schlaf bekommen.«

Joe grinste mich an. »Dann geht es also um ein Mädchen? Das beschäftigt dich?«

Ich stieß einen Seufzer aus. »Ja. Es geht um ein Mädchen.«

»Ich habe noch nie erlebt, dass du wegen eines Mädchens so aufgeregt bist. Sie muss etwas Besonderes sein.«

»Das ist sie«, bestätigte ich, ohne zu zögern. Emmy war einzigartig.

»Hält sie dich denn auch für was Besonderes?« Er stellte die Frage in einem leicht ironischen Ton, aber trotzdem zögerte ich. Ich wusste es nicht. Bevor ich antworten konnte, meldete sich Joe wieder zu Wort: »Ah. Das ist es also, was dich so durcheinandergebracht hat. Du weißt nicht, was sie für dich empfindet.«

»So ähnlich.« Joe zog die Brauen hoch, sah mich an und wartete darauf, dass ich weitersprach. »Ich glaube einfach, dass ich sie zu sehr bedrängt habe.«

»Du lieferst mir nicht gerade viel Stoff, Junge.«

Ich wusste nicht, wie ich Joe erklären sollte, dass ich mich in die eine Frau auf der Welt verliebt hatte, in die ich mich nicht verlieben durfte.

»Die ganze Sache ist einfach noch total neu. Für uns beide. Aber ich glaube, ich bin schon zu mehr bereit als sie, will sie aber nicht unter Druck setzen.«

»Meine Güte, das gibt's doch nicht«, murmelte Joe kopfschüttelnd.

»Was?«

»Du magst sie wirklich.« Joes Gesichtsausdruck war eine Mischung aus Freude und Ungläubigkeit. *Glaub mir, Joe, mir geht's genauso.*

»Das stimmt«, räumte ich ein. Ich mochte Emmy. Sehr.

»Willst du meinen Rat?«, fragte Joe. »Zugegeben, er ist vielleicht nicht viel wert.«

»Ich nehme alles.« Schließlich wäre die Person, mit der ich normalerweise über solche Dinge gesprochen hätte – wenn mir so etwas je passiert wäre –, Gus gewesen.

»Vielleicht ist sie noch nicht bereit, aber das ist okay. Sei einfach weiterhin für sie da. Statt ihr zu sagen, was du empfindest, zeig es ihr. Taten wiegen schwerer als Worte und so weiter.«

Das konnte ich tun. Das würde ich tun. Mit Worten war ich sowieso nicht sehr gut.

»Das ist tatsächlich ein guter Rat. Danke, Joe.«

»Keine Ursache. Und jetzt reiß dich mal wieder zusammen. Wir öffnen in zwanzig Minuten.«

Das *Devil's Boot* war ein verdammtes Irrenhaus. Freitags war immer viel los, aber das hier war etwas anderes. Die Band verspätete sich, aber schließlich hatten sie alles aufgebaut und sagten, sie würden in den nächsten fünf Minuten anfangen zu spielen.

Wenn meine Gäste nicht bald etwas von Waylon Jennings zu hören bekamen, würde ich eine Rebellion am Hals haben.

Ich hatte für heute Abend einen zusätzlichen Barkeeper engagiert und war heilfroh darüber. So hatte ich Zeit, die Leute an den Tischen zu bedienen und mit verschiedenen Dingen, die die Bar brauchte, hin und her zu laufen. Während ich herumlief, blitzte etwas Rotes an einem der Tische auf.

Es war Emmy.

Heilige *Scheiße.*

Sie trug ein Kleid in der gleichen Farbe wie der Bikini, der mich am Wasserfall in den Wahnsinn getrieben hatte. Es schmiegte sich eng an ihre Brüste und ihren Oberkörper, bevor es an ihrer Taille leicht auslief. Die Hälfte ihres Haares hatte sie sich aus dem Gesicht gekämmt, aber nach wahrer Emmy-Manier fielen ihr einzelne Strähnen ins Gesicht.

Sie trug braune Cowboystiefel, nicht die schwarzen, die sie am ersten Abend angehabt hatte, als ich sie in meiner Bar gesehen hatte.

Das Kleid, das sie trug, sah aus, als wäre es für sie gemacht worden, aber was meine Aufmerksamkeit so richtig fesselte, waren ihre blutroten Lippen. Das hatte ich noch nie bei ihr gesehen.

Ich wollte diese roten Lippen verwüsten, entweder mit meinem Mund oder mit meinem Schwanz. Da war ich nicht wählerisch. Meine Jeans wurde enger. Es war mir schon schwer genug gefallen, die Reaktionen meines Körpers auf Emmy unter Kontrolle zu halten, bevor wir miteinander geschlafen hatten, aber jetzt, da wir es getan hatten – verflucht – ich wollte sie so sehr.

Ich schüttelte den Kopf. Emmy saß mit einigen anderen Frauen am Tisch. Einige von ihnen erkannte ich aus der Stadt, aber ich wusste nicht, wie sie hießen. Teddy sah ich nicht, aber das bedeutete wahrscheinlich nur, dass sie an meiner Theke von irgendwelchen Männern Drinks schnorrte.

Schließlich riss ich den Blick von Emmy los. Sie hatte mich nicht bemerkt, und ich wollte, dass sie sich heute Abend mit ihren Freundinnen amüsierte. Immerhin war heute Teddys Geburtstag.

Als ich zurück zur Bar ging, flirtete Teddy dort tatsächlich mit meinen Stammgästen, die noch mehr als sonst darauf ansprangen, wahrscheinlich wegen des Stirnbands und der Schärpe, die sie trug. Beides mit der Aufschrift »Geburtstagskind«. Am Ende bekam sie vier Drinks spendiert und ging mit ihnen zurück an den Tisch, an dem Emmy und die anderen Frauen warteten.

Ich wollte wenigstens ein einziges Mal mit Emmy reden, daher trat ich hinter die Theke und tat etwas, das ich sonst nie tat: Ich machte verdammte Lemon Drop Shots. Das schien etwas zu sein, was ein Haufen Mädels in einer Bar auf einem Geburtstag trinken würde, oder?

Egal, ich tat es einfach.

Als ich mit den Getränken fertig war, stellte ich die Gläser auf ein Tablett und ging zu Emmys Tisch hinüber. Das war's. Das war alles, was ich tun würde. Ihr und ihren Freundinnen etwas zu trinken bringen, und dann würde ich sie den Rest des Abends in Ruhe lassen.

Emmys Blick fiel auf mich, als ich ein paar Schritte vom Tisch entfernt war. Sie lächelte mich an, und ich hätte fast das verdammte Tablett fallen lassen.

»Ladys«, sagte ich zur Begrüßung. Ich kam mir vor wie ein verdammter Idiot. »Ich habe gehört, dass hier jemand Geburtstag hat.«

»Ja, deshalb spendierst du uns ja auch Drinks«, sagte Teddy sarkastisch, aber mein Blick ruhte auf Emmy.

Mein Blick ruhte immer auf Emmy.

»Ich kann sie auch wieder mitnehmen«, sagte ich und schaute kurz zu Teddy hinüber.

»Ignorier sie«, sagte Emmy. »Wir nehmen sie.«

Ich stellte das Tablett in die Mitte ihres Tisches, und jede von ihnen nahm sich ein Schnapsglas herunter.

»Brooks«, begann Teddy, »ist das ein verdammter Lemon Drop?«

Daraufhin wurde Emmys Lächeln noch breiter.

»Ja«, bestätigte ich verlegen.

»Und die hast du mir jahrelang vorenthalten?! Ich wusste gar nicht, dass ihr die hier machen könnt.« Die beiden Frauen auf der anderen Seite des Tisches kicherten.

»Das ist eine einmalige Sache. Gewöhn dich nicht dran.«

»Danke«, sagte Emmy. Sie sah Teddy an. »Sag danke, Geburtstagskind.«

»Danke, Brooksy. Ich weiß das sehr zu schätzen.«

Die Frauen prosteten einander zu, schnappten sich die Shotgläser vom Tisch und kippten sie herunter. Ich beobachtete Emmys Kehle, als sie schluckte.

Gottverdammt noch mal. Bei allem, was sie tat, bekam ich einen Ständer.

Sie stellten alle ihre Gläser zurück auf das Tablett, und ich nahm es mit. »Alles Gute zum Geburtstag, Teddy«, sagte ich noch und zwinkerte dann Emmy zu, bevor ich ging.

Dass sie rot wurde, bereitete mir mehr Vergnügen, als es hätte tun sollen.

Ich behielt Emmy während des ganzen Abends im Auge. Nicht auf eine unheimliche Art – nur auf eine Art, die sagte: Ich mag dich wirklich und halte dich für die schönste Frau auf Erden.

Nach dem Shot, den ich ihr gebracht hatte, trank sie nicht mehr viel, sondern hielt sich an das eine Mixgetränk, bis sie und dieses rote Kleid sich irgendwann auf den Weg zur Theke machten. Ich würde einen Teufel tun und irgendjemand anderen diese Bestellung erledigen lassen. Bei dem Versuch, zu ihr zu gelangen, rannte ich Joe fast um.

Dann stand ich ihr gegenüber an der Theke. »Was kann ich dir bringen, Sugar?«

»Trink einen mit mir.«

Ihre Antwort überraschte mich. Sie sah mich mit glühenden Augen an, und ich konnte ihr ihre Bitte nicht abschlagen. Also holte ich zwei Schnapsgläser unter der Theke hervor.

»Was möchtest du haben?«

»Tequila, bitte.«

Ich drehte mich um und holte eine der besseren Flaschen aus dem hinteren Regal, dann schenkte ich uns beiden ein Glas ein, bevor ich ihr ihres über die Theke zuschob. »Worauf trinken wir?«, fragte ich.

»Auf Neuanfänge.«

Ich versuchte, da nichts hineinzuinterpretieren. Wir stießen an und kippten die Shots herunter, und dabei behielten wir einander die ganze Zeit im Auge.

Verdammt.

Es war ein Wunder, dass ich nicht versuchte, sie gleich dort auf der Theke flachzulegen. Joe konnte mir später dafür danken.

Emmy wischte sich mit einer Hand einen Tropfen Tequila vom Mundwinkel. Am liebsten hätte ich das getan.

Ich wollte sie so dringend berühren.

»Was bin ich dir schuldig?«, fragte sie.

»Geht aufs Haus.«

»Bist du dir sicher?«, fragte sie.

Ich lehnte mich über die Theke und gab ihr mit zwei Fingern ein Zeichen, näher zu kommen. Sie tat es, und damit war ich endlich in der Position, mit ihr reden zu können, ohne dass irgendjemand anders zuhörte.

»Du kannst mir danken, indem du mir später erlaubst, dir dieses gottverdammte Kleid vom Leib zu reißen.« Obwohl die Band spielte und die Gäste mitsangen, konnte ich Emmy nach Luft schnappen hören.

Ich richtete mich auf der anderen Seite der Theke wieder auf.

»Abgemacht«, hauchte sie, bevor sie sich umdrehte und zu ihren Freundinnen zurückging. Sie stieß mit ein paar Leuten zusammen, als wäre sie benommen und passte nicht auf, wohin sie ging.

Sie übte eine enorme Wirkung auf mich aus, und es gefiel mir zu sehen, dass ich auch auf sie eine Wirkung hatte. Aber dann stieß sie mit einem Mann zusammen, den ich nicht kannte, was selten vorkam, und er legte ihr eine Hand auf die Taille, um ihr Halt zu geben. Beim letzten Mal war es Kenny Wyatt gewesen, und jetzt war es dieses Arschgesicht.

Im Geiste gab ich ihm zwei Sekunden Zeit, die Hand wegzunehmen, bevor ich das für ihn tun würde. Er tat es.

Gut.

Ich ließ die Schultern kreisen und versuchte, meine Eifersucht im Zaum zu halten, aber als er sie dann anlächelte, sah ich rot, allerdings nicht die gute Art von Rot wie bei Emmys Kleid. Ich beobachtete, wie Emmy sich für das Anrempeln entschuldigte und zu ihrem Tisch zurückging.

Er beobachtete sie ebenfalls.

Ich würde diesen Burschen im Auge behalten müssen.

Die nächste Stunde oder so war wie ein Sturm. Es war wirklich wild heute Abend. Die Band spielte Country aus den Neunzigern, und es gab nichts, was eine Bar derart in Wallung brachte wie Alan Jackson.

Alle waren schwer betrunken und außer Rand und Band. Offenbar waren alle gekommen, um Teddys Geburtstag zu feiern.

Wir befanden uns etwa auf der Hälfte von *Good Time*, als ich bemerkte, dass der Mann, der seine Hand auf Emmys Taille gelegt hatte, mit einigen seiner Freunde zu ihrem Tisch hinüberging. Er trug ein komplettes Jeans-Outfit.

Was für ein Arschloch.

Sie reden nur, Luke. Komm runter.

Teddy und die anderen Mädels flirteten ganz unverhohlen. Ich hatte das oft genug selbst erlebt und hatte lange genug hier gearbeitet, um zu wissen, wie das aussah. Der Jeans-Typ redete mit Emmy, aber sie schaute immer wieder zu Teddy hinüber und lehnte sich von dem Mann weg.

Sie war nicht interessiert. Gut.

Ich ging zum Ende der Theke, das ihrem Tisch am nächsten war, und redete mir ein, dass ich dort Gläser abtrocknen müsse, was Blödsinn war, aber das war mir egal. In dem Moment ergriff der Jeans-Typ die Gelegenheit. Er legte Emmy eine Hand auf das Knie, das sie über ihr anderes Bein geschlagen hatte. Sie schüttelte ihn ab, aber er legte die Hand wieder auf dieselbe Stelle.

Scheiße, nichts da.

Innerhalb von drei Sekunden stand ich an ihrem Tisch. »Nimm deine verdammte Hand von ihr weg.« Der Blick des Typen schoss zu mir hoch. Er wirkte überrascht, rührte sich aber nicht. »Jetzt.« Meine Stimme war kaum wiederzuerkennen.

»Hey, chill, Mann. Wir haben nur geredet.«

»Es sieht nicht so aus, als ob sie mit dir reden will, Mann.« Der Jeans-Typ sah Emmy an, die mich nicht gerade freundlich beäugte.

Es scherte mich nicht.

»Bei uns ist doch alles bestens, nicht wahr, Schätzchen?«

Das war's. Ich trat auf ihn zu, damit ich ihn am Kragen seines blöden Jeanshemdes packen und zu mir hochziehen konnte. Er war etliche Zentimeter kleiner als ich, also zog ich ihn auf die Zehenspitzen hoch.

»Nimm deine Freunde und verzieh dich aus meiner Bar.«

»Das kann nicht dein Ernst sein, Mann.«

»Es ist mein blutiger Ernst.« Ich stieß ihn weg, aber Joe, der hinter der Theke hervorgekommen war, fing den Typen auf, ehe er zu Boden gehen konnte. Offenbar hatte ich ihn kräftiger geschubst, als ich gedacht hatte. Er wollte sich auf mich stürzen, aber Joe hielt ihn fest.

»Macht keine Szene, Jungs. Wenn ihr jetzt verschwindet, geht eure letzte Runde aufs Haus«, sagte Joe. Der Jeans-Typ schüttelte Joe ab. »Gehen wir. Das ist ein beschissener Laden, und so eine Schlampe ist es ohnehin nicht wert.«

Noch bevor er losgehen konnte, packte ich ihn an der Schulter und schlug zu. Kräftig. Meine Faust traf ihn mit einem hässlichen Knacken im Gesicht, und dann blieb der Jeans-Typ mehrere Sekunden flach auf dem Boden liegen.

Als er sich wieder aufrappelte, stürzte er sich auf mich. Ich fing seine Faust mit einer Hand ab – sein Schlag war mickrig gewesen – und verdrehte ihm den Arm hinter dem Rücken. Er war Emmy zugewandt, aber ich sorgte dafür, dass er nicht nah genug herankam, um sie zu berühren.

»Entschuldige dich bei ihr«, zischte ich.

»Scheiße, was soll das, Alter? Wie bist du denn drauf?!«

»Entschuldige dich«, wiederholte ich. Der Jeans-Typ versuchte, sich umzudrehen und mich anzusehen, aber ich packte ihn fester am Arm und verdrehte ihn ihm noch mehr. Er sah wieder Emmy an, die mit geschürzten Lippen dasaß.

»Es tut mir leid«, stieß der Jeans-Typ hervor.

»Und jetzt verpiss dich aus meiner Bar.« Ich schob

ihn zu seinen Freunden hinüber, die alle so aussahen, als hätten sie sich gerade in die Hose gemacht.

»Tut mir leid, Mann. Wir verschwinden.« Das war einer der Kumpel des Jeans-Typen. Verdammt. Fast hatte ich ein schlechtes Gewissen, weil ich den Burschen geschlagen hatte, wenn man bedachte, wie verängstigt seine Freunde aussahen, aber niemand redete so mit Emmy und kam damit durch.

Die vier schafften es durch die Tür, und als sie sich hinter ihnen schloss, brach in der ganzen Bar Jubel aus. Wenn der Barbesitzer jemanden schlug, glaubten die Leute wohl, dass derjenige es verdient hatte.

Ich sah wieder Emmy an, die ihre Arme vor der Brust verschränkt hatte und mich auf die gleiche unfreundliche Art anstarrte wie zuvor. Anstatt ihr die Gelegenheit zu geben, mich vor allen Leuten anzuschreien, die mehr oder weniger zu dem zurückgekehrt waren, was sie vor der Schlägerei getan hatten, hob ich sie von ihrem Stuhl und warf sie mir wie einen Sack Kartoffeln über die Schulter. Dabei passte ich auf, ihr Kleid herunterzuziehen, damit niemand eine kostenlose Show geboten bekam. Jetzt war es Teddy, die jubelte.

Das Geburtstagskind hatte ein breites Grinsen im Gesicht. Wie ich sie kannte, hatte sie die ganze Sache wahrscheinlich irgendwie inszeniert.

Emmy Ryder gehörte mir, und das würde ich ihr verdammt noch mal jetzt sofort beweisen.

»Brooks! Lass mich runter, du Neandertaler. Willst du mich verarschen?«

»Jetzt nicht, Sugar«, antwortete ich, während ich mit ihr über meiner Schulter durch die Bar ging. Sie schlug mir mit den Fäusten auf den Rücken. Niedlich.

»Du bist ein verdammter Verrückter, weißt du das?«

»Verrückt nach dir.«

»Du lieber Gott, lass mich runter!« Sie protestierte weiter, aber ich ignorierte sie. Erst in meinem Büro ließ ich sie runter, als die Tür hinter uns zugezogen und abgeschlossen war. Dann stellte ich Emmy behutsam auf den Boden, und sobald ihre Füße ihn berührten, stieß sie mich von sich.

»Bist du total bescheuert? Du kannst nicht einfach rumlaufen und Leute schlagen, wenn sie mit mir reden.«

»Er hat dich angefasst, Sugar. Niemand fasst dich an.«

»Das hier ist die echte Welt, Brooks, kein verdammter Liebesroman. Du brauchst mich nicht vor irgendeinem Widerling in einer Bar zu retten. Ich kann selbst auf mich aufpassen.« Emmy starrte mich nieder. Ihre Augen glühten – genau so, wie ich sie mochte.

»Natürlich kannst du auf dich selbst aufpassen.«

»Warum hast du dich dann auf einen deiner zahlenden Kunden gestürzt und ihn körperlich angegriffen wie irgendeine Art von selbst ernanntem Cowboy-Ordnungshüter?«

Ich packte Emmy um die Taille und schob sie gegen die Tür meines Büros. Dann ließ ich meine Lippen über ihre Kehle nach oben wandern, und als ich an ihrem Mund angekommen war, legte ich ihr eine Hand an den Hals. Ich gab ihr einen schnellen Kuss und bettete meine Stirn auf ihre.

»Darum, Sugar. Es hat mich wahnsinnig gemacht zu sehen, wie jemand anderer dich berührt hat«, hauchte ich.

Emmys Brust hob und senkte sich. Der Zorn in ihren Augen verwandelte sich in etwas anderes. »S-so was kannst d-du nicht machen«, stotterte sie.

Mit der Hand, die nicht um ihre Kehle lag, griff ich nach dem Saum ihres Kleides, schob sie darunter und berührte die weiche Haut an ihrem Oberschenkel. »Warum nicht?«

»D-darum. L-Leute schlagen ist b-böse.«

Ich gluckste leise und schob meine Hand unter ihrem Kleid weiter nach oben bis zu ihrem Slip. Oder zumindest dorthin, wo er hätte sein sollen.

Gott.

»Willst du wissen, was böse ist? Dass du diese nackte Pussy in meine Bar bringst wie eine richtige kleine Schlampe.«

Emmy stöhnte. *Verdammt.* Sie trieb mich in den Wahnsinn.

Ich streichelte sie mit den Fingern. »Du tropfst für mich, Sugar. Wie lange bist du schon so? So gierig und verzweifelt?« Der Lärm der Band übertönte alles, was draußen vor meinem Büro passierte. Es gab jetzt nur uns beide.

»S-seit ich dich hinter der Theke gesehen habe.«

»Ja? Bist du deshalb rübergekommen, um einen Tequila mit mir zu trinken? Damit ich deine gierige kleine Pussy beachte?«

»Ich hatte Durst.«

Bei diesen Worten schnappte ich mir die Whiskyflasche, die neben meiner Bürotür auf dem Tisch stand, und zog mit den Zähnen den Verschluss heraus.

»Durst? Hast du immer noch Durst, Sugar?« Sie nickte. »Mach den Mund auf«, befahl ich.

Sie gehorchte sofort, und mein ohnehin schon harter Schwanz zuckte beim Anblick ihres offenen Mundes, der bereit war, alles aufzunehmen, was ich ihr gab.

Ich nahm einen Schluck Whisky, bevor ich die Flasche wieder auf meinen Schreibtisch stellte, aber ich schluckte ihn nicht herunter. Stattdessen beugte ich mich zu Emmy vor, meine Hand an ihrer Kehle drückte sie immer noch gegen meine Bürotür, und dann ließ ich den Whisky von meinem Mund in ihren rinnen.

Sie schluckte ihn. Unter meinem Griff spürte ich, wie ihre Kehle arbeitete. *Verdammt.* Sie war unglaublich.

Ich schob die Hand wieder unter ihr Kleid, und als ich meine Fingerspitzen zwischen ihre Spalte gleiten ließ, verdrehte sie vor Lust die Augen. Sie begann die Hüften zu wiegen, aber ich zog die Finger schnell wieder heraus. Sie riss die Augen auf.

»Was zur Hölle?«, rief sie.

»Du bist diejenige, die auf mich sauer war, Sugar. Ich will nicht, dass du etwas tust, was du später bereust«, sagte ich mit einem Lächeln. Ich liebte es, sie zu necken. Jetzt leckte ich meine Finger ab, und ihr Geschmack vermischte sich mit dem Brennen des Whiskys, bevor ich ihre Kehle losließ und einen Schritt zurücktrat. Mein Schwanz war schmerzhaft steif in meiner Jeans.

»Nimmst du mich auf den Arm?«, keuchte Emmy.

»Nein.«

»Bitte!«

Gott, ich liebte es, sie nach mir betteln zu hören. Es erinnerte mich daran, dass sie mich genauso sehr wollte wie ich sie.

»Außerdem hast du getrunken«, fügte ich hinzu, obwohl ich wusste, dass sie nicht betrunken war – wahrscheinlich nicht einmal beschwipst.

»Ich hatte zwei Kurze und einen halben Wodka-Soda, und nichts für ungut, aber deine Lemon Drop Shots sind lasch.«

Ich grinste sie an. »Glaubst du, dass du mich umstimmen kannst, wenn du mein Können als Barkeeper beleidigst?«

»Kommt drauf an, worauf du so stehst«, antwortete sie kokett.

»Nur auf dich.«

Emmy trat näher an mich heran und drückte ihre Brüste gegen meinen Oberkörper. »Wenn du mich nicht anfassen willst, dann lass mich dich anfassen.«

Verdammt. Emmy strich mit der Hand an meinem Oberkörper hinunter und über die steinharte Beule in meiner Jeans. Ich zuckte zusammen. Sie kicherte.

»Du solltest mir wirklich erlauben, mich darum zu kümmern«, bemerkte sie honigsüß. Scheiße. Wie war das passiert? SOS, SOS. Ich hatte die Kontrolle über die Situation verloren.

»I-ich komme schon zurecht.« Jetzt war ich derjenige, der herumstotterte. Emmy fuhr mit ihrer Hand über meine Jeans und übte etwas Druck aus. Dann schob sie mich rückwärts zu meinem Schreibtisch. Ich ließ es geschehen, bis ich hinten mit den Beinen gegen die Tischkante stieß. Sie stellte sich auf die Zehenspitzen und gab mir einen kurzen Kuss, bevor sie sich – verflucht – auf die Knie sinken ließ. Ich konnte ihr direkt in das Dekolleté ihres roten Kleides sehen. Sie machte sich daran, meinen Gürtel zu lösen.

»Darf ich?«

Dachte sie wirklich, ich würde womöglich Nein sagen? Mir verschlug es vorübergehend die Sprache, als ich auf die schöne Frau auf ihren Knien vor mir hinunterblickte.

Alles, was ich tun konnte, war nicken.

»Gib mir ein Ja, Luke«, verlangte sie. Heute Abend hatte sich der Spieß wirklich umgedreht, nicht wahr?

»Ja, Sugar. Zeig mir, wie du aussiehst, wenn du meinen Schwanz im Mund hast.«

Emmy schaffte es in Sekundenschnelle, meinen Gürtel und meine Hose zu öffnen. Sie beugte sich vor und fuhr mit ihrer Zungenspitze über den Stoff meiner Unterhose, bevor sie auch die herunterzog. Mein Schwanz sprang hervor. Der Mistkerl wollte ihr praktisch in den Rachen hüpfen, aber sie nahm ihn noch nicht in den Mund.

Stattdessen legte sie eine Hand um meinen Schaft, beugte sich vor und leckte langsam den ersten Lusttropfen von der Eichel. Ich konnte das Stöhnen nicht unterdrücken, das aus meinem Mund kam, als ihre Zunge mich berührte. Sie leckte einige Male an mir und bearbeitete mit der Hand den Schaft meines Schwanzes. Lieber Gott. Ich würde kommen, bevor sie noch weiterkam.

Immer mit der Ruhe, Luke. Denk an etwas anderes, an etwas anderes als die Frau, die gleich deinen Schwanz in den Mund nehmen wird. Ich ging im Kopf eine Liste von Dingen durch, die überhaupt nicht sexy waren. *Verpasste Anschlussflüge am Flughafen, ein kaputter Kühlschrank, gebärende Kühe.*

Okay. Okay. Ich konnte das schaffen. Da war ich mir sicher … Bis Emmy meinen Schwanz in den Mund nahm, so weit sie konnte.

»*Scheiiiße*, Emmy. Du bist wunderschön.« Ich hatte mich nie für einen besonders gesprächigen Typ gehalten, aber bei Emmy war das anders. Tief in ihrer Kehle traf ich auf Widerstand, und sie stieß etwas aus, das wie ein frustrierter Laut klang.

Sie richtete sich etwas auf, und dann spürte ich, wie ihre Zunge sich bewegte. Ich glitt tiefer in ihren Mund hinein, und sie fuhr mit Hand und Mund an meinem Glied entlang.

»Du schluckst gerne meinen Schwanz, nicht wahr?«, fragte ich. Meine Stimme war heiser und meine Kehle wie zugeschnürt. Emmy sah durch ihre dichten Wimpern zu mir auf und nickte, so gut sie konnte.

Dieses Bild von ihr auf den Knien mit ihren roten Lippen um meinen Schwanz wollte ich am liebsten auf meinem verdammten Grabstein verewigt sehen.

Ich krallte eine Hand in ihr Haar und versuchte, mir ins Gedächtnis zu rufen, dass ich sanft sein sollte, aber als ich meinen Schwanz tiefer in ihre Kehle schob, stöhnte sie. Sie hatte sich die Hand, die nicht meinen Schwanz bearbeitete, unter ihr Kleid geschoben und streichelte sich selbst.

»Es turnt dich an, meinen Schwanz zu kosten, Baby? Du willst, dass ich deinen Mund vögele?« Emmy nahm die Hand von meinem Schaft, presste sie mir auf den Hintern und saugte mich tiefer in sich hinein.

Das hielt ich kaum aus. Mit beiden Händen krallte ich mich in ihr Haar und stieß in ihren Mund. *Lieber Gott*, sie war perfekt. Wir stöhnten beide. Verdammt, sie fühlte sich so gut an, aber ich wollte nicht in ihrem Mund kommen. Nicht heute Abend.

»Ich muss in dir kommen, Sugar. Lass mich wieder

in dir kommen.« Ich war besessen davon, Emmy als die Meine zu kennzeichnen. Sie wollte weitermachen, aber ich zog sie zu mir hoch und drückte meine Lippen fest auf ihre. Unser Kuss war grob, als würde jeder von uns sehen wollen, wie viel der andere aushalten konnte.

Emmy zog sich als Erste zurück. »Ich war noch nicht fertig«, hauchte sie.

Ich schob sie vor mich, sodass sie zwischen mir und meinem Schreibtisch eingeklemmt war, mit dem Rücken zu mir.

»Das Einzige, was ich mir im Moment mehr wünsche, als in deinem Mund zu kommen, ist es, in deiner perfekten Pussy zu kommen.« Sie musste mir sagen, dass es in Ordnung war, bevor wir uns hinreißen ließen. »Willst du, dass ich dich auf diesem Schreibtisch nehme, Sugar? Darf ich?«

»Ja, Luke. Bitte.«

Der Hölle sei Dank. Ich drückte Emmy nach vorn, sodass sie über meinen Schreibtisch gebeugt war, und zog das Kleid hoch, das mich die ganze Zeit verrückt gemacht hatte. »Dieses Kleid foltert mich schon den ganzen Abend.«

»Ich habe es nur für dich angezogen.«

»Gut. Wenn du es für einen anderen Mann getragen hättest, müsste ich ihn töten.« Sie lachte, aber ich machte keine Witze. Mit den Händen strich ich über ihren Hintern, und mit den Daumen spreizte ich ihre Pussy für mich. Sie war feucht und glänzte. Alles für mich. Ich drang mit meinem Schwanz in ihre leuchtende Glut ein.

Und sah Sternchen.

Da ich wusste, dass diese Stellung für sie sehr intensiv sein würde, packte ich ihre Hüften und schob mich Stück für Stück in sie hinein. Mir war klar, dass ich groß war. Als ich ganz in sie eingedrungen war, hielt ich inne. Scheiße, ich würde kommen. *Nein.* Nicht bevor sie kam.

Kaputter Kühlschrank. Kaputter Kühlschrank. Kaputter Kühlschrank.

Emmy drückte ihren Hintern an mich. »Nicht bewegen«, krächzte ich. »Gib mir eine Minute.« Ich kniff die Augen fest zusammen.

»Alles klar da hinten?« Ich konnte das Lächeln in ihrer Stimme hören. Verdammt, ich liebte es. Ich liebte es, wenn sie so glücklich war.

»Ja«, hauchte ich. »Alles klar.« Die Gefahr war vorerst gebannt.

»Dann fang bitte an, dich zu bewegen, bevor ich meinen gottverdammten Verstand verliere.«

Sie brauchte mich nicht zweimal zu bitten. Ich zog mich leicht zurück und stieß dann wieder in sie hinein. Fest.

Das tat ich wieder und wieder.

Emmy schrie auf. »Ja, Luke, genau so, bitte.« Sie bat immer so nett. Ich dachte daran, dass dieser Mann sie berührt hatte. Mein nächster Stoß war heftiger. Mein Schreibtisch wurde über den Boden geschoben, aber es war mir scheißegal. Mich interessierten nur Emmy und ich und die Stelle, an der wir gerade verbunden waren.

Ich zog sie wieder zu mir hoch, sodass sie aufrecht stand. Dann legte ich die Finger auf ihre Klitoris und rieb sie, während ich sie nahm. Ihre Pussy zog sich wie ein Schraubstock um meinen Schwanz zusammen. Jetzt griff sie nach meiner Hand, die auf ihrer Hüfte lag, und zog sie über ihre Brüste bis zu ihrer Kehle.

Himmel.

Sanft fasste ich sie um die Kehle und übte seitlich einen leichten Druck aus. Emmys Kopf fiel nach hinten auf meine Schulter. »Ja, ja, ja«, hauchte sie. »In dieser Position bist du so tief drin, Luke.«

»Du bist für mich geschaffen worden«, sagte ich und stieß wieder in sie hinein, noch heftiger. »Sag mir, dass du mir gehörst, Emmy.« Ich musste es hören.

»Ich gehöre dir.«

»Ganz genau, Sugar. Ich bin der Einzige, der dich so haben darf.«

»I-ich werde …« Den Satz konnte sie nicht mehr beenden, denn wir explodierten beide gleichzeitig. Ich ergoss mich in sie, und meine Stöße wurden kurz und flach.

Wir waren beide vollkommen außer Atem, und einer der Träger von Emmys Kleid war ihr von der Schulter gerutscht. Ich zog mich langsam aus ihr heraus und sah zu, wie es von uns beiden an ihren Schenkeln herabtropfte.

»Bleib hier«, sagte ich zu ihr. Ich steckte meinen immer noch halb steifen Schwanz in meine Jeans und schnappte mir ein paar Taschentücher, bevor ich zu Emmy zurückkehrte. Dann wischte ich behutsam ihre Schenkel ab und zog ihr das Kleid wieder über den Hintern.

Als sie sich umdrehte, schloss ich sie in meine Arme. Ich hielt sie fest und drückte ihr Küsse ins Haar und auf die Schläfe. Sie seufzte. Dabei klang sie … zufrieden. Das ließ mein Herz höherschlagen.

Ich streichelte ihre Arme und hob eine ihrer Hände an meinen Mund, damit ich ihre Handfläche küssen konnte, bevor ich unsere Finger verschränkte. Dann führte ich sie zum Sofa neben meinem Schreibtisch, setzte mich und zog sie mit mir herunter. Sie setzte sich auf meinen Schoß, und ich legte ihren Kopf unter mein Kinn und fuhr fort, in Kreisen über ihre Arme und ihren Rücken zu streicheln, total glücklich, sie wieder in den Armen zu halten.

»Luke?«, sagte sie leise.

»Ja, Sugar?«

»Ich mag dich echt gern.«

»Bist du dir sicher, dass es nicht nur all das Dopamin ist, das wir gerade produziert haben und das jetzt dein Gehirn erreicht?«, fragte ich scherzhaft und versuchte, nicht allzu gründlich über ihr Geständnis nachzudenken.

Sie hob den Kopf und sah mir in die Augen. »Nein. Du sollst wissen, dass ich dich mag. Ich weiß nicht genau, wann ich bereit sein werde, es meiner Familie zu erzählen, aber ich werde es ihnen erzählen. Ich brauche nur ein bisschen Zeit, okay?«

Diese Frau hatte mich um den Finger gewickelt, und sie wusste es nicht mal. Ich hob die Hand und legte sie an ihr Gesicht.

»Nimm dir so viel Zeit, wie du brauchst. Ich wollte dich heute Morgen nicht bedrängen«, fügte ich hinzu und meinte es ernst. Emmy war es wert zu warten. Ich hatte zweiunddreißig Jahre auf sie gewartet, ohne es auch nur zu wissen, und dabei war sie die ganze Zeit direkt vor meiner Nase gewesen.

»Das hast du nicht. Ich brauche nur länger als der

Durchschnittsmensch, um etwas zu verarbeiten.« Sie bettete den Kopf wieder unter mein Kinn.

Emmy Ryder mochte mich wirklich mögen, aber dies war der Moment, in dem ich wusste, dass ich dabei war, mich in sie zu verlieben.

Emmy

20

Am nächsten Tag musste ich mit meinem Dad ein paar Dinge in der Stadt erledigen. Als ich durch die Hintertür des Haupthauses eintrat, erwartete er mich in der Küche.

Anscheinend spielte immer noch eine der Heuballenpressen verrückt. Wir lagen mit der Produktion bereits zurück, und deswegen war Gus' Stirnader kurz davor zu platzen. Aber Amos regte sich nicht auf. Der Mann war so ruhig wie immer.

Er begrüßte mich mit einer Umarmung. Ich liebte die Umarmungen meines Dads. Er machte keine halben Sachen. Jedes Mal, wenn er uns umarmte, tat er es, als wäre es das letzte Mal.

»Hey, Schneckchen. Bist du so weit?«

»Morgen. Ja, los geht's.« Wir gingen hinaus zu seinem Truck. Mein Vater war ein Ford-Fan. Ich persönlich hatte meine Probleme mit dem Typen, der die Vierzigstundenwoche erfunden hatte, aber das war hier nicht von Belang.

Es war heute Morgen kühler, ein sicheres Zeichen

dafür, dass der Herbst nahte. Aus den Lautsprechern des Trucks ertönte leise Willie Nelson. Ich schaute durch die Windschutzscheibe. Die Bäume waren grün und der Himmel blau gefärbt. In ein oder zwei Monaten würden sich die Blätter an den Bäumen verfärben, und diese grüne und blaue Landschaft würde sich in Feuer verwandeln.

»Wie läuft's denn so? Lebst du dich gut ein?«, fragte mein Dad.

»Ja, tu ich.«

»Wie lange ist es jetzt her? Etwas über einen Monat?« Mit dieser einfachen Frage wusste ich nun, warum wir allein in die Stadt fuhren. Ja, mein Dad wollte Zeit mit mir verbringen, aber er wollte auch wissen, was ich plante.

»Ungefähr so lange, ja.«

»Dir ist wahrscheinlich klar, was ich als Nächstes fragen werde, Schneckchen.«

Ich stieß einen Seufzer aus. »Ich weiß es nicht, Dad.«

»Das ist ungewöhnlich für dich.« Das war es wirklich. Ich dachte sonst immer darüber nach, was als Nächstes kam. »Was ist los?« Ich war ehrlich überrascht, dass er so lange für diese Frage gebraucht hatte, aber um fair zu sein, ich hatte ihm auch kaum eine Gelegenheit gegeben zu fragen. »Du weißt, als ich nach Hause gekommen bin und du hier warst, war ich sehr glücklich darüber, dich zu sehen. Und ich wusste, dass du glücklich darüber warst, zu Hause zu sein, aber als ich dich das erste Mal gesehen habe, war mir klar, dass mein kleines Mädchen traurig ist.«

Mein Dad rieb sich das Kinn mit der Hand, die nicht auf dem Lenkrad lag. Sein Blick war auf die Straße gerichtet, und meiner ruhte auf ihm. Ich betrachtete sein Haar, das so viel grauer war, als ich es in Erinnerung hatte, und seine Falten waren tiefer. Sorge hatte sie noch tiefer gegraben.

Als ich meinen Dad ansah, der nicht mehr so jung war wie in meiner Vorstellung, traf mich die Erkenntnis mit voller Wucht, dass die Zeit auf Rebel Blue auch in meiner Abwesenheit weitergelaufen war.

Ich fragte mich, was schlimmer für ihn war; sich Sorgen um mich zu machen, wenn ich nicht hier war, oder sich Sorgen um mich zu machen, wenn ich direkt vor ihm stand, aber unerreichbar war.

Natürlich wusste er, dass ich etwas durchmachte. Er war mein Dad. Der einzige Elternteil, den ich je gekannt hatte. Und anstatt nach Hause zu kommen, mich ihm zu öffnen und ihn das tun zu lassen, was er am besten konnte – ein Vater sein –, hatte ich mich in meiner Hütte eingeschlossen und meiner Familie etwas vorgespielt.

»Es hat mir das Herz gebrochen, aber ich habe dich allein damit fertigwerden lassen, weil ich weiß, dass du das lieber so machst. In den letzten paar Wochen hast du nicht mehr so traurig gewirkt, deshalb dachte ich, du hättest in deinem wirren Köpfchen ein paar Dinge geklärt. Hast du das?«

»Nicht wirklich«, antwortete ich wahrheitsgemäß. Wenn überhaupt, war mein Kopf noch wirrer, jetzt, da ich mich mit Luke Brooks eingelassen hatte, aber das brauchte mein Dad definitiv nicht zu wissen. »Ich glaube nicht, dass ich nach Denver zurückkehren will, aber ich weiß auch nicht, was ich hier auf Dauer machen würde. Ich kann hier nichts leiten wie Gus, und ich habe kein Projekt wie Wes.«

Mein Dad ließ eine Hand auf dem Lenkrad liegen, während er sich mit der anderen weiter seinen kurzen Bart rieb. »Also kein Barrel-Racing mehr?«, fragte er.

»Kein Barrel-Racing mehr. An den regionalen Wettkämpfen werde ich noch teilnehmen«, fügte ich hinzu und wusste gar nicht, wann ich das entschieden hatte. Anscheinend gerade jetzt. »Und danach ist Schluss. Ich bin schon eine der älteren Reiterinnen im Ring.«

Mein Dad blieb still. Ich glaubte nicht, dass er überrascht war. Es war nervig, aber mein Dad und meine Brüder kannten mich gut. Bestimmt hatten sie sich schon gedacht, dass ich mit den Rennen fertig war, als ich nach Hause gekommen war. Gus war der Einzige, der bisher auf mich eingewirkt hatte, es zuzugeben, aber selbst er hatte es nicht übers Herz gebracht, mich noch mehr zu drängen.

»Willst du weiterhin etwas mit diesem Leben zu tun haben?«, fragte er schließlich. Mit »diesem Leben« meinte er die Ranch. »Oder stellst du dir etwas ganz anderes vor?«

Das war eine gute Frage, aber ich brauchte nicht über meine Antwort nachzudenken. »Ich will auf der Ranch bleiben.« In den smaragdgrünen Augen meines Dads flackerte ein Licht auf.

Während der letzten Wochen hatte ich viel darüber nachgedacht, aber ich konnte mich einfach nirgendwo anders sehen als in Meadowlark oder auf Rebel Blue. Für jemanden, der so hart daran gearbeitet hatte, von hier wegzukommen, war es seltsam, das Gefühl zu haben, hierherzugehören.

»Ich könnte eine Reitlehrerin gebrauchen«, sagte mein Dad. Seine Stimme klang etwas angestrengt. Aufgewühlt.

»Dad, geht es dir gut?«

»Ja, Schneckchen. Mehr als gut. Wo immer du hingehst, würde ich mich für dich freuen, aber ich freue mich besonders, dass du hierbleiben willst.« Mein Dad hatte nie versucht, mich in Meadowlark festzuhalten. Als ich ihm von meinen Plänen erzählt hatte, hatte er sie mitgetragen und mich unterstützt, wo er konnte.

Ich fragte mich, wie schwer es für ihn gewesen war, mich gehen zu sehen.

»Was hältst du davon, während der Wintersaison als Reitlehrerin zu arbeiten? Und ich könnte etwas Hilfe beim Trainieren der Pferde gebrauchen. Dann sehen wir, wo wir stehen.«

»Luke gibt Reitunterricht.«

»Luke, hm?« Mein Dad zog eine Braue hoch und sah mich an. Mist. Ich nannte Luke nie beim Vornamen. Das musste ihm aufgefallen sein. »Das tut er, und er macht seine Sache gut. Aber der Junge verausgabt sich ganz schön. Ich weiß nicht, wie er das alles hinbekommt.«

»Ich auch nicht«, bestätigte ich aufrichtig. Samstags unterrichtete er, arbeitete fast jeden Tag auf der Ranch und besaß zudem sein eigenes Unternehmen. Ich wusste nicht, ob ich je darüber hinwegkommen würde, wie anders er in Wirklichkeit war als in meinem Kopf.

»Außerdem wollen Ronald und seine Frau nach Yuma ziehen. Ihren Lebensabend in einem warmen Klima verbringen. Wenn überhaupt, könntest du also die Teenager und Erwachsenen übernehmen. Luke könnte die Kinder behalten, wenn er will, aber irgendetwas sagt mir, dass er sie dir geben würde.«

Mein Herzschlag beschleunigte sich. »Wie kommst du darauf?« Ich versuchte, locker zu bleiben. Es vergingen einige Sekunden, bis mein Dad antwortete, und als er es tat, wusste ich nicht so recht, was ich davon halten sollte.

»Es passiert nichts auf Rebel Blue, wovon ich nicht weiß, Schneckchen.«

Fünfzehn Minuten später fuhren mein Dad und ich ins Zentrum von Meadowlark. Nach seiner Bemerkung darüber, das alles sehende Auge auf Rebel Blue zu sein, begann der Song *Mammas Don't Let Your Babies Grow Up to Be Cowboys* zu spielen, und bei Waylon und Willie war es Amos und mir unmöglich, nicht mitzusingen.

Danach holte mein Dad ein AUX-Kabel hervor. Ich würde es immer lustig finden, dass er von uns allen den schönsten und modernsten Truck hatte. Er reichte mir das Kabel, und ich fand schnell meine Highwaymen-Playlist. Den Rest des Weges sangen wir uns die Seele aus dem Leib.

Als *Big River* gerade endete, fuhren wir vor dem Laden für Traktorzubehör vor. Seit meiner Rückkehr nach Hause war ich nur ein paarmal im Zentrum von Meadowlark gewesen, um Teddy in ihrer Boutique zu besuchen, die zu Fuß wahrscheinlich nur fünf Minuten von dem Traktorladen entfernt lag.

Im Geschäft ging mein Dad sofort zum Tresen. Er holte sein Ersatzteil ab, aber er würde auch mindestens zwanzig Minuten lang mit Don Wyatt, dem Besitzer, quatschen, also stöberte ich ein wenig herum.

Wenn etwas wörtlich »Laden für Traktorzubehör« hieß, nahmen die Leute an, dass es hier nur Zubehör für Traktoren gab. Diese Leute irrten sich.

Der Laden für Traktorzubehör verkaufte fast alles, und Teddy und ich waren bekannt dafür, dass wir dort schon haufenweise Wranglers erstanden hatten, weil sie da billiger waren als überall sonst.

Beim Stöbern stieß ich auf ein Muscleshirt und dachte an Luke. Dieses war als solches geschneidert – im Gegensatz zu seinen T-Shirts, die er einfach mit einer Schere bearbeitete und auf das Beste hoffte.

Ich schoss schnell ein Foto und schickte es ihm.

Emmy: Wie viel musstest du Don bezahlen, damit er diese T-Shirts in sein Sortiment aufnimmt?

Ich schob mein Handy zurück in meine Gesäßtasche, stöberte weiter herum und schnappte mir aus Spaß einen dieser Dinosaurier-Greifer.

Einige Minuten später summte mein Handy, weil Luke eine Antwort schickte.

Luke: Die Shirts, die mit Absicht so gemacht werden, sind nicht für mich.

Emmy: Warum nicht? Zu geringe Chancen auf ein Nipplegate?

Luke: Was hast du gegen meine Nippel?

Lächelnd schaute ich auf mein Handy. Dafür, dass ich Muscleshirts eigentlich gehasst hatte, war es schockierend, wie sehr sie mir ans Herz gewachsen waren. Obwohl ich im Hinterkopf wusste, dass nicht die Muscleshirts mir ans Herz wuchsen, sondern der Mann, der sie trug.

Und seine Arme. Gütiger Gott, diese Arme.

»Emmy, hey.« Eine Männerstimme rief meinen Namen. Ich sah mich um und entdeckte Kenny. Natürlich war er hier. Ich hatte völlig vergessen, dass seinem Dad der gottverdammte Laden für Traktorenzubehör gehörte.

»Hey«, sagte ich. »So eine Überraschung, dich hier zu sehen.«

Er lächelte mich an. Das war gut. Vielleicht war er doch nicht sauer, dass ich seine Nachrichten nicht beantwortete.

»Geht es dir gut? Ich habe nichts mehr von dir gehört, seit ich dich letzten Monat in der Bar gesehen habe.« Armer Kenny. Er hatte ein Rennen gegen einen Mann verloren, von dem er nicht einmal gewusst hatte, dass er am Start war.

»O ja, alles bestens. Ich habe einfach viel zu tun!«

»Klar. Ich wusste gar nicht, dass du so lange in der Stadt bleiben würdest«, sagte er. Er klang hoffnungsvoll, sodass ich mich mies fühlte.

»Ja, ich genieße es, zu Hause zu sein.«

»Das ist gut.« Er hielt kurz inne und fuhr sich mit einer Hand durchs Haar, eine nervöse Angewohnheit, die er hatte, seit ich ihn kannte. »Und, hättest du Lust, irgendwann mal mit mir essen zu gehen?«

Gott, er war so nett, aber ich konnte nicht mit ihm

essen gehen. Kenny war ein netter Kerl, aber er wollte nicht nur mein Freund sein, und ich wollte nur Luke.

»Tut mir leid, ich kann nicht. Ich bin mit jemandem zusammen«, sagte ich und konnte nicht fassen, dass ich das gerade jemandem erzählt hatte.

»Oh. Mist, tut mir leid. Das wusste ich nicht.«

»Du brauchst dich nicht zu entschuldigen. Danke für das Angebot.« Ich schenkte Kenny das freundlichste Lächeln, das ich aufbieten konnte.

»Schneckchen«, rief mein Dad vom anderen Ende des Ladens. »Bist du abmarschbereit?«

Mein Retter.

»Ja!«, antwortete ich. Den Dinosaurier legte ich zurück und fand meinen Dad dann in der Nähe des Tresens. »Man sieht sich«, rief ich Kenny zu. Er nickte nur.

Durch das Schaufenster des Ladens konnte ich sehen, wie das Ersatzteil, das mein Vater brauchte, von Dons Leuten hinten in seinen Truck geladen wurde.

»He, Emmy. Willkommen daheim.« Don nickte mir zu. »Kenny hat mir erzählt, er hätte dich gesehen.«

»Danke, Don. Freut mich auch, dich zu sehen«, antwortete ich höflich und hoffte, dass Don mich wegen Kenny nicht drängeln würde. Bevor er dazu Gelegenheit bekam, schaltete mein Dad sich ein.

»Danke, Don. Mach's gut.« Er klopfte kurz auf den Tresen, bevor er sich umdrehte und mir bedeutete, ihm zu folgen. Als wir den Laden verlassen hatten, fragte er: »Wollen wir einen Kaffee trinken, bevor wir nach Hause fahren?«

Ich nickte.

Wir gingen über die Straße ins *Bean*. Innen war es genau so, wie ich es in Erinnerung hatte. Es war gemütlich, nichts passte zusammen. Die Tische, die Stühle, die Sofas – alles bunt zusammengewürfelt. Nicht auf eine schicke Teddy-Art, sondern auf eine chaotische Flohmarkt-Art. Ich wusste nicht, ob mein ADHS dadurch besser oder schlimmer wurde.

Teddy und ich hatten früher hier unsere Hausaufgaben gemacht, aber ich hatte nie etwas zustande gebracht. Jetzt wusste ich, warum.

Mein Dad ging zum Tresen, bestellte zwei Tassen Filterkaffee, seinen schwarz und meinen mit viel Sahne, aber ohne Zucker. Soweit ich wusste, war er der einzige andere Mann in meinem Leben, der meine Kaffeewünsche kannte.

Wir suchten uns einen Tisch am Fenster, um uns für ein paar Minuten hinzusetzen.

»Ich werde dein Angebot annehmen, Dad«, bemerkte ich unaufgefordert.

»Du wirst unterrichten?«

»Ja, das werde ich. Ich will Lukes Gruppen nicht, es sei denn, er will sie loswerden, aber ich nehme die von Ronald.«

»Soll mir recht sein. In der ersten Saison bekommst du das Einstiegsgehalt, und danach werden wir neu entscheiden.«

»Abgemacht.«

Mein Dad streckte mir über dem Tisch die Hand entgegen, und ich schüttelte sie. Dann saßen wir für eine Weile da, schauten aus dem Fenster und existierten einfach. Es war schön.

Einige Zeit später sah er mich an und sagte: »Du siehst deiner Mom so ähnlich, Emmy.« Ich wusste, dass mein Dad meine Mom geliebt hatte und sie jeden Tag vermisste, aber er sprach normalerweise nicht ungefragt über sie. Nur, wenn ich nachfragte. »Weißt du, sie ist diejenige, die dich Clementine nennen wollte.«

Ich nickte. Das hatte er mir schon mal erzählt.

»Sie hat den Jungs immer das Lied vorgesungen, wenn sie quengelig waren oder nicht schlafen konnten. Es hat immer funktioniert. Wir dachten, wir bekämen noch einen Jungen, aber als du dann auf die Welt kamst, kam ich gar nicht zu Wort, da hatte sie dir schon den Namen verpasst. Als Baby hast du selten geweint. Ich möchte glauben, weil in deinem Namen ein Teil deiner Mutter steckte, auch wenn sie nicht da war.«

Schöner Gedanke.

»Je älter du wirst, desto mehr sehe ich sie in dir. Sie war eher still, so wie du. Und sie hat es vorgezogen, die Dinge in ihrem eigenen Kopf zu regeln und sich nicht in die Karten schauen zu lassen.«

»Sind das schlechte Dinge?«, fragte ich leise.

»Nein. Sie machten deine Mom äußerst unabhängig und entschlossen. Das habe ich immer an ihr geliebt. Als ich sie kennengelernt habe, war mir noch nie ein Mensch wie sie begegnet. Ich liebe diese Dinge auch an dir.«

So redete mein Dad sonst nie. »Warum sprichst du nicht öfter über sie?«

Er brauchte eine Sekunde, um zu antworten. »Wenn sie nur in meinem Kopf ist, kann ich sie beschützen.«

Die Augen meines Dads waren traurig. Sie beschützen. Es brach mir das Herz, als ich das von ihm hörte. Mein Vater war bei ihr gewesen, als sie starb. Ein Pferd hatte sie abgeworfen, und sie war mit dem Kopf direkt auf einen Stein geknallt. Es war ein tragischer Unfall gewesen.

Die Parallele zwischen meiner Mutter und mir war mir nicht entgangen. Wahrscheinlich war das einer der Gründe, warum ich ihm nicht erzählt hatte, was mir passiert war.

»Es tut mir leid, dass ich dir nicht mehr über sie erzählt habe«, bemerkte mein Dad.

»Ist schon gut«, sagte ich. Und das war es. Ich liebte meine Mom und wünschte, ich hätte sie gekannt, aber ich vermisste sie nicht – nicht so, wie Gus oder Wes es taten. Es war schwer, jemanden zu vermissen, den man nie kennengelernt hatte, aber ich vermisste trotzdem das Konzept einer Mutter.

Manchmal fühlte es sich an, als wäre ein Loch in meinem Herzen, wo sie hätte sein sollen.

»Warum redest du jetzt von ihr?«, fragte ich, aufrichtig neugierig, was dieses Gespräch ausgelöst hatte.

»In diesen Räumen habe ich sie zum ersten Mal gesehen. Damals war es noch kein Café, nur ein Diner. Als ich dich gerade angesehen habe, musste ich an den Tag damals denken. Ihr Auto hatte draußen vor der Stadt eine Panne gehabt. Sie musste ein paar Meilen laufen, um hierherzukommen. Eigentlich hatte sie nur eine Nacht bleiben wollen, aber sie ist nie wieder fortgegangen.« Mein Dad war wie ein Fluss, beständig und stark. Ich konnte nachvollziehen, wie meine Mutter von ihm mitgerissen worden war.

»Ist es schwer? Jemanden zu lieben, auch wenn er nicht mehr da ist?« Ich hatte das Gefühl, diese Zeit mit meinem Dad nutzen zu müssen, in der er so offen über meine Mom sprach.

»Nein, Stella zu lieben ist das Einfachste, was ich je tun werde, ob sie nun hier ist oder nicht.« Wer hätte gedacht, dass Amos Ryder so ein Romantiker war? Das Herz wurde mir schwer in der Brust. Ich fürchtete, es könne brechen.

»Hat sie es je bereut? Dass sie hiergeblieben ist?«, fragte ich meinen Dad und sprach damit meine größte Angst aus: dass ich es bereuen würde, hiergeblieben zu sein. Mein Dad sah mich nachdenklich an, als wüsste er genau, was mir durch den Kopf ging.

»Ich glaube nicht, dass sie es bereut hat. Als sie ihre Heimatstadt verlassen hat, war sie auf der Suche nach etwas. Ich glaube, hier hat sie es gefunden.«

»Wonach hat sie gesucht?«

»Nach den Dingen, nach denen wir alle suchen: Liebe, Unterstützung, einem Sinn.«

»Und das hat sie in dir gefunden?«

»Und in den Bergen. Und in August, in Weston und in dir.« Ich spürte, wie mir die Tränen in die Augen stiegen. Wer schnitt in diesem verdammten Café Zwiebeln? Ich hatte nie wirklich um meine Mom geweint, aber heute weinte ich um den Mann, der sie verloren hatte. Nur mein Dad brachte es fertig, mir an einem öffentlichen Ort die Tränen in die Augen zu treiben.

Er sah mich an, und seine Liebe stand ihm ins Gesicht geschrieben, als er antwortete: »Ich hoffe, du findest das ebenfalls, Clementine. Ob in Meadowlark oder zu einem späteren Zeitpunkt irgendwo anders.«

Ich verstand die Entscheidung meiner Mom, ihre Heimatstadt zu verlassen, aber ich verstand auch ihre Entscheidung, in dieser kleinen Stadt zu bleiben, besser, als ich es noch vor wenigen Monaten getan hätte.

Als ich jünger gewesen war, hatte ich nur daran denken können fortzugehen. Jedes Ziel, das ich je gehabt hatte, hing irgendwie damit zusammen, aus Meadowlark wegzukommen: College, Barrel-Racing, alles.

Aber jetzt wollte ich bleiben.

Hier fühlte ich mich sicher.

Vielleicht hatte ich nur für ein Weilchen fortgehen müssen, um zu begreifen, dass dieser Ort etwas Besonderes war, dass ich stolz darauf war, von hier zu sein, und dass ich, weil ich von hier stammte, anders dachte als alle anderen Menschen da draußen.

Früher hatte ich gedacht, dass ich mich in Meadowlark klein fühlte, aber in Wirklichkeit hatte ich mich so gefühlt, weil ich immer nur dem nächsten Punkt nachgejagt war, den ich von meiner Liste streichen wollte. Es war schwer, sich gut genug zu fühlen, wenn man nie feierte, was man schon erreicht hatte.

Aber jetzt war ich stolz auf mich und meine Leistungen. Außerdem war ich zufrieden. Und nein, das hatte nichts mit Brooks zu tun. Er war nur ein Bonus.

Meadowlark hatte irgendetwas an sich.

»Weißt du, Dad, ich glaube, das habe ich schon.«

Emmy

21

Teddys Geburtstag war schon über eine Woche her und hatte damit geendet, dass ich mit dem besten Freund meines Bruders Sex in einer Bar gehabt hatte, in der die halbe Stadt hinter der nächsten Wand gesessen hatte.

Zum Glück war das Publikum im *Devil's Boot* an dem Abend ausgelassener und wilder gewesen als sonst, sodass niemand Lukes und meine Abwesenheit bemerkt hatte, nachdem er mich über seine Schulter geworfen und in sein Büro getragen hatte – außer Teddy natürlich.

Als ich zu ihr an den Tisch zurückkam, lallten ihre Freundinnen aus der Boutique, Madi und Emily, bereits, deshalb machte ich mir wegen ihnen keine Gedanken. Wegen Teddy hingegen machte ich mir Gedanken. Ich hatte ein schlechtes Gewissen, weil ich ihre Geburtstagsfeier verlassen hatte, auch wenn ich mit Gewalt von dort fortgeschleppt worden war.

Aber Teddy war nicht im Mindesten sauer. Sie strahlte.

Das Erste, was sie mich fragte, war: »Wo ist denn dein Lippenstift geblieben?« Gefolgt von: »Ich kann nicht fassen, dass du an einem öffentlichen Ort flachgelegt worden bist. Nicht mal ich habe das je geschafft.«

Luke kam einige Minuten später aus seinem Büro und strich mir über die Hand, als er zurück zum Tresen ging. Sein Barkeeper Joe warf ihm einen strengen Blick zu.

Luke hingegen versuchte, sein dunkles Haar zu glätten, und sah aus, als würde er sich ein Lächeln verkneifen.

Gott, er war so *hübsch*.

Das war der Gedanke, der mir in dem Moment durch den Kopf gegangen war, und es war der Gedanke, der jetzt wieder auftauchte, als er in Sichtweite kam. Ich war auf dem Weg zum Stall, um mit Maple einen Ausritt zu machen.

Seit ungefähr einer Woche fühlte ich mich im Sattel viel wohler. Neulich hatte ich es sogar geschafft, mit Maple zu galoppieren, und sie hatte es toll gefunden. Wenn ich auf ein Pferd stieg, wurde mir immer noch jedes Mal etwas flau im Magen. Ich wusste nicht, ob ich meinen Unfall jemals ganz vergessen würde, aber vor ein paar Monaten hatte ich noch gedacht, ich würde nie wieder reiten.

Das hier war so viel besser.

Das Reiten war mein Ein und Alles, und jetzt, da ich es wieder tun konnte, durfte ich mir eingestehen, wie sehr es geschmerzt hatte zu denken, dass ich es für immer verloren hatte.

Einen solchen Schmerz hatte ich noch nie gefühlt, und ich wollte ihn auch nie wieder fühlen. Es war schwer, meine Fortschritte beim Reiten nicht mit Brooks in Verbindung zu bringen. Seit ich zu Hause war, waren die Stunden, die ich mit ihm verbrachte, meine Lieblingszeit, besonders während der letzten Woche. Ich hatte ein paar Nächte bei ihm verbracht, denn wenn jemand fragte, konnte ich leicht behaupten, ich wäre bei Teddy gewesen. Außerdem brauchten wir uns dann keine Sorgen zu machen, dass meine Familie sich fragte, warum sein Truck auf dem Gelände stand.

Sein Haus war ein kleiner Bungalow mit zwei Schlafzimmern, der in der Senke hinter dem *Devil's Boot* stand. Luke hatte mir erzählt, dass er die letzten Jahre damit verbracht hatte, ihn auf Vordermann zu bringen, und ich konnte erkennen, wie viel Mühe er hineingesteckt hatte. Ich hätte Luke Brooks nicht für einen Mann gehalten, der mehr als ein Kopfkissen besaß, schönes Bettzeug und obendrein ein Bettgestell. Das sagte ich ihm auch, und er meinte, ich solle die Messlatte höher ansetzen.

Er war voller Überraschungen.

So wie bei dem Tanz in der Küche, mit dem er mich vor einigen Tagen überrascht hatte.

Es war für uns beide ein langer Tag gewesen, und als ich zu ihm gefahren war, hatte ich nichts erwartet. Ich hatte einfach nur mit ihm zusammen sein wollen.

Aber als ich hereinkam, hatte er schon für uns gekocht, und Luke Brooks wusste in der Küche, was er tat.

Beim Abwaschen lief aus seinem kleinen Lautsprecher im Wohnzimmer ein langsamer Song von Randy Travis. Luke warf sich das Handtuch, mit dem er das Geschirr abgetrocknet hatte, über die Schulter, schnappte sich meine Hand und zog mich an sich. Dann legte er mir eine Hand an die Taille und verschränkte mit der anderen Hand unsere Finger.

Wir wiegten uns zusammen in der Küche im Rhythmus der Musik, und ich wäre am liebsten für immer in diesem Moment geblieben.

Später am selben Abend schliefen wir auf seinem Sofa ein, während wir uns meinen Lieblingsfilm ansahen: *Sweet Home Alabama.*

Es waren die kleinen Momente wie diese, in denen ich deutlich sehen konnte, wer er war. Ja, er war wirklich ein T-Shirt-Verstümmler, aber er war nicht arrogant, unverantwortlich oder leichtsinnig. Er war aufmerksam und fürsorglich.

Für jemanden, der sein ganzes Leben um die Aufmerksamkeit anderer gebettelt hatte, verstand er sich wirklich darauf, mir das Gefühl zu geben, ich wäre die einzige Person auf dem Planeten.

Der Luke, den ich kennengelernt hatte, seit ich nach Hause gekommen war, war ein Typ Mann, in den ich mich verlieben konnte. Und langsam glaubte ich, dass er der einzige Mann war, in den ich mich verlieben konnte.

Und das war total beängstigend.

Ich beobachtete, wie er eine Harke durch den Sand des Reitplatzes zog, was bedeutete, dass er ihn bereits gesäubert hatte. Sein graues T-Shirt klebte an ihm, und seine Haut glänzte in der spätsommerlichen Sonne. Er hielt für einen Moment inne, um den Saum seines T-Shirts hochzuziehen und sich damit das Gesicht abzuwischen.

Gottverdammt noch mal.

Ich ging zum Zaun des Reitplatzes und stützte meine Arme darauf.

»Guten Morgen«, sagte ich, um mich bemerkbar zu machen. Luke sah mich an und kam auf mich zu.

»Morgen«, antwortete er, nachdem er mir einen schnellen Kuss auf die Schläfe gehaucht hatte.

»Ich habe dich gestern Abend vermisst«, bemerkte ich wahrheitsgemäß. Er grinste mich an, und ich versetzte ihm einen Stoß gegen die Schulter. »Halt die Klappe.«

»Tut mir leid. Ich musste früher aufstehen als sonst, und ich dachte, dass du diese Woche schon genug Schlaf verloren hast.« Das Grinsen auf seinem Gesicht nahm etwas Verspieltes an.

Das stimmte wohl.

Es war seltsam … mit ihm zusammen zu sein. Es war, als könnte ich nie genug bekommen. Ich mochte Sex, hatte aber bis zu Luke nie ein besonders starkes Bedürfnis verspürt. Immerhin war ich daran gewöhnt, über lange Phasen hinweg mit niemandem zu schlafen. Das hatte mich nie weiter gestört.

Natürlich war der Sex großartig, aber das Entscheidende für mich war wohl, dass Luke mir das Gefühl gab, mich zu begehren, und daraus machte er kein Geheimnis. Durch ihn fühlte ich mich begehrenswert und sogar verführerisch, ein Wort, das ich nie benutzt hätte, um mich zu beschreiben. Das Wort hätte ich für Teddy benutzt, aber nicht für mich.

Es fühlte sich herrlich an.

»Warum musstest du denn so früh aufstehen?«

»Das wirst du gleich sehen. Lust auf einen Ausritt?« Er strich mir eine Haarsträhne hinters Ohr.

»Ja, aber ich muss zuerst die Boxen ausmisten, und heute habe ich auch die Pensionsställe auf meinem Zettel.«

»Alles schon erledigt.«

»Das ist so früh am Morgen physisch unmöglich.«

Luke lehnte sich über den Zaun und küsste mich sanft.

»Es ist alles erledigt«, wiederholte er. Ich wollte gar nicht wissen, um wie viel Uhr er hatte aufstehen müssen, um hierherzufahren und das alles zu schaffen. Hatte er überhaupt geschlafen? »Wir werden die Pensionsställe heute Nachmittag noch mal nachbessern müssen, aber alles, was sich heute Morgen erledigen ließ, ist erledigt.«

»Im Ernst?«

»Im Ernst. Also« – er küsste mich zwischen den Worten noch einmal –, »bereit für diesen Ausritt?«

Ich nickte eifrig und ging auf den Stall zu. Luke lief auf der anderen Seite des Zauns neben mir her, bis er den Reitplatz verließ. Gemeinsam gingen wir zur Tür des Hauptstalls.

Als wir dort ankamen, sah ich, dass sowohl Friday als auch Maple an den Anbindern standen – gestriegelt, gesattelt und abmarschbereit.

»Wow, du warst wirklich fleißig.«

»Sie sind erst seit ein paar Minuten hier. Ich dachte, ich hätte die Zeit perfekt auf dich abgestimmt, aber ich habe nicht bedacht, wie oft du bei deinem Wecker auf die Schlummertaste drückst.«

Ich versetzte ihm einen spielerischen Stoß. »Sei still.«

»Wie kann man auf einer Ranch aufwachsen und

trotzdem nicht in der Lage sein, beim Klingeln eines Weckers aufzuwachen?«

»Ich gehe immer spät ins Bett. Mir gefällt die Stille.«

»Ich erinnere mich an meine stillen Nächte, aber jetzt habe ich da so eine Frau, die mir erst alles abverlangt und dann anschließend schnarcht.«

»Ich schnarche doch nicht!«

»Doch, tust du.« Er schnippte gegen meine Nase. »Aber es ist niedlich. Du schläfst tiefer als jeder andere Mensch, den ich je kennengelernt habe.«

Ich wünschte, ich hätte das leugnen können, aber es stimmte. Ich schlief wirklich tief. Es dauerte immer eine Weile, bis ich tatsächlich einschlief, aber wenn ich das erst geschafft hatte, war ich nicht mehr zu halten. Die Apokalypse könnte losbrechen, und ich hätte keine Chance, den Zombies zu entkommen, weil sie mich im Schlaf erwischen würden.

»Egal«, murmelte ich und ging auf Maple zu, die mich mit dem Maul an der Schulter anstupste. Ich schlang ihr die Arme um den Hals. Maple war ein zärtliches Pferd, und ich liebte sie sehr. Sie gehörte mir zwar erst seit dem Beginn meiner Profikarriere, aber es fühlte sich an wie ein ganzes Leben. Mit ihr und Moonshine hatte ich meiner Überzeugung nach die besten Pferde auf Rebel Blue.

Brooks und ich führten unsere Tiere aus dem Stall und saßen auf.

»Fühlst du dich gut?«, fragte er.

»Ja, das tue ich.« Und das stimmte wirklich. Meine Atmung war gleichmäßig und mein Kopf klar. »Wohin reiten wir?«

»Zu der kleinen Reitbahn.« Die kleine Reitbahn befand sich in der Nähe der Pensionsställe. Sie war größer als der Reitplatz, aber kleiner als die große Reithalle in der Nähe des alten Haupthauses. Ich hatte die kleine Reitbahn in meiner Kindheit und Jugend oft benutzt, war aber nach meiner Rückkehr nicht mehr dort gewesen, weil die Rancharbeiter dafür zuständig waren, sie sauber zu halten.

Brooks und ich trieben unsere Pferde an und ritten über die Ranch. Es war gut, dass dieses Gelände so riesig war, denn ich konnte keine Fragen dazu gebrauchen, wieso ich mit Brooks zusammen ritt.

Nach einigen Minuten ließ Luke Friday antraben, und ich folgte ihm mit Maple.

Durch die Rebel Blue Ranch zu reiten, fühlte sich so gut an wie fast nichts anderes auf der Welt. Die Berglandschaft bestand aus Grün-, Braun- und Gelbtönen. Vor dem Hintergrund des blauen Himmels erzeugte das etwas, das sich fast wie eine andere Welt anfühlte. Man konnte es nicht anders beschreiben.

Als Luke und ich ungefähr tausend Meter von der kleinen Reitbahn entfernt waren, ließ er Friday angaloppieren.

Ich folgte ihm, ohne lange darüber nachzudenken.

Als Maple schneller wurde, stellte ich mich leicht in die Steigbügel und spürte den Luftzug um meinen Körper.

Zum ersten Mal seit langer Zeit fühlte sich das Reiten wie die natürlichste Sache der Welt an. Ich spürte den gleichmäßigen Rhythmus von Maples Hufen, die auf dem Boden aufschlugen, während ihre Muskeln unter meinen arbeiteten und mein Haar hinter mir her peitschte.

Viel zu schnell wurden Friday und Luke langsamer, und ich musste es ihnen gleichtun. Vor der Reitbahn blieben wir stehen. Wir kamen diesmal aus der entgegengesetzten Richtung zu neulich, als Wes mich vor einigen Wochen hierhergebracht hatte, daher war das alte Haupthaus weiter weg statt direkt vor uns.

Anders als die große Reithalle war diese nicht überdacht, nur eingezäunt. Innerhalb des Zauns konnte ich drei Objekte erkennen. Sie sahen aus wie ... Tonnen. Sie waren in der Form eines Dreiecks aufgestellt.

Ich saß ab und band Maple an einen der Zaunpfähle. Brooks war mit Friday direkt hinter mir.

»Was hat das zu bedeuten?«, fragte ich mit einem Blick zu Brooks.

»Es ist ein regulärer Barrel-Parcours, Emmy. Drei Tonnen im korrekten Abstand zueinander, dreieckige Anordnung.« Er hatte einen Platz für mich zum Üben eingerichtet? »Es sind keine zwei Wochen mehr bis zu den regionalen Wettkämpfen in Meadowlark, und wenn du damit aufhören willst, musst du das mit einem Paukenschlag tun.«

»Du hast das hier gemacht? Für mich?« Er sah mich an, als wäre es für ihn das Selbstverständlichste auf der Welt, so etwas zu tun. Ich hatte ein ganz komisches Gefühl in der Brust. So etwas hatte noch nie jemand für mich gemacht. Ich konnte es nicht glauben. »Wann hast du das gemacht?«

»Gestern Abend.«

»Und dann bist du heute Morgen ganz früh hergekommen?«

Er nickte und rieb sich mit einer Hand den Nacken. Es sah aus, als würde er erröten.

Mir fiel das Atmen schwer, aber nicht, weil ich in Panik geriet. Sondern weil dieser Mann mir ganz buchstäblich den Atem geraubt hatte.

»Du musst üben«, sagte er schlicht.

Ich betrachtete seinen improvisierten Parcours und stellte mir vor, wie Maple und ich in einem Kleeblattmuster um die Tonnen rasten. Das hatte ich seit Monaten nicht mehr gemacht.

Als ich den Parcours so betrachtete, wurde ich langsam nervös. Wirklich schrecklich nervös. Ich wusste nicht, was ich mir dabei gedacht hatte, bei den regionalen Wettkämpfen anzutreten. Ich würde nicht bereit sein. Nie und nimmer.

»Emmy, Sugar, rede mit mir«, bat Luke, dem mein verändertes Verhalten offensichtlich aufgefallen war. Ich konnte nichts mehr vor ihm verbergen. Eigentlich hätte ich gedacht, dass mich das frustrieren würde, aber tatsächlich fühlte ich mich fast erleichtert, dass ich mich in dieser Situation nicht einfach in meinem eigenen Kopf verstecken konnte.

»Ich habe Angst«, flüsterte ich.

»Ehrlich, ich würde mir mehr Sorgen machen, wenn du keine Angst hättest. Du hast etwas erlebt, wovor jedem Reiter graut, aber du bist trotzdem wieder aufs Pferd gestiegen«, antwortete er.

Meine Hände begannen zu zittern, und Brooks bemerkte es sofort.

»He.« Er kam auf mich zu. »Du schaffst das, Emmy. Wir werden es langsam angehen, aber ich weiß, dass du das schaffen kannst.«

»Woher willst du das wissen?«

Er nahm mein Gesicht in beide Hände. »Du bist

die verdammte Clementine Ryder.« Bei diesen Worten musste ich lachen, und eine einzelne Träne stahl sich aus meinem Auge. Er fing sie auf, bevor sie fallen konnte, und wischte sie mir von der Wange. »Sugar, du verdienst es, nach deinen eigenen Regeln abzutreten. Nur weil du abgeworfen wurdest und im Staub gelandet bist, heißt das noch lange nicht, dass du erledigt bist.«

22 Luke

Seit etwa einer Woche hatten Emmy und ich eine gewisse Routine entwickelt. Wir verbrachten fast jede Nacht zusammen, meistens bei mir zu Hause, und am Morgen gingen wir zum Barrel-Parcours auf Rebel Blue. Sie trainierte dort dann eine oder zwei Stunden lang. Manchmal blieb ich die ganze Zeit bei ihr und manchmal nicht, je nachdem, was an dem Tag auf der Ranch zu tun war.

Emmy beim Reiten zuzusehen, war faszinierend. Wenn sie auf Maple saß, hatte sie die absolute Kontrolle. Sie war so konzentriert und sicher. Nichts konnte sie erschüttern.

Ich versuchte, nicht darüber nachzudenken, wie schlimm ihr Unfall gewesen sein musste, wenn er ihr diese Sicherheit genommen hatte.

Verdammt schlimm.

Der Gedanke daran, dass sie einen Monat lang ganz allein in Denver gewesen war, bevor sie sich entschloss, nach Hause zu kommen, war mir unerträglich.

Wir hatten uns diese kleine Blase geschaffen. Darin

gab es nur uns beide, und wir lernten einander kennen. Obwohl ich dankbar für die Zeit war, die wir miteinander verbrachten, fühlte ich mich auch zunehmend schuldig.

Ich wusste nicht, wie lange ich so noch weitermachen konnte, ohne es Gus zu erzählen. Wenn er herausfand, dass ich das vor ihm geheim gehalten hatte, würde er wahrscheinlich denken, ich hätte das getan, weil ich seine Schwester an der Nase herumführte. So würde es aussehen, vor allem, weil meine Vorgeschichte mit Frauen nicht besonders vielversprechend war.

Außerdem machte ich mir ein wenig Sorgen, dass Emmy unsere Beziehung geheim halten wollte, weil sie nicht dasselbe empfand wie ich.

Aber so durfte ich nicht denken.

Als ich zur Reitbahn zurückkam, nachdem ich mich um ein paar Dinge in den Ställen gekümmert hatte, waren Emmy und Maple mit ihrem Training fertig. Emmy saß auf der Erde, und Maple hatte sich neben sie gelegt und ihren riesigen Kopf auf Emmys Schoß gebettet.

Pferde waren eigentlich nur große Hunde.

»Wie ist es gelaufen?«, fragte ich, als ich näher kam.

»Ganz gut. Immer noch nichts unter zwanzig Sekunden, aber ich fühle mich gut.«

»Freut mich«, antwortete ich. Ich ging neben ihr in die Hocke, damit ich sie auf den Kopf küssen konnte. »Ich muss rüber in die Bar, aber ich wollte dich noch sehen, bevor ich gehe.«

»Ich reite mit dir zurück.« Emmy stand langsam auf und sorgte dafür, dass sie Maple dabei nicht erschreckte. Wir gingen auf Abstand zu ihr, damit sie genug Platz zum Aufstehen hatte und uns nicht anrempelte.

Ich nahm Emmy in die Arme und hielt sie für eine Sekunde dort fest in dem Wissen, dass ich dazu vielleicht keine Gelegenheit bekommen würde, wenn wir wieder am Stall waren. Es konnte jemand dort sein, und bei dem Gedanken, sie zu verlassen, ohne sie berührt zu haben, krampfte sich mir der Magen zusammen.

Ich lehnte mich etwas zurück, um sie zu küssen, sanft und zärtlich, genau so, wie sie es mochte. Bevor es zu hitzig werden konnte, summte mein Handy in meiner Gesäßtasche.

Immer wurden wir gestört.

Wahrscheinlich war es Joe.

Emmy hauchte mir noch einen flüchtigen Kuss auf die Lippen, bevor sie sich von mir löste, denn ihr war wohl klar, dass es wahrscheinlich mit der Bar zu tun hatte. Sie versuchte, zu Maple zurückzugehen, aber ich hielt sie mit einem Arm um die Schultern fest. Ich war noch nicht bereit, sie jetzt schon loszulassen. Ohne auf das Display zu schauen, nahm ich den Anruf an. »Hallo?«

»Luke, Schätzchen.« Es war eine Frauenstimme, die zittrig und traurig klang. Mein Körper versteifte sich, und Emmy musste es gespürt haben, denn sie schaute mich mit besorgter Miene an.

»Mom?«, fragte ich. Emmys Augen weiteten sich. Eigentlich sprach ich nicht mit meiner Mutter. Eine Zeit lang hatte ich es versucht, es aber nach zu vielen Enttäuschungen aufgegeben.

»Ja, Schätzchen. Ich bin es.« Meine Mom sprach am anderen Ende der Leitung weiter, und es war, als würde die Welt sich langsamer drehen. So lange hatte ich nichts mehr von ihr gehört. Ihre Stimme war kaum wiederzuerkennen. Hatte sie schon immer so zerbrechlich geklungen?

Als ich kurze Zeit später aufgelegt hatte, drückte Emmy mich schnell an sich. »Alles okay?«, fragte sie. Ich antwortete nicht sofort, weil ich nicht wusste, was meine Antwort für mich bedeutete. »Luke?« Sie legte mir eine Hand ans Gesicht. »Alles okay?«

Anstatt sie anzuschauen, blickte ich nur in die Ferne, über Rebel Blue.

»Der Mann meiner Mom …«, begann ich. »Er sollte vor ein paar Tagen von seiner Lkw-Tour nach Hause kommen, aber er ist nicht aufgetaucht.«

Emmy

Nach dem Anruf von Lukes Mom ritten wir so schnell wie möglich zum Stall zurück, um Maple und Friday zu versorgen.

Als das geregelt war, sagte Luke mir schon im Gehen, er würde mich später anrufen, aber ich würde ihn auf gar keinen Fall allein zu diesem Haus gehen lassen – das Haus, das ihm das Gefühl gab, nichts wert zu sein.

Und so landete ich in Lukes Truck, auf dem mittleren Teil der Sitzbank, mit meinem Kopf auf seiner Schulter und unseren Fingern ineinander verschränkt.

Er war angespannt. So hatte ich ihn noch nie gesehen. Wirklich nie. Es war nervenaufreibend, jemanden, der sonst so ausgeglichen war, so angespannt zu sehen.

Luke und ich hatten über seine Familie gesprochen, als wir mit unserem Reitunterricht angefangen hatten, was jetzt eine Ewigkeit zurückzuliegen schien. Ich wusste, dass er sich einen Dreck um seinen Stiefvater und seine Brüder scherte, aber seine Mutter war ihm nicht gleichgültig.

Lydia Hale lebte in einem Trailer ungefähr zwanzig Minuten von Rebel Blue entfernt. Je näher wir unserem Ziel kamen, desto fester klammerte sich Luke an meine Hand. Er wusste wohl nicht, was ihn erwartete, wenn er sein altes Zuhause betrat.

Ich wusste gar nicht, wann er das letzte Mal dort gewesen war. Er hatte dort nicht mehr geschlafen, seit er sechzehn war, und war an seinem achtzehnten Geburtstag mit all seinen Sachen ausgezogen.

Luke parkte seinen Truck vor dem Haus, und ich nahm den Kopf von seiner Schulter. Es war ein Gartendeko-Paradies. Luke schaltete den Motor aus, machte aber keine Anstalten, aus dem Wagen zu steigen.

»Emmy, du brauchst da nicht mit mir reinzugehen.«

Ich wandte ihm das Gesicht zu und strich ihm das Haar hinters Ohr. »Du warst für mich da, seit ich nach Hause gekommen bin. Ich will nicht, dass du das hier allein tun musst.«

»Aber ich bin nicht so aufgewachsen wie du, Emmy«, seufzte er.

»Und?«

»Und ich weiß nicht, wie es da drin sein wird oder wie *sie* sein wird. Ich möchte dich nicht in eine Situation bringen, in der du dich unwohl fühlst.« Als er mich ansah, lag Schmerz in seinen großen, braunen Augen. Es brach mir das Herz.

»Ich bin keine Prinzessin, Luke. Damit werde ich fertig. Und ich bin für dich da.«

Wieder seufzte Luke. »Es gibt nichts, was ich sagen kann, damit du hierbleibst, oder?« Ich schüttelte den Kopf, und Luke küsste mich auf die Stirn. »Also gut. Lass uns gehen.«

Wir stiegen aus dem Truck und gingen Hand in Hand zur Haustür.

Als Luke anklopfte, dauerte es nur ein paar Sekunden, bis seine Mutter öffnete. Ich hatte Lydia seit meiner Highschoolzeit nicht mehr gesehen, und sie sah fast genauso aus wie damals, nur mit mehr Falten. Sie war zierlich und hatte blondes Haar, das größtenteils zu Grau verblasst war, und blaue Augen. Das Haar fiel ihr bis knapp über die Schultern. Sie hielt eine brennende Zigarette zwischen den Fingern, und ihre Augen waren vom Weinen verquollen.

Luke sah ihr überhaupt nicht ähnlich. Er sah genauso aus wie Jimmy, was es ihm wahrscheinlich noch schwerer gemacht hatte, als Kind in diesem Haus zu überleben.

»Luke, Baby, ich bin ja so froh, dass du hier bist.« Lydia kam aus dem Haus und drückte ihn unbeholfen mit einem Arm an sich.

»Hallo, Mom.« Er ließ meine Hand nicht los, als sie ihn umarmte.

Als sie einen Schritt zurücktrat, richtete sie den Blick auf mich. »Clementine Ryder? Bist du das?« Sie musterte mich von Kopf bis Fuß, bis ihr Blick auf Lukes Hand in meiner hängen blieb.

»Ja, Ma'am«, bestätigte ich.

Lydia schürzte die Lippen. War sie verärgert, dass ich mit ihrem Sohn hier war?

»Nun, ich hatte nicht mit noch mehr Gesellschaft gerechnet, aber kommt herein.«

Ja, sie war definitiv verärgert über meine Anwesenheit hier. Luke drückte meine Hand, eine Geste, die ich erwiderte, als wir das Haus betraten.

Im Wohnzimmer standen überall Bierflaschen und Coladosen herum. In dem Fernseher in der Ecke liefen alte Folgen von *The Newlywed Game*, und es roch nach Rauch.

Lydia ließ sich in einem Schaukelstuhl neben dem Sofa nieder. Neben ihr stand ein weiterer Sessel, der leer war. Ich nahm an, dass er John gehörte. Luke führte mich zu dem verblichenen weinroten Sofa, auf das wir uns gemeinsam setzten. Er hatte meine Hand immer noch nicht losgelassen.

»Mom, erzähl mir, was passiert ist. Wo sind JJ und Bill?«

Lukes Brüder.

Lydia stieß einen zittrigen Atemzug aus, bei dem man merkte, dass sie jeden Moment wieder anfangen konnte zu weinen. Nach dem, was Luke mir über John erzählt hatte, glaubte ich nicht, dass es da viel zu vermissen gab, aber ich versuchte, angesichts ihres Verlusts nicht unsensibel zu sein.

»Ich habe seit Tagen nichts mehr von ihm gehört.« John war Lastwagenfahrer, es war also normal, dass er längere Zeit weg war. Wenn Lydia sich Sorgen machte, musste das etwas zu bedeuten haben. »Die Spedition hat es nicht geschafft, seinen Lkw zu orten. Das letzte Mal, als sie ihn finden konnten, war er in der Nähe der Staatsgrenze zu Nevada.« Lydia nahm einen Zug von ihrer Zigarette. Ihre Hand zitterte. »Die Jungen sind unterwegs, aber ich konnte es nicht aushalten, hier allein zu sein. Es ist so still ohne John.«

»Es freut mich, dass du mich angerufen hast«, sagte Luke. »Ich wusste nicht, dass du überhaupt meine Nummer hast.«

»Ich habe sie bei Johns Sachen gefunden. Sie stand auf einem Notizzettel auf seinem Schreibtisch.« Wahrscheinlich vom letzten Mal, als Luke ihn angerufen und versucht hatte, seine Mom zu erreichen.

»Es tut mir leid, Mom. Ich weiß, dass John dir viel bedeutet. Es geht ihm bestimmt gut.« Lukes Stimme verriet keinerlei Gefühl. Wahrscheinlich bemühte er sich, die Verachtung zu verbergen, die er für seinen Stiefvater empfand.

»Mrs Hale«, schaltete ich mich ein. »Können wir irgendetwas für Sie tun, während wir hier sind? Ihnen etwas zu essen kochen oder so was?«

Lydia nahm noch einen Zug von ihrer Zigarette und blies den Rauch in meine Richtung, während sie mich musterte.

»Von den Ryders brauche ich nichts weiter«, versetzte sie scharf. Was sollte das denn heißen? »Deine Leute haben mir bereits meinen Sohn weggenommen, und jetzt sehe ich, dass du deine Krallen in ihn geschlagen hast.«

Luke drückte wieder meine Hand.

»Mom. Du weißt doch, dass ich nicht hierbleiben konnte«, erklärte Luke kämpferisch. »Du kannst die Ryders nicht dafür hassen, dass sie mir gegeben haben, was du mir nicht geben konntest, und ich bleibe nicht, wenn du so mit meiner Freundin redest.«

Meiner Freundin.

Irgendetwas daran fühlte sich wirklich bedeutsam an. Ich war schon öfter jemandes Freundin gewesen, aber ich hatte dem Wort nie viel Bedeutung beigemessen. Aber dass Luke mich so bezeichnete, hieß schon etwas.

Er sprach weiter: »Und da ich dich schon seit Jahren nicht mehr gesehen habe, wäre das verdammt schade.«

Lydia dachte einen Moment lang über seine Worte nach, während sie mich nicht aus den Augen ließ. Diese Frau war wirklich kein Fan meiner Familie – oder von mir, wie es schien.

»Na schön«, murmelte sie schließlich.

Danach entspannte Luke sich ein wenig. Ich saß dabei, während er und seine Mutter sich unterhielten. Er erzählte ihr von der Bar und von seinem Haus und davon, wie er es renoviert hatte. Je länger sie redeten, desto fröhlicher wurde Lydia. Wahrscheinlich war sie stolz auf ihren Sohn, und ihr Zorn auf mich mochte eine Projektion ihrer eigenen Schuldgefühle gewesen sein.

Luke erhob sich vom Sofa und ging in die Küche, um seiner Mom etwas zu trinken zu holen. Ich folgte ihm, weil ich nicht mit ihr allein bleiben wollte. Es stand heute nicht auf meiner To-do-Liste, einer älteren Frau eins auf die Nase zu geben.

»Die Sache eben tut mir leid«, sagte er, als wir auf den alten Vinylboden in der Küche traten.

»Dir muss nichts leidtun. Bist du dir sicher, dass wir nicht versuchen sollten, sie zum Essen zu bewegen oder so?« Mein Dad fütterte uns immer, wenn wir traurig waren. Oder auch wenn wir glücklich waren. Es war eine seiner Methoden, sich um uns zu kümmern, und ich hatte mir das von ihm abgeguckt.

»Es gibt wahrscheinlich überhaupt nichts Essbares hier.« Luke holte eine Cola aus dem Kühlschrank und stellte sie auf die Theke, bevor er anfing, die Küche zu durchwühlen. Unter der Spüle fand er einen Karton mit Mülltüten und nahm ihn heraus. »Aber ich werde ein bisschen sauber machen.«

»Ich helfe dir«, erbot ich mich. Wir kehrten ins Wohnzimmer zurück, wo Luke Lydia ihre Cola gab. Dann sammelten wir die Flaschen, Dosen und den anderen Müll dort ein. Wir füllten drei Mülltüten, und Luke stellte sie neben die Tür, damit wir sie mitnehmen konnten, wenn wir gingen.

Während wir aufräumten, verschwand Lydia in einem anderen Zimmer, kam aber wenig später wieder zum Vorschein. Sie hielt einen Stapel Fotos in den Händen und reichte sie Luke. »Die hab ich gefunden, als ich nach deiner Nummer gesucht habe. Ich dachte, du hättest sie vielleicht gern.« Luke nahm ihr die Bilder ab, und wir setzten uns wieder aufs Sofa.

Das erste Foto zeigte ihn mit einem Cowboyhut und einem dieser Steckenpferde. Er war entzückend.

»Wie alt warst du da?«, fragte ich ihn und nahm ihm das Bild aus der Hand.

»Keine Ahnung. Wahrscheinlich fünf oder sechs«, antwortete er. Lydia, die wieder in ihrem Sessel saß, nickte zum Zeichen, dass er recht hatte. Sie hatte sich ein wenig für mich erwärmt, wahrscheinlich weil ich bei ihr aufgeräumt hatte.

»Er wollte schon immer Cowboy werden«, erzählte sie.

Wir blätterten die Fotos weiter durch. Es waren Bilder von Angelausflügen und Spielen im Freien und eine hervorragende Aufnahme von ihm mit einem Cowboyhut, außerdem Aufnahmen von Halloweenfesten. Es gab sogar eins, auf dem Jimmy ihn als Baby im Arm hielt, aber Luke blätterte zu schnell weiter, als dass ich es richtig hätte sehen können.

Wir kamen zu einem Foto von einem Jungen in einem Hochstuhl, der Kuchen aß. Einen Geburtstagskuchen, soweit ich es erkennen konnte.

»Oh, ich liebe dieses Foto. Du hast deinen Geburtstag so großartig gefunden«, sagte Lydia. »Du dachtest, du solltest jeden Tag Geburtstag haben.«

Luke blieb still, und ich bemerkte, dass seine Schultern ein wenig absackten. Er gab Lydia das Foto zurück. »Das bin ich nicht, Mom. Das ist JJ.«

Wie aufs Stichwort öffnete sich die Haustür, und ein großer blonder Mann kam herein – wenn auch nicht so groß wie Luke. Er trug eine schmutzige Mechanikerkluft. Es war JJ. Obwohl ich ihn nie kennengelernt hatte, wusste ich, wer er war. Er war im selben Alter wie Gus und arbeitete in einer der Autowerkstätten in der Stadt. Es gab zwei – die, in die man sein Auto bringen wollte, und die, in der JJ arbeitete. Außerdem machte er nebenbei Geschäfte, die nicht ganz legal waren.

Die ersten Worte aus seinem Mund waren: »Was zum Teufel machst du hier?«

»JJ«, sagte Lydia, »Luke ist hergekommen, um nach mir zu sehen.«

Luke nahm meine Hand, und gemeinsam erhoben wir uns vom Sofa. Er blieb schützend vor mir, als wir zur Tür gingen.

»Ich bin kaum ein paar Stunden weg, und schon lässt du diesen Mistkerl wieder in dein Haus?«

»Freut mich auch, dich zu sehen, JJ«, bemerkte Luke mit einem Seufzen.

»Halt die Schnauze und verschwinde aus dem Haus meines Dads«, schnauzte JJ ihn an.

Arschloch.

»Hör mal, Mann, ich war nur hier, um nach Mom zu sehen. Sie hat mich angerufen, weil sie nicht allein sein wollte. Jetzt, wo du hier bist, gehe ich«, erklärte Luke. »Das mit deinem Dad tut mir leid. Ich hoffe, er taucht bald auf.«

Luke wollte mich zur Tür ziehen, aber JJ stellte sich ihm in den Weg.

JJ war nicht so gebaut wie Luke, und ich war mir sicher, dass Luke ihn mit einem Schlag zum Schweigen bringen konnte, aber ich glaubte nicht, dass er das tun würde. Zumindest nicht vor den Augen seiner Mom.

Es war komisch. An Teddys Geburtstag war ich so sauer darüber gewesen, dass Luke jemanden geschlagen hatte. Und jetzt wünschte ich mir, dass er seinen Bruder zu Boden brachte.

JJs Blick ruhte auf mir. »Emmy Ryder«, sagte er kühl. Gott, warum schien jedes Mitglied von Lukes Familie mich zu hassen wie die Pest? »Was machst du hier mit diesem Loser?«

»Sprich verdammt noch mal nicht mit ihr«, sagte Luke. Jetzt lag Gift in seiner Stimme. Diesen Ton hatte ich noch nie von ihm gehört. Ich fragte mich, wie viel Verachtung für seine Familie er unter der Oberfläche verbarg.

»Wie findet es Gus Ryder, dass sein bester Kumpel seine kleine Schwester vögelt?«

Wäre Luke eine Zeichentrickfigur gewesen, wäre jetzt Rauch aus seinen Nasenlöchern gedrungen. Mir war es egal, was JJ zu mir sagte – er war ein Idiot –, aber Luke war es nicht egal.

»Ich habe dir gesagt, du sollst nicht mit ihr reden.« Mit einer Hand stieß Luke JJ aus dem Weg. Kräftig. JJ stolperte, und ich wusste, wenn er sich gegen Luke wehrte, würden die Dinge eskalieren. »Emmy, lass uns gehen.« Er machte Anstalten, mich aus dem Haus zu führen, aber ich drehte mich noch einmal zu JJ um.

»Weißt du, du solltest wirklich aufhören, so ein Arschloch zu sein«, erklärte ich. »Wenn du dich mit den falschen Leuten anlegst, könnte jemand dem Sheriff verraten, dass du mehr als nur Gras aus deinem Trailer vertickst.«

JJ sah mich nur eine Sekunde lang fassungslos an, bevor er antwortete: »Ich will keinen von euch jemals wieder in diesem Haus sehen. Verpisst euch.«

Luke und ich gingen hinaus, und bevor JJ die Tür zuschlagen konnte, drehte ich mich noch einmal zu Lydia um. Sie hatte Tränen in den Augen.

Luke zog mich den Weg entlang, um mich so schnell wie möglich zu seinem Truck zu bringen. Als wir dort ankamen, drückte er mich gegen die Fahrertür und küsste mich leidenschaftlich. An diesem Kuss war etwas anders. Er bedeutete etwas.

Ich wusste nur nicht, was.

Als er den Kuss beendet hatte, legte er seine Stirn an meine. »Wofür war das denn?«, hauchte ich.

»Niemand hat mir je so den Rücken gestärkt«, antwortete er.

Bei seinen Worten öffnete sich mein Herz weit. Luke Brooks und sein großes Herz verdienten etwas so viel Besseres als die Menschen in diesem Haus. Er war gütig, fleißig und aufrichtig. Ich schlang die Arme um ihn und drückte ihn an mich. Er vergrub sein Gesicht an meiner Schulter, und wir blieben eine Weile so.

Als wir in den Truck stiegen, nahm ich meinen Platz in der Mitte der Bank wieder ein, und Luke legte mir den Arm um die Schultern. Da wir uns auf den Nebenstraßen der Stadt befanden, kurbelten wir die Fenster herunter und ließen die spätsommerliche Luft durch den Wagen wehen.

»Möchtest du darüber reden, was da eben passiert ist?«, fragte ich ihn. Luke seufzte. »Das mit JJ tut mir leid«, sagte er.

»Es gibt nichts, wofür du dich entschuldigen müsstest. Du hast etwas Besseres verdient als sie, Luke. Du bist mehr als nur Lydias und Jimmys Fehltritt.« Ich schaute zu ihm auf, aber er hielt den Blick auf die Straße gerichtet. Lange schwieg er, bis wir in die Schotterauffahrt vor seinem Haus einbogen. Als er den Motor ausschaltete, legte er den Kopf auf das Lenkrad und stieß einen weiteren Seufzer aus. Ich strich ihm über den Rücken.

»Das war ätzend«, erklärte er schließlich. »Ist es schlimm, wenn ich hoffe, dass John verschwunden bleibt?«

»Nein«, erwiderte ich.

Luke hob den Kopf vom Lenkrad und sah mich an. Es fühlte sich nicht so an, als würde ich Luke betrachten, den zweiunddreißigjährigen Mann. Es fühlte sich an, als würde ich Brooks vor mir sehen, den fünfzehnjährigen Jungen, der alles dafür getan hätte, eine Familie zu haben.

In diesem Moment sah ich ihn so deutlich vor mir. Ich hob eine Hand und strich ihm etwas von seinem widerspenstigen, dunklen Haar aus dem Gesicht, bevor ich ihn sanft küsste.

Als ich die Hand zurückzog, sagte er: »Danke, dass du mit mir gekommen bist, Emmy.«

»Ich würde überall mit dir hingehen«, erwiderte ich.

Und meinte es ernst.

Emmy

23 Ehrlich gesagt hatte ich den Ausdruck »jemandem schlottern die Knie« nie ganz nachvollziehen können – bis jetzt, da mir buchstäblich die Knie schlotterten.

Normalerweise wurde ich vor Rennen nie nervös, aber das war früher gewesen. Jetzt war es anders, und mein Magen fühlte sich an, als würde er sich mir jeden Moment umdrehen.

Es fühlte sich an, als hätte ich nur einmal geblinzelt, und schon begannen die regionalen Wettkämpfe.

Ich hatte mit Maple ein paar Tage pro Woche trainiert – Schritt, Trab und Kanter, und ich hatte darauf geachtet, sie nicht zu überfordern. Manchmal hatte Luke mich begleitet und manchmal nicht. Während des Trainings war ich nicht mehr nervös gewesen. Endlich hatte ich geglaubt, dass ich auf der sicheren Seite war.

Während des Trainings war mir wieder klar geworden, warum ich das Barrel-Racing liebte. Es war der einzige Rodeosport, bei dem die Reitkunst nicht bewertet wurde – es ging nur um die Zeit –, aber man musste trotzdem ein verdammt guter Reiter sein, um ein erfolgreiches Rennen zu bestreiten. Dass man ein guter Reiter sein musste, war ein so integraler Bestandteil des Sports, dass es nicht einmal bewertet werden musste, und das gefiel mir. Das war eins der Dinge, die mich von Anfang an zu den Tonnen hingezogen hatten.

Hier in einer Arena zu sein, umgeben von Konkurrenten und Leuten, die ich kannte, war anders als beim Training. Menschen, die ich liebte, waren hier. Mein Dad, meine Brüder, Luke, Teddy, Hank – sogar Cam und ihr Verlobter waren gekommen, damit Riley dabei sein konnte. Es war, als hätte man mir mein Sicherheitsnetz weggezogen. Ich wusste nicht, ob es irgendetwas gab, das ich hätte tun können, um mich besser vorzubereiten.

Ich ging meine normalen Abläufe vor dem Rennen durch, aber das Zittern hörte nicht auf. Auch wenn ich nicht glaubte, dass ich in Gefahr war, eine ausgewachsene Panikattacke zu bekommen, war es zumindest eine leichte Panikattacke.

Teddy musste meine Nummer an meinem Hemd befestigen, weil meine Hände so heftig bebten.

»Emmy. Was ist los? So habe ich dich noch nie vor einem Rennen gesehen.« Es gab keinen Grund, sie jetzt noch anzulügen. Ich hatte sie schon so lange angelogen, und jetzt konnte ich es nicht mehr. Ich wollte es nicht.

»Das ist mein erstes Rennen, seit ich im Juni von einem Pferd abgeworfen wurde. Deshalb bin ich nach Hause gekommen. Deshalb war ich so trübselig und verschlossen, und deshalb kriege ich mein Zittern gerade nicht in den Griff.« Die Worte fielen von meinen Lippen, bevor ich sie ganz zu Ende gedacht hatte.

Teddy blinzelte langsam. Ich dachte, sie würde mit mir schimpfen, weil ich ihr nicht alles erzählt hatte. Ich hätte es ihr erzählen sollen. Sie war meine beste Freundin. Ich hätte mit ihr darüber reden sollen. Ich hätte mit allen darüber reden sollen.

Stattdessen sagte sie: »Es tut mir leid, dass du das alleine durchmachen musstest.«

Ich wusste nicht, wie ich darauf reagieren sollte, denn in Wirklichkeit hatte ich das nicht allein durchgemacht.

Luke hatte mir geholfen.

»Teddy. Du musst etwas für mich tun.«

»Alles, Babe.«

»Kannst du Luke holen?«

Teddy kehrte einige Minuten später mit Luke im Schlepptau zurück. Er trug seine normalen Jeans und Stiefel, aber statt eines T-Shirts hatte er sich für ein Cowboyhemd und einen schwarzen Cowboyhut entschieden.

Mein Cowboy.

Er kam in den Bereich für die Reiter, und die Sorge stand ihm ins Gesicht geschrieben. Als ich ihn sah, hörte mein Zittern nicht auf, aber es war nicht mehr so intensiv wie zuvor. Sein Blick fand meinen, und er kam schnurstracks auf mich zu, gefolgt von Teddy.

Als er bei mir war, nahm er sofort mein Gesicht in beide Hände. »Was ist los, Sugar? Hast du wieder eine Panikattacke?«

Ich schüttelte den Kopf. Es war keine Panikattacke. »Ich brauchte dich einfach.«

»Ich bin hier.« Er nahm mich in die Arme, und ich schmiegte mich an seine Brust. Dann strich er mir übers Haar und rieb mir den Rücken und die Arme. Wir blieben für eine Weile so, und mit jedem Mal, das er mich streichelte, ließ das Zittern nach, bis es schließlich ganz aufhörte.

Er musste es ebenfalls gespürt haben, denn er legte mir nun die Hände auf die Schultern.

»Was geht in deinem wunderschönen Kopf vor?« Er sprach mit seiner sanften Stimme. Die benutzte er wohl nur mir gegenüber.

»Glaubst du, dass ich das schaffen kann?«, fragte ich.

»Ja«, antwortete er sofort. »Aber es spielt wirklich keine Rolle, ob ich weiß, dass du es schaffen kannst. Es zählt nur, ob du selbst es weißt.«

Natürlich wählte er diesen Moment, um mir so ermutigendes Zeug zu sagen, aber ich fühlte mich dadurch besser. Seinetwegen fühlte ich mich besser.

»Wow, ich freue mich wirklich auf dein TED-Talk-Video«, sagte ich sarkastisch.

Luke schnippte mir gegen die Nase. »Klugscheißerin. Aber wenn dein Sarkasmus wieder da ist, fühlst du dich wohl etwas besser?«

»Ja, tu ich.« Wieder schmiegte ich mich an ihn. So hätte ich für immer und ewig bleiben können. Ich wollte für immer und ewig bei ihm bleiben. »Danke.«

Der Veranstaltungskoordinator kam in den Teilnehmerbereich und informierte uns, dass wir in zehn Minuten dran waren.

»Sugar« – Luke küsste mich auf die Stirn –, »ich bin sehr stolz auf dich.«

»Ich bin das Rennen doch noch gar nicht geritten«, sagte ich an seiner Brust. Er lehnte sich zurück, um mich anzusehen. »Du brauchst kein Rennen zu reiten, damit ich stolz auf dich bin. Du könntest die Sache jetzt sofort abblasen und von hier verschwinden, und ich wäre immer noch stolz auf dich.«

»Wirklich?«

»Ja.« Er küsste mich erneut auf die Stirn. Seine Küsse auf die Stirn gaben mir immer das Gefühl zu schweben. Irgendwie fühlten sie sich so intim an. Wieder lehnte er sich zurück und legte mir einen Finger unters Kinn, um mich zu zwingen, ihn anzusehen. »Und, verschwinden wir von hier?«

Ich wollte dieses Rennen.

Ich wollte reiten.

Und ich wollte gewinnen.

»Nein.«

»Braves Mädchen.« Luke lächelte so breit, dass ich die Fältchen um seine großen braunen Augen herum sehen konnte. Sie waren das Letzte, was ich sah, bevor er mich küsste.

In Actionfilmen war es immer so, dass der Held und die Heldin sich kurz vor der großen Schlacht küssen und ganz plötzlich bereit sind, es mit den Aliens aufzunehmen oder dem mutierten Monster oder wem auch immer …

Das verstand ich jetzt.

Luke

Der Koordinator rief die Barrel-Racer auf, und es kostete mich all meine Überwindungskraft, Emmy loszulassen. Ich wollte noch so viele weitere Augenblicke wie diesen hier mit ihr haben.

Sie schnappte sich ihren Cowboyhut von einem Tisch neben uns. »Danke«, sagte sie. Dann drehte sie sich um und ging auf das Eingangstor für die Teilnehmer zu.

Und verdammt, ihr Hintern sah in dieser Jeans wirklich gut aus.

Ich beobachtete sie, bis ich ihr rotes Hemd nicht mehr sehen konnte. Als ich den Blick von der Stelle losriss, wo ich sie zuletzt gesehen hatte, stand Teddy da, die mich musterte. Ich konnte den Ausdruck auf ihrem Gesicht nicht einordnen, aber ich glaubte nicht, dass er etwas Schlechtes bedeutete. Hoffentlich nicht.

Ich hatte tatsächlich vergessen, dass sie bei uns stand und dass sie uns gerade auf eine Weise zusammen gesehen hatte, von der niemand sonst wusste.

»Was ist?«, fragte ich sie.

Sie schüttelte leicht den Kopf, als wäre sie etwas benommen.

»Du bist in sie verliebt«, stellte sie fest. Es war keine Frage.

»Ja, das bin ich.« Es bestand kein Grund, Teddy zu belügen. Wenn sie mir neulich, als sie in mein Büro gekommen war, um mich ins Verhör zu nehmen, nicht ins Gesicht geschlagen hatte, dann würde sie es sicher auch jetzt nicht tun.

»Weiß sie es?«

»Noch nicht.«

»Du solltest es ihr sagen.«

»Das werde ich.«

»Sie liebt dich auch, weißt du.«

Dieser Gedanke jagte mir eine Heidenangst ein, aber ich fühlte mich auch wie der größte Glückspilz der

Welt. Ich wusste nicht wirklich, wie das ging, verliebt zu sein, aber ich wusste, dass ich auf jede erdenkliche Art mit Emmy zusammen sein wollte. Ich wollte die engen Tänze in der Küche, das abendliche Ausgehen und Shots, Ausritte in die Berge, heißen Sex, Mittagsschläfchen und Fahrten auf zweispurigen Highways mit heruntergekurbelten Fenstern.

Alles wollte ich haben.

»Woher weißt du das?«

»Sie hat mich gebeten, dich zu holen.« Teddy zuckte die Achseln. »Emmy bittet nie um irgendetwas. Sie senkt einfach den Kopf und bewältigt die Dinge auf die einzige Art, die sie kennt, nämlich indem sie den Mist in ihrem eigenen Gehirn hin und her schiebt. Aber sie hat darum gebeten, dass du zu ihr kommst.«

Luke

24 Teddy und ich gingen zurück zu den Tribünen, wo sich Emmys Anfeuerungsgruppe niedergelassen hatte.

Als Teddy aufgetaucht war, um mich zu holen, hatte ich gerade in der Schlange gestanden, um allen Bier zu besorgen, aber jetzt war ich wieder hier und ohne Bier. Vielleicht würden sie es nicht bemerken.

»Wo ist unser Bier, Mann?«, fragte Wes.

Mist.

»Die Schlange war verflucht lang.« Was der Wahrheit entsprach. Ich hatte nur nicht allzu lange angestanden …

»Und?«, antwortete Wes.

»So gern hab ich dich nun auch wieder nicht«, verkündete ich. Wes zeigte mir den Stinkefinger.

Camille und Riley waren nicht hier gewesen, als ich gegangen war, aber jetzt waren sie da, ebenso wie Camilles Verlobter. Ich konnte mich ums Verrecken nicht an den Namen des Burschen erinnern und versuchte daher einfach, Situationen zu vermeiden, in denen ich ihn aussprechen müsste.

Ich setzte mich auf den Platz, den Gus für mich freigehalten hatte, zwischen ihm und Amos. Amos drückte meine Schulter, als ich mich setzte.

»Danke, dass du gekommen bist, Luke«, sagte er. »Emmy freut sich bestimmt, dass du hier bist.«

Ich hatte keine Ahnung, warum er das sagte. Wusste er etwas?

»Hm, ähm, ja«, stammelte ich. »Vielleicht.«

Geschmeidig.

Amos bedachte mich nur mit einem schiefen Lächeln. Das machte mich höllisch nervös.

Bevor ich allzu viel hineininterpretieren konnte, dröhnte die Stimme des Ansagers aus den Lautsprechern und verkündete, dass die Barrel-Races gleich beginnen würden. Alle in Emmys Ecke waren plötzlich hellwach. Laut Programm war sie als Letzte dran.

»Weißt du«, begann Amos, »das letzte Mal ist Emmy in Meadowlark zu einem Rennen angetreten, bevor sie aufs College ging. Seitdem habe ich sie Hunderte Male starten sehen, aber es ist etwas ganz Besonderes, sie in einem Rennen in ihrer Heimatstadt zu erleben.«

Klang Amos' Stimme … erstickt? Der Mann hatte keine Angst vor Gefühlen oder Emotionen oder so was. Er sagte seinen Söhnen, dass er sie lieb hatte, er umarmte alle und erlaubte Riley, ihm die Nägel zu lackieren, aber ich hatte ihn wohl noch nie mit feuchten Augen erlebt.

Die ersten beiden Kandidatinnen kamen und gingen, und sie schafften es im Durchschnitt in rund sechzehn Sekunden. Emmy war auf dem Parcours auf Rebel Blue nie schneller gewesen als sechzehn Komma fünf, also konnte sie hier gut mithalten.

Zwei Reiterinnen im Programm warfen eine Tonne um und bekamen dafür fünf Strafsekunden an ihre Zeit angehängt. Ich wusste, dass Emmy sie schlagen konnte.

Das Barrel-Racing ging zügig voran, sodass es nicht lange dauerte, bis Emmy dran war. Die Reiterin vor ihr war an der Startlinie. Als der Startschuss fiel, preschte sie nach rechts. Sie war schnell. Ihr Pferd wirbelte Dreck auf und legte sich ins Zeug, aber sie wirkte unsicher – und stieß sogar gegen eine Tonne. Trotzdem war sie mit fünfzehn Komma sieben Sekunden bisher die Schnellste. Die Tonne, die sie traf, kippte nicht um, deshalb wurden ihrer Zeit keine Strafsekunden hinzugefügt.

»Und nun, nach dem Motto ›das Beste kommt zum Schluss‹ …«, begann der Moderator. Ich erspähte Emmys rotes Hemd in der Arena. Sie ritt mit Maple zur Startlinie. Mein Bein wippte nervös auf und ab. »… tritt zum ersten Mal seit neun Jahren die viermalige Meisterin und Rekordhalterin in ihrer Heimatstadt an: Clementine Rrrryder.« Der Ansager rollte das erste »R« in Ryder ausgiebig, und alle, die für Emmy hier waren, standen auf und drehten durch. Die meisten Leute auf der Tribüne standen ebenfalls auf.

Meadowlark feierte seinen Liebling.

Emmy stand an der Startlinie und sah verdammt gut aus in ihrem braunen Cowboyhut, ihrem roten Hemd und den Wranglers. Sie streichelte Maples Hals. Beide sahen gelassen aus.

Gut so.

Einige Sekunden später erklang der Startschuss, und Emmy preschte los.

Und sie ritt nach links.

Warum zum Teufel ist sie nach links geritten? Wir mussten alle dasselbe gedacht haben, denn ich hörte, wie Gus meine Frage laut aussprach.

Beim Barrel-Racing war es am effizientesten, das geforderte Kleeblattmuster abzureiten, indem man erst zur rechten Tonne ritt, dann zur linken und dann zur mittleren. Aber Emmy steuerte zuerst die linke an und raste enger um diese erste Tonne herum, als ich es je bei ihr gesehen hatte. Der Dreck auf dem Platz flog in alle Richtungen, aber Emmy hatte alles unter Kontrolle.

Selbst von hier aus konnte ich erkennen, dass sie konzentriert war.

Sie steuerte die rechte Tonne an, behielt ihre Geschwindigkeit bei, umrundete sie aber mit etwas mehr Abstand als die erste Tonne. An diesem Punkt lag sie praktisch gleichauf mit der Reiterin vor ihr.

Braves Mädchen.

Es war nur noch eine Tonne übrig, und Emmy hielt direkt darauf zu. Sie wurde nicht langsamer und hielt kaum Abstand dazu ein. Heilige Scheiße. Ihre Koordination war nicht von dieser Welt. Als sie die Tonne umrundet hatte, trieb sie Maple, so schnell sie konnte, auf die Zielgerade zu.

Wir brüllten alle: »Los, los, los«, und Emmy zischte los wie verrückt.

Ich hielt den Atem an, als sie über die Ziellinie raste und Maple erst dann abbremste.

Vierzehn Komma acht Sekunden. Mir blieb fast das Herz stehen, und die Menge brach in Jubel aus, als die Uhr stoppte. Ihr Jubel galt einzig und allein Emmy.

»Leute! Clementine Ryder bleibt weiterhin eine

ernst zu nehmende Größe, die sich mühelos den ersten Platz erkämpft und ihren eigenen Rekord von vierzehn Komma neun unterboten hat. Was für ein Rennen!«, rief der Ansager durch den Lautsprecher.

Wir jubelten. Amos umarmte uns der Reihe nach, Gus schlug mir auf den Rücken, und selbst Teddy klatschte er ab.

Emmy und Maple kamen zurück in die Arena und drehten ihre Siegerrunde. Emmy strahlte. Ihr Lächeln war wie eine wilde Flamme, und ich konnte ihre Wärme von hier aus spüren. Sie entdeckte uns in der Menge und tippte sich an den Hut.

Amos, Gus, Wes, Teddy und ich verließen unsere Plätze und hielten uns nicht mit den anderen Veranstaltungspunkten auf. Camille, ihr Verlobter und Riley blieben bei Hank. Teddy vergewisserte sich schnell bei ihnen, dass sie ihm die Treppe der Tribüne hinunterhelfen konnten, und erklärte ihnen, wo sein Rollstuhl stand.

Wir waren alle nur aus einem Grund hier, und dieser Grund war Emmy, also machten wir uns auf den Weg zu ihr.

Ich ließ Teddy das Rudel anführen, denn ich wollte nicht im Mittelpunkt stehen, wenn ich ihr gratulierte, ganz gleich, wie sehr ich mir das wünschte.

Verdammt, ich war so stolz auf sie.

Als wir es in den Eingangsbereich geschafft hatten, entdeckte ich Emmy in ihrem roten Hemd. Meine Augen hatten den Weg zu ihr gefunden, bevor mein Gehirn sie einholen konnte.

»Emmy!«, rief Teddy, und Emmy schaute herüber und kam auf uns zugelaufen.

Moment mal, nein.
Nicht auf uns.
Auf *mich*.

Emmy

Ich hatte es geschafft. Ich *hatte es* verdammt noch mal geschafft.

Nach dem Unfall, der Panik, der Angst und der Abwärtsspirale, die mich nach Hause geführt hatte, war ich erfolgreich gewesen. Ich hatte mein letztes Rennen so bestritten, dass ich stolz darauf sein konnte, und ich *war* stolz.

Ich führte Maple zu einem Paddock und umarmte und küsste sie ausgiebig, bevor ich mich auf den Weg zum Eingangsbereich machte, in der Hoffnung, dass meine Familie und Luke dort auf mich warteten.

Erst konnte ich sie nicht sehen, als ich mich umschaute.

»Emmy!« Ich hörte Teddys Stimme und drehte mich in ihre Richtung. Da waren sie. Meine Familie, meine beste Freundin und der Mann, von dem ich mir endlich eingestehen konnte, dass ich total und komplett in ihn verliebt war.

Bevor ich wusste, was meine Füße taten, rannte ich auf ihn zu.

Als ich mich in seine Arme warf, fielen unsere beiden Hüte in den Dreck.

Luke lachte leise, als ich mit ihm zusammenprallte, aber er fing mich trotzdem auf. Er wirbelte mich einige Male im Kreis herum, bevor er mit mir stehen blieb.

»Du warst ein richtiges Wunder da draußen«, sagte er. Wie er mich ansah, schnürte mir die Kehle zusammen. Statt ihm zu antworten, küsste ich ihn, während er mich noch im Arm hatte, und ich hielt mich nicht zurück.

Meine Füße schwebten über dem Boden, und er hielt mich mit einem Arm fest und schob mir die andere Hand ins Haar. Es war mir egal, dass meine Familie und fast ganz Meadowlark zusahen. Luke war nicht mein Geheimnis.

Er war einfach mein.

Wir küssten uns für eine Sekunde, völlig versunken in diesen Moment, bevor ich mich zurückzog. Ich lächelte ihn an. Mit dem Blick aus seinen großen braunen Augen suchte er mein Gesicht ab und wirkte benommen, als könnte er nicht glauben, was gerade passiert war. Ich konnte es auch nicht so recht glauben – weder das Rennen noch den Kuss.

»Emmy, ich …«

Luke konnte den Satz nicht beenden, weil Gus gleichzeitig sagte: »Was zum Teufel?«

Luke stellte mich auf den Boden, ließ mich aber nicht ganz los. Er war angespannt, als wäre er bereit, sich in die Schusslinie zu werfen.

Ich schaute zu den anderen hinüber, die dort standen. Teddy lächelte. Mein Dad hatte ein seltsames Grinsen auf dem Gesicht, und der arme Wes sah aus, als verstünde er die Welt nicht mehr.

Gus sah hingegen aus, als wollte er Luke Feuer unterm Hintern machen.

»Was zum Teufel?«, wiederholte er.

»Hör mal, Mann, ich kann es erklären …«, begann Luke.

»Gus …«, fiel ich ihm ins Wort.

»Klappe, Emmy.«

Ich zuckte zurück und spürte, wie Luke mich kurz drückte, bevor er mich losließ und sich vor mich stellte.

»Ich weiß, dass du sauer bist, aber so darfst du nicht mit ihr reden«, erklärte Luke energisch. »Wenn du auf irgendjemanden sauer sein willst, dann sei sauer auf mich.«

»Oh, das bin ich. Willst du mich verarschen, Brooks? Meine *Schwester*? Mit der willst du jetzt herumspielen?«

»August, beruhige dich«, schaltete sich unser Dad ein. Seine raue Stimme war streng. Er benutzte diese Stimme nicht oft, aber wenn er es tat, brachte er uns normalerweise alle zur Vernunft.

Diesmal nicht.

Gus schritt auf Luke und mich zu. Wes versuchte, ihn aufzuhalten, aber er schüttelte ihn ab. Luke reagierte schnell und schob mich wieder mehr hinter sich, war aber nicht schnell genug, um dem Schlag auszuweichen, mit dem Gus ihn attackierte.

Gus' Faust traf Luke krachend im Gesicht, und Lukes Kopf flog nach hinten. Er ging nicht zu Boden, aber er stolperte und achtete trotzdem darauf, mich nicht umzuwerfen. Dieser Mann nahm noch Rücksicht auf mich, obwohl er gerade von meinem Bruder geschlagen worden war.

»Was zur Hölle, Gus!«, kreischte ich. Gus schüttelte seine Hand, als hätte der Schlag ihm wehgetan.

Wieder wollte er auf Luke losgehen, aber jetzt trat ich vor ihn hin. Inzwischen hatte Wes es zu uns herübergeschafft und packte Gus an der Schulter, diesmal fester.

»Das ist doch nicht zu glauben. Ich wusste, dass du verkorkst bist, aber nicht, dass du auch ein Lügner bist«, zischte Gus.

Seine Worte schienen Luke schlimmer zu treffen als sein Schlag.

»Gus, beruhige dich«, meldete sich Wes zu Wort. »Lass uns einfach eine Runde drehen, okay?«

»Eine Runde drehen? Ich soll eine Runde drehen, wenn ich gerade gesehen habe, wie dieses Arschloch unserer Schwester seine Zunge in den Rachen schiebt?« Gus' Stimme war giftig. Luke schob mich wieder energisch hinter sich, um mich vor Gus' Boshaftigkeit zu beschützen. Um uns herum hatte sich ein kleiner Kreis von Leuten versammelt, und ich wusste, dass dies dem Klatschmonster von Meadowlark noch für Wochen Nahrung bieten würde.

»Gus, spiel dich nicht so auf.« Das war Teddy. Sie trat zwischen Gus und Luke und mich und beschützte mich vor den Trümmern, genau wie sie es mir versprochen hatte. »Geh weg, bevor deine Tochter hier auftaucht und sieht, dass du dich wie ein rasender Spinner benimmst, der gerade ihrem Onkel ins Gesicht geschlagen hat.«

Als sie Riley erwähnte, kam Gus zur Vernunft. Er beruhigte sich zwar nicht, aber er sah nicht mehr so aus, als würde er wieder zuschlagen. Er starrte auf Teddy herunter, dann auf Luke und mich.

»Lass es gut sein, mein Sohn«, sagte mein Dad.

»Ich kann nicht glauben, dass ihr das alle einfach so hinnehmt«, erwiderte Gus verbittert, aber er wandte sich ab und ging, und Wes folgte ihm. Wes würde sich um ihn kümmern.

Mein Dad kam auf Luke und mich zu und legte Luke eine Hand auf die Schulter. »Alles okay, Junge?«, fragte er ihn.

»Ja, es geht mir gut. Amos, es tut mir leid …«

Mein Dad hob eine Hand, um Luke zu stoppen. »Nichts da.« Er drehte sich zu mir um. »Clementine, wie wär's, wenn du mit Teddy nach Hause fährst? Vielleicht gibst du Gus ein paar Tage Zeit, sich abzuregen. Ich kümmere mich um Luke.«

»Aber …«, hob ich zu sprechen an, doch mein Dad warf mir einen Blick zu, der mir sagte, dass das hier nicht verhandelbar sei. Teddy kam zu mir herüber, nahm meine Hand und zog mich von Luke weg, was ich wirklich nicht wollte.

»Teddy, ich kann ihn nicht zurücklassen.«

»Doch, kannst du. Es ist nur vorübergehend. Die halbe Stadt wartet darauf, dass Gus wieder auftaucht und ihn noch mal schlägt, und dein Dad wird sich um ihn kümmern. Lass uns von hier verschwinden.«

Luke

25

Ich schaute in den Spiegel. Gus hatte mir ein höllisches Veilchen beschert, aber ich konnte ihm keinen Vorwurf machen. Die äußeren Ränder der Prellung verfärbten sich langsam gelb, aber es sah immer noch ziemlich übel aus.

Seit den Rennen waren einige Tage vergangen, und ich hatte Emmy immer noch nicht wiedergesehen. Ich wollte Gus noch etwas Zeit geben, sich zu beruhigen, aber ich hatte nicht die Absicht, Emmy aufzugeben. Niemals.

Auch wenn ich sie nicht gesehen hatte, sprachen wir jeden Tag miteinander. Sie gehörte mir.

Gus musste an einen Punkt gelangen, an dem ich mit ihm reden konnte, ohne dass er mich noch einmal schlug. Emmy gefiel das nicht, aber ich hatte das Gefühl, dass es viel länger dauern würde, bis Gus mit mir reden würde, wenn er mich weiterhin mit seiner kleinen Schwester sah.

Teddy wohnte so lange bei Emmy in ihrer Hütte, was mich beruhigte. Ich hatte auf Rebel Blue vorerst praktisch Hausverbot. Emmy war sauer auf Gus, und Gus war sauer auf mich.

Ich fühlte mich beschissen.

Als Emmy nach dem ganzen Schlamassel nach dem Rennen mit Teddy weggegangen war, hatte Amos mir an einem der Imbissstände einen Eisbeutel für mein Auge besorgt. Er fragte mich nicht, wann es angefangen oder was ich mir dabei gedacht hätte, was ich eigentlich erwartet hatte. Stattdessen begleitete er mich zurück zu meinem Truck und sagte: »Gus wird sich schon wieder einkriegen.«

»Da bin ich mir nicht so sicher«, antwortete ich.

»Ich schon. Als Emmy nach Hause kam, war sie gebrochen, und man brauchte kein Genie zu sein, um zu erkennen, wer ihr geholfen hat, wieder auf die Beine zu kommen. Danke«, fuhr er fort, »dass du dich um meine Kleine gekümmert hast.«

»Sie kann sich durchaus selbst um sich kümmern«, entgegnete ich.

»Das weiß ich, aber du hast dafür gesorgt, dass sie es nicht allein zu tun brauchte.«

Ich hatte nicht wirklich erwartet, dass irgendeiner der Ryders mich in den höchsten Tönen loben würde, aber Amos schien tatsächlich glücklich über Emmy und mich zu sein. Das tröstete mich über ein paar Tage ohne sie hinweg, auch wenn ich sie wie verrückt vermisste.

Es war seltsam, daran zu denken, dass ich Emmy fast mein ganzes Leben lang gekannt hatte, wir aber halb aneinander vorbeigelebt hatten. Jetzt konnte ich mir ein Leben ohne sie nicht mehr vorstellen. Ich war so sehr mit ihr verbunden.

Ich liebte sie. Von ganzem Herzen.

Und ich war noch gar nicht dazu gekommen, ihr das zu sagen.

Mein Handy summte auf der Badezimmertheke. Es war Emmy. Sie hatte mir ein Foto von ihrem Handydisplay geschickt. Sie hörte gerade Brooks & Dunn.

Emmy: Guten Morgen.

Emmy: Ich vermisse dich.

Luke: Wenigstens hast du einen anderen Brooks da, der dir Gesellschaft leistet.

Luke: Ich vermisse dich auch, Sugar.

Es klingelte bei mir an der Tür, was seltsam war – niemand kam je zu mir nach Hause. Die meisten Leute wussten nicht mal, dass mein Haus hier stand. Wenn mich jemand brauchte, suchte er mich zuerst im *Devil's Boot* oder auf Rebel Blue. Ich verließ mein Badezimmer und betastete noch einmal mein blaues Auge, bevor ich zur Haustür ging und sie öffnete.

Es war Gus. Er sah mitgenommen aus, als hätte er nicht geschlafen. Sein Bart, den er normalerweise ordentlich stutzte und kurz hielt, war länger, als ich ihn je gesehen hatte.

»Darf ich reinkommen?«, fragte er.

Ich lehnte mich an den Türrahmen und verschränkte die Arme vor der Brust. »Ich weiß nicht«, antwortete ich. »Bist du hier, um mir noch ein blaues Auge zu verpassen?«

Gus schaute auf seine Füße. »Nein, ich bin hier, um über Emmy zu sprechen.«

Damit hatte ich nicht gerechnet. Ich trat von der Tür zurück und gab ihm grünes Licht hereinzukommen. Ich fand es schrecklich, dass zwischen uns eine solche Verlegenheit herrschte.

»Willst du eine Tasse Kaffee?«, fragte ich. Es war noch früh, gegen sieben, sonst hätte ich ihm ein Bier angeboten. Womöglich würde ich eins brauchen, um dieses Gespräch durchzustehen.

»Ja, das wäre schön.«

Ich ging in die Küche, wo meine Kaffeemaschine die Kanne fertig gebrüht hatte, die ich nach dem Aufwachen heute früh aufgesetzt hatte. Als ich uns beiden eine Tasse eingeschenkt hatte, setzten wir uns an den Küchentisch.

Das hier war verflucht seltsam. In den fast zwei Jahrzehnten unserer Freundschaft hatte es zwischen Gus und mir noch nie einen unangenehmen Moment gegeben. Es hatte nie einen Streit gegeben, der länger als ein paar Stunden gedauert hatte. Wir saßen ein paar Sekunden lang schweigend da. Gus war der Erste, der das Wort ergriff.

»Es tut mir leid, dass ich dich geschlagen habe«, sagte er. Entschuldigungen von Gus Ryder waren eine Seltenheit. »Aber du weißt, dass das mein erster Impuls ist, wenn ich jemanden meine Schwester küssen sehe.«

»Mir tut es leid, dass du es auf die Art erfahren musstest«, entgegnete ich, und das stimmte auch, aber ich würde mich nicht dafür entschuldigen, seine Schwester geküsst zu haben. So oder so, Emmy gehörte mir.

Wir verfielen wieder in Schweigen.

»Es tut mir leid. Was ich nach dem Rennen zu dir gesagt habe. Das habe ich nicht so gemeint.« Was sollte ich ihm dazu sagen? Gus' Worte hatten richtig wehgetan, obwohl ich versucht hatte, sie an mir abperlen zu lassen. Gus schaute auf seine Kaffeetasse hinunter, bevor er sagte: »Du bist einer der besten Menschen, die ich kenne.«

»Du weißt, wie man einen Mann dort trifft, wo es wehtut«, sagte ich.

»Es tut mir wirklich leid.«

»Mir auch«, sagte ich und seufzte. Ich hasste es, dass das alles so verfahren war, und ich wusste, dass es meine Schuld war, weil ich mich in Emmy verliebt hatte, aber das würde ich niemals bereuen können. Ich würde es nie bereuen, mit ihr diese Grenze überschritten zu haben. Wir hatten das gemeinsam getan, und es war das Beste, das mir je passiert war.

»Wie lange geht das schon so?«, fragte Gus.

»Es hat ein paar Wochen nach Emmys Rückkehr nach Hause angefangen«, antwortete ich wahrheitsgemäß. Gus schürzte die Lippen. Ich konnte erkennen, dass er wütend werden wollte, sich aber im Zaum hielt.

Gott sei Dank. Ich wollte nicht noch einen Schlag oder eine weitere verbale Attacke einstecken.

»Und du bist nie auf die Idee gekommen, mir zu sagen, dass du auf meine kleine Schwester stehst?«

»Natürlich bin ich auf die Idee gekommen, und ich hätte es auch getan, sobald Emmy bereit war, aber kannst du ehrlich sagen, du hättest anders reagiert?«

Gus blinzelte langsam. »Moment mal.« Er schüttelte ungläubig den Kopf. »Hast du gesagt, du wolltest es mir erzählen, sobald Emmy bereit war?« Ich nickte. »Also warst nicht du derjenige, der es geheim gehalten hat?«

»Nein, Emmy wollte warten, bevor wir es irgendjemandem erzählen.«

»Du warst nicht derjenige, der es verheimlichen wollte?«

»Nein. Als ich merkte, was zwischen uns vor sich ging, wollte ich es dir erzählen.« Das war die Wahrheit. Ich hatte nur nicht gewusst, wie ich es anstellen sollte.

»Und was geht da nun zwischen euch vor?«

Ich holte tief Luft und hoffte, dass ich mir mit meinen nächsten Worten nicht noch einen Schlag einhandeln würde, aber Gus musste die Wahrheit hören.

»Ich bin in sie verliebt. Und zwar so richtig, total in sie verliebt.« Gus' Augen weiteten sich. Er war mein bester Freund. Wir redeten über Dinge. Er wusste, dass ich noch nie jemanden so geliebt hatte, wie ich dachte, dass ich es tun sollte, und dass ich nicht einmal gewusst hatte, ob ich dazu fähig sein würde, aber das war vor Emmy gewesen.

Sie bedeutete mir alles.

»Liebt sie dich auch?«, fragte er nach einer Sekunde.

»Ich weiß es nicht. Ich habe es ihr noch nicht gesagt«, gestand ich.

»Du hast es ihr nicht gesagt?«

»Na ja, ich wollte es gerade tun, aber dann hat mir irgend so ein Arschloch ins Gesicht geschlagen. Das hat uns ... nun ja ... den Moment ruiniert, weißt du?«

Gus grinste mich verlegen an und rieb sich den Nacken. »Hör mal, es ist verflucht schräg, dass du mit meiner Schwester zusammen bist, aber sie ist seit dem Rodeo total mies drauf. Sie weigert sich, mit mir zu reden, und macht ihre ganze Arbeit auf der Ranch allein. Ich hasse es, wenn sie sich so abschottet.«

So reagierte Emmy immer, wenn es ihr schlecht ging.

»Und ich bin sauer, dass du mich angelogen hast, ausgerechnet über die eine Person auf dem Planeten, die für dich hätte tabu sein sollen, aber ich hab nicht gedacht, dass ich dir das sagen müsste. Ich werde dich nicht anlügen und behaupten, dass ich damit einverstanden bin, denn das bin ich nicht.«

Autsch.

»Aber ich glaube …« Er seufzte. »Ich könnte da hinkommen. Eines Tages.« Ich sah ihn an und wartete darauf, dass er weitersprach. »Emmy passt heute Morgen auf der Südseite der Ranch auf die Kälber auf.« Ich musste verwirrt dreingeschaut haben, denn er fuhr fort: »Ich sage dir das, damit du sie finden kannst, wenn du sie finden willst, um ihr zu sagen, dass du sie liebst oder so.«

Meinte er das ernst?

Ich hatte nicht die Absicht, einem vergebenden Gaul ins Maul zu schauen. Er brauchte mir das nicht zweimal zu sagen. Ich stand von meinem Küchentisch auf und schnappte mir meine Schlüssel von dem Haken an der Haustür. Dann kam ich zurück und streckte Gus die Hand hin, in der Hoffnung, dass er sie ergreifen würde.

Er tat es, und wir schüttelten einander die Hände.

Als ich zur Haustür hinauslief, rief er mir nach: »Nur damit du es weißt, wenn du meiner Schwester das Herz brichst, ist ein blaues Auge noch das geringste deiner Probleme.«

Emmy

26

Mein Blick wanderte über Rebel Blue, und ich sah gelbe und rote Farbtupfer zwischen den ansonsten grünen Blättern der Bäume. Der Herbst war im Anmarsch. Heute Morgen war ich auf der Südseite der Ranch, um sicherzustellen, dass keine Kälber durch den Zaun schlüpften. Das hatten sie dieses Jahr öfter getan als sonst, und wir hatten noch nicht alle Löcher im Zaun flicken können.

Da war ich also.

Allein.

Maple trottete mit mir am Zaun entlang. Der stille Morgen machte es mir leicht, mich in meinen Gedanken zu verlieren. Sie überschlugen sich wieder, genau wie damals, als ich nach Meadowlark zurückgekommen war.

Es war noch früh, aber ich hatte nicht besonders gut geschlafen und es deshalb nicht schwer gefunden, aus dem Bett zu kommen, was schon etwas heißen wollte.

Ich schlief erheblich besser, wenn mein Würgeschlangen-Cowboy seine Arme um mich schlang. Auf

Gus war ich immer noch stinksauer. Er hatte während der letzten Tage versucht, mit mir zu reden, aber mein Wachhund Teddy hatte ihn nicht in meine Hütte gelassen. Wenn ich mit ihm redete, würde ich garantiert etwas sagen, das ich bereuen würde.

Teddy wohnte seit ein paar Tagen bei mir und ließ mich Trübsal blasen, aber sie gab mir auch die Möglichkeit, über alles zu reden, was passiert war – die Tatsache, dass ich die regionalen Wettkämpfe gewonnen hatte, was ich als Nächstes tun wollte und natürlich über Luke.

»Ich kann immer noch nicht glauben, dass Luke für dich Prügel kassiert hat. Normalerweise ist er derjenige, der zuschlägt«, hatte sie gesagt, als wir am Morgen nach dem Rennen in meinem Bett gelegen hatten. »Es hat ihn schlimm erwischt, Emmy. Du hättest ihn bei dem Rennen auf der Tribüne sehen sollen. Er konnte den Blick nicht von dir losreißen. Wieso nicht alle schon vor dem Kuss wussten, dass der Mann in dich verknallt ist, ist mir ein Rätsel. Es tut mir leid, dass dein großer Augenblick von Gus überschattet wurde, der sich wie ein totaler Vollidiot benommen hat«, fuhr sie fort.

»Er war wirklich grässlich. Ich kann nicht fassen, was er alles zu Luke gesagt hat«, antwortete ich. Luke war bei Gus' Worten heftiger zusammengezuckt als bei seinem Schlag. Einen Schlag konnte Luke verkraften, aber nicht, dass sein bester Freund ihn hasste.

»Er hat sich echt mies benommen«, fuhr Teddy fort. »Aber ich weiß, dass sie das klären werden. Sie würden einander zu sehr vermissen, wenn sie es nicht täten.«

»Hoffentlich hast du recht. Danke, dass du eingegriffen hast, als das alles passiert ist. Du hast ihn dazu gebracht, sich zu beruhigen oder wenigstens wegzugehen.«

Teddy hatte genau gewusst, was sie an dem Tag zu Gus hatte sagen müssen.

»Ich habe dir ja gesagt, dass ich mit ihm fertigwerde«, erwiderte sie. »Hast du mal mit Wes geredet? Er hat die ganze Sache ziemlich gelassen aufgenommen.«

»Ja, hat er. Er will mich zwar auch schützen, aber nicht auf dieselbe Weise wie Gus. Wes merkt, wenn Menschen unglücklich sind, und ich war so unglücklich, als ich nach Hause zurückkam. Er ist wohl einfach erleichtert, dass es mir gut geht«, stellte ich fest. »Außerdem wusste er, dass etwas im Busch war, als ich am Morgen nach dem Familienessen die Tür in einem altbekannten Männer-T-Shirt öffnete und als Brooks nicht am Stall war, obwohl sein Truck auf der Ranch stand.«

Teddy lachte laut auf bei diesen Worten. »Gott, ihr zwei seid wirklich miserabel darin, ein Geheimnis für euch zu behalten.«

»Ich weiß. Und ich glaube, mein Dad wusste es auch. Es war, als hätten alle nur darauf gewartet, dass wir uns verplappern, damit wir wieder zur Tagesordnung übergehen konnten.«

Mein Dad war nach der Sache mit dem Faustschlag in meine Hütte gekommen, um mir zu sagen, dass mit Luke alles okay sei. Bevor er gegangen war, hatte er mir eine Amos-Ryder-Umarmung zuteilwerden lassen und hinzugefügt: »Es gefällt mir, das mit dir und Luke.«

»Ich meine, als ich erst mal über den anfänglichen Schock hinweg war, fand ich auch, dass das mit dir und

Luke passt. Und als ich dann beobachtet habe, wie er dich vor dem Rennen beruhigt hat« – Teddy fächelte sich Luft zu, bevor sie weitersprach –, »da dachte ich bei mir, verdammt, die zwei sind echt brandheiß zusammen.«

»Sei still«, sagte ich lachend.

»Es ist wahr. Ich habe dich noch nie so dahinschmelzen sehen. Und ich habe Brooks noch nie so unbeschwert gesehen. Ich glaube, ihr beide bringt die weiche Seite des jeweils anderen zum Vorschein.«

»Was soll das denn heißen?«

»Manche Liebesgeschichten brennen heiß und schnell, aber ihr zwei tut es eher verhalten und langsam«, erklärte sie. »Das ist eine starke und beständige Art von Liebe.« Sie hatte recht. Mehr als alles andere gab Luke mir ein Gefühl von Sicherheit. »Gus wird sich schon einkriegen«, schloss Teddy.

Ich hoffte es wirklich.

Morgens hatte ich Gus am Haupthaus gesehen und ihm die kalte Schulter gezeigt, was ihn wahrscheinlich noch mehr geärgert hatte. Es war mir egal. Ich hatte meinen Bruder lieb – genug, dass ich Luke seit ein paar Tagen nicht gesehen hatte, weil ich Gus etwas Zeit geben wollte, sich mit der Tatsache abzufinden, dass sein bester Freund und seine kleine Schwester zusammen waren. Im Großen und Ganzen waren ein paar Tage ohne Luke nichts im Vergleich zu dem Leben, das ich mit ihm zu verbringen plante, aber ich hasste es trotzdem, von ihm getrennt zu sein.

Ich wusste, dass Luke erst mit Gus reden wollte, um wenigstens zu versuchen, reinen Tisch zu machen, aber inzwischen war ich es wirklich leid, ihn nicht sehen zu können.

Ich liebte ihn.

Und ich hatte noch nicht einmal die Gelegenheit gehabt, es ihm zu sagen.

Das mit Luke war so unerwartet passiert, vor allem für eine Frau, die ihr Leben lang Dinge auf ihrer To-do-Liste abgehakt hatte. Darauf hatte nirgendwo geschrieben gestanden: »Verliebe dich in Luke Brooks«, aber ich hatte es trotzdem getan.

Auf der Liste hatte auch nicht gestanden: »Geh zurück nach Meadowlark«, aber auch das hatte ich getan. Anfangs war ich nicht nach Meadowlark zurückgekommen – ich war lediglich aus Denver davongelaufen.

Jetzt hatte ich vor zu bleiben.

Und ich hatte vor, mit Luke zusammenzubleiben.

Sobald Gus aufhörte, sich deswegen wie ein großes Kind zu benehmen.

Ich ließ den Blick weiter über Rebel Blue wandern und dachte dabei an Luke. Er fehlte mir so sehr, dass ich mir fast einbildete, ihn meinen Namen rufen zu hören.

Ich seufzte.

Aber dann hörte ich es erneut. Maples Ohren zuckten, also musste sie auch etwas gehört haben. Das bedeutete, dass sich nicht alles nur in meinem Kopf abspielte.

Ich nahm ihre Zügel auf, um sie im Kreis gehen zu lassen und herauszufinden, woher die Stimme kam. Von Norden sah ich ein Pferd mitsamt Reiter auf Maple und mich zu galoppieren.

Diesen Reiter hätte ich überall erkannt.

Luke.

Er ritt über die Ranch und trieb Friday, so schnell

er konnte, durch den taufeuchten Morgen. Als er näher kam, saß ich schnell von Maple ab und schlang ihre Zügel über den Zaunpfahl, an dem wir standen.

Als sie noch ungefähr fünf Meter von uns entfernt waren, sprang Luke buchstäblich noch im Galopp von Friday und landete irgendwie auf den Füßen. Friday blieb neben Maple stehen. Mir fiel auf, dass er nicht einmal aufgezäumt und gesattelt war. Luke war ohne Sattel über die unwegsamsten Pfade der Ranch geritten.

Alles, um zu mir zu kommen.

Ich sah ihn an. Seine Brust hob und senkte sich schnell, und seine Augen leuchteten. Er hatte keinen Hut auf, deshalb war sein Haar vom Reiten ganz durcheinander. Er sah aus wie ein Besessener.

Auf eine gute Art. Auf die beste Art.

Es waren nur wenige Tage vergangen, aber ich hatte das Gefühl, ihn seit Monaten nicht gesehen zu haben. Keine Sekunde länger konnte ich es aushalten, ihn nicht zu berühren.

Wir rannten gleichzeitig aufeinander zu, bis wir uns mit Wucht in die Arme fielen.

Er hielt mich fest – als hätte er Angst, ich könnte verschwinden.

»Hey, Sugar«, murmelte er mir ins Ohr.

»Hi«, hauchte ich. »Was machst du hier?«

»Ich muss dir etwas sagen.«

Ich musste ihm auch etwas sagen, aber ich würde ihm den Vortritt lassen. Er nahm mein Gesicht zwischen seine kräftigen Hände, und ich hielt seine Handgelenke fest. Er sah mir mit seinen großen braunen Augen forschend ins Gesicht und wirkte nervös.

»Ich liebe dich, Clementine Ryder«, sagte er ernst.

Mir stockte der Atem. »Ich bin so wahnsinnig verliebt in dich.«

Tränen stiegen mir in die Augen, als er sprach.

»Du und dein verdammter Rock, mit dem du vor ein paar Monaten in meine Bar gekommen bist, ihr habt mein Leben komplett auf den Kopf gestellt, und ich will es nie wieder anders haben.«

Eine Träne stahl sich aus meinem Augenwinkel. Luke fing sie auf.

So wie er mich im Laufe der vergangenen Monate unzählige Male aufgefangen hatte.

»Nicht weinen, Sugar. Du weißt, ich hasse es, wenn du weinst.«

»Das sind Glückstränen«, beteuerte ich. Dann küsste er mich, sanft und sinnlich. Seine Lippen auf meinen zu spüren, war eines der Dinge, an die ich mich nie gewöhnen würde. Es fühlte sich einfach so richtig an – wozu waren meine Lippen überhaupt da, wenn nicht dazu, diesen Mann wie verrückt mit Küssen zu bedecken? Dabei bewegten wir uns so harmonisch und waren ganz ineinander versunken. Von seinem Griff um meine Taille wurde mir von innen heraus ganz heiß.

»Du bist die Richtige für mich, Emmy«, sagte er dicht an meinem Mund. Jetzt war ich nicht nur trunken von seinen Küssen, sondern auch von seinen Worten.

Wenn Lukes und meine Lippen sich berührten, fühlte sich mein Kopf immer ganz wuschig an. Auf eine gute Art. »Ich muss dir auch etwas sagen«, flüsterte ich zwischen zwei Küssen.

»Später«, knurrte er und küsste mich weiter, während er eine seiner Hände auf meinem Rücken nach unten schob. Aber ich legte ihm die Hände auf die Brust und lehnte mich etwas zurück. Er sah mich hungrig an, als hätten ihn einige Tage ohne mich in den Wahnsinn getrieben.

Damit waren wir schon zu zweit.

Aber ich musste es loswerden. »Ich liebe dich auch, Luke Brooks. Du bist für mich auch der Richtige.«

Luke schenkte mir eines meiner Lieblingslächeln, das die Falten um seine Augen zum Vorschein brachte, und ich warf mich ihm wieder einmal in die Arme.

Home sweet home.

Epilog

Luke

Ich sah zu Emmy hinüber, die immer noch im Tiefschlaf neben mir lag. Noch nie hatte ich jemanden getroffen, der so tief schlief. Wahrscheinlich würde nicht einmal eine Bombe sie wecken. Unsere Beine waren miteinander verschlungen, ihr Mund stand weit offen, und ihre Haare waren ein einziges Durcheinander. Sie schnarchte leise. In einem meiner alten T-Shirts sah sie verdammt gut aus.

Diese Frau war die Liebe meines Lebens.

Ich strich ihr eine Haarsträhne aus dem Gesicht, und sie schmiegte sich in meine Berührung. Als ich ihr einen sanften Kuss auf die Schläfe drückte, regte sie sich und schlang die Arme um mich.

Und sie fand, ich wäre eine Würgeschlange.

»Guten Morgen«, sagte sie mit einem Gähnen.

»Morgen, Sugar. Gut geschlafen?«

»Mmmmh. Wie spät ist es?«

»Kurz nach sechs.« Emmy stöhnte. Die frühen Morgenstunden waren nicht ihr Ding. »Du musst zur Ranch, Sugar.«

Es war der erste Tag, an dem auf Rebel Blue die Reitstunden in der Halle stattfanden. Emmy hatte alle Kurse übernommen. Ich hatte ihr meine mit Freuden überlassen. Gus bat mich immer noch, unter der Woche in den Ställen auszuhelfen, aber ohne den Reitunterricht hatte ich jetzt sehr viel mehr freie Zeit. Das bedeutete, dass ich mich auf die Bar konzentrieren konnte.

Die Situation zwischen Gus und mir war nicht perfekt, aber es wurde besser. Er hatte aufgehört, jedes Mal sichtlich zusammenzuzucken, wenn ich Emmy in seiner Gegenwart berührte, was ich als Erfolg wertete.

»Gibt's Kaffee?«, fragte Emmy. Sie hatte das Gesicht an meiner Brust vergraben.

»Immer«, versicherte ich ihr und drückte ihr einen weiteren Kuss aufs Haar. Ich wachte liebend gern neben ihr auf. Normalerweise verbrachte sie mindestens ein paar Nächte die Woche bei mir, und das waren meine Lieblingsnächte.

Emmy küsste sich über meine Brust bis zu meinem Hals, und sofort wurde mein Schwanz munter. *Diese Frau.*

»Emmy.« In meiner Stimme lag eine Warnung. Emmy kicherte nur, und ich spürte ihren Atem auf meiner Haut. Bei meiner Liebsten konnte ich mir nicht helfen. Ich schob meine Hände unter ihr T-Shirt und fuhr mit ihnen an ihrem Körper auf und ab, während sie meinen Mund zu ihren Lippen zog.

Schließlich wälzte ich uns beide herum, sodass ich auf ihr lag. »Du darfst dich nicht gleich an deinem ersten Tag verspäten«, sagte ich dicht an ihrem Mund. Dabei schoben meine Finger bereits wie von selbst ihren Slip beiseite und glitten in sie hinein, weil es mir eigentlich egal war, ob sie zu spät kam.

»Dann solltest du mal lieber schnell machen.« Ihre Stimme war atemlos.

Ich warf ihr einen vielsagenden Blick zu.

»Ist das eine Herausforderung?«, fragte ich, während ich zwei meiner Finger in ihr versenkte. Sie bog den Rücken durch und schenkte mir ein kleines Stöhnen. »Antworte mir, Sugar. Forderst du mich dazu heraus, dich kommen zu lassen?«

»Ja«, hauchte sie. »Bitte.« Ich stieß meine Finger in sie hinein und zog sie wieder heraus, und mit dem Daumen zog ich Kreise um ihre Klitoris und übte sanften Druck darauf aus. Als ich den Mund auf ihre Brustwarze senkte und sanft zubiss, keuchte sie.

»Du bist ja schon ganz feucht. Ich wette, du hast schmutzige Träume von mir gehabt«, neckte ich sie, bevor ich mir einen Weg an ihrem Hals hinauf leckte. Emmy rieb sich hemmungslos an meiner Hand.

Das bedeutete, dass sie kurz davor war. Ich kannte ihren Körper in- und auswendig, liebkoste weiter ihre Klitoris und übte Druck aus, während sie sich gegen meine Hand bewegte. Das brauchte sie, genau wie die Reibung.

Sie versteifte sich, und ich wusste, dass sie schnell auf den Höhepunkt zusteuerte. Also stützte ich mich auf die Ellbogen, damit ich sie ansehen konnte. Zu beobachten, wie sie kam, war noch schöner als ein Sonnenaufgang in Wyoming. Ihr Mund war leicht geöffnet, und sie verdrehte die Augen. Normalerweise zwang ich sie in dem Moment, mich anzusehen.

Aber nicht heute.

Heute wollte ich einfach nur beobachten, wie sie sich auflöste.

Und das tat sie.

Ich streichelte sie durch den Orgasmus hindurch, und mein Schwanz sehnte sich schmerzhaft nach ihr. Als sie langsam runterkam, zog ich ihr unsanft die Unterwäsche von den Beinen und warf sie quer durch den Raum. Dann positionierte ich mich an ihrer Mitte und stieß in sie hinein. Wir stöhnten beide, und ich ließ mich auf meine Unterarme sinken, um sie wieder zu küssen, bevor ich uns herumdrehte, sodass sie nun auf mir lag.

Sie warf den Kopf in den Nacken, und ich spürte ihr langes Haar, das über meine Oberschenkel strich, während sie sich auf mir bewegte.

Was für ein fantastischer Anblick.

»Reite mich, Sugar.«

Während Emmy unter der Dusche stand, machte ich uns ein schnelles Frühstück – Eier und Toast. Ich selbst war eigentlich ein Vollkornbrot-Typ, aber Emmy bevorzugte Sauerteig. Während ich die Eier brutzelte, summte mein Handy. Es war eine Nachricht von meiner Mom.

John war ein paar Tage nach unserem Besuch nach Hause gekommen. Angeblich war er von der Straße abgekommen und hatte keinen sicheren Ort zum Umdrehen gefunden. Die Tatsache, dass der GPS-Sender seines Trucks vor einer Reihe von Casinos in Reno wieder ansprang, hatte ganz bestimmt nichts damit zu tun, dass er für ein paar Tage von der Bildfläche verschwunden war.

Meine Mom und ich hatten immer noch keine wirkliche Beziehung zueinander, aber jetzt, da sie meine Nummer hatte, redeten wir etwas häufiger miteinander. Ich war mir nicht sicher, was ich davon halten sollte, aber ich konnte nicht leugnen, dass es schön war, das Gefühl zu haben, ihr wichtig zu sein.

Als Emmy nach ihrer Dusche in die Küche kam, beschleunigte sich mein Herzschlag.

Sie war so verflucht schön in ihrer engen Jeans und dem langärmligen weißen T-Shirt. Ich liebte ihr wirres Haar, aber ich liebte es auch, wenn sie es sich aus dem Gesicht frisierte, wie sie es heute getan hatte.

»Es riecht so gut hier drin«, bemerkte sie, als sie sich die Tablettenbox von der Theke schnappte, die ich für sie besorgt hatte. Sie wollte ihre ADHS-Medikamente konsequenter einnehmen, und ich hatte mir gedacht, sie würde sie nicht vergessen, wenn sie sie nicht bei jeder Übernachtung mitnehmen müsste.

Sie ging zum Schrank, holte zwei Becher heraus – einen für jeden von uns – und füllte sie. Ich stand am Kühlschrank, daher holte ich die Kaffeesahne heraus und schob sie ihr über die Theke zu. Ich mochte keine Sahne in meinem Kaffee, aber ich hatte angefangen, für Emmy welche zu kaufen.

Als sie die Becher mit dem Kaffee auf den Tisch stellte, folge ich ihr mit unserem Frühstück, und wir setzten uns einander gegenüber. Emmy begann zu essen, und ich wühlte in meiner Tasche, bis ich das Ding aus Metall fand, nach dem ich suchte. Ich legte es auf den Tisch und schob es zu ihr hin.

Sie hielt mitten im Kauen inne, und mein Herz hämmerte in meiner Brust. War dies ein Fehler?

»Ist das das, wofür ich es halte?«, fragte sie und legte ihre Gabel hin. Sie betrachtete den Schlüssel auf dem Tisch und dann wieder mich. Ich nickte nur, unfähig, ein Wort herauszubringen.

Ihr Blick wanderte wieder zu dem Schlüssel und blieb dort für eine Weile hängen. *Verdammt.* Ich hatte das hier wirklich vermasselt, hm? Natürlich wollte sie keinen Schlüssel zu meinem Haus haben. Das war total absurd.

Meine Gedanken wirbelten weiter durcheinander, bis Emmy mich wieder ansah und lächelte. Bei diesem Lächeln blieb mir schier das Herz stehen.

Sie nahm den Schlüssel von der Theke, stand auf, kam um den Tisch herum und setzte sich auf meinen Schoß.

»Wir können es langsam angehen«, sagte ich schnell. Für einen Mann, der vor kaum einer Minute noch nicht hatte sprechen können, spuckte ich jetzt verdammt viele Worte aus. »K-kein Druck oder so was. Wie gesagt, wir können es langsam angehen. Ich habe in unserem Zimmer eine Schublade für dich freigeräumt, und im Badezi…« Ich bekam keine Gelegenheit, den Satz zu beenden, weil Emmy mich küsste.

»Sei still, Luke«, sagte sie, als sie sich leicht zurücklehnte. Dann legte sie ihre Stirn an meine.

»Ist … ist das ein Ja?«, fragte ich. Meine Stimme war nur ein Flüstern. Ich hatte Angst, sie irgendwie zu verschrecken, aber Emmy nickte. Ich nahm ihre Hand und führte sie an meine Lippen, um ihr einen Kuss in die Handfläche zu drücken.

»Ich liebe dich«, sagte sie. Es spielte keine Rolle, wie oft sie es sagte. Diese Worte wärmten mir immer noch das Herz, genau wie beim ersten Mal.

Emmys Rückkehr nach Meadowlark war das Beste, was mir je passiert war. Als sie wieder nach Hause gekommen war, hätte ich nie erwartet, ihre Freundschaft zu gewinnen, erst recht nicht, mich in sie zu verlieben. Wir hatten die meiste Zeit unseres Lebens nur am Rande miteinander zu tun gehabt, aber jetzt stand sie im Mittelpunkt.

Ich dachte wieder an jenen ersten Abend zurück, als ich sie im *Devil's Boot* gesehen hatte. Damals hatte ich es nicht gewusst, aber meine Sugar hatte zu kämpfen gehabt. Da war sie nur die Hülle der Frau gewesen, die ich jetzt über alles liebte. Sie hatte nur ein bisschen Feuer gebraucht.

»Ich liebe dich auch, Clementine Ryder.«

Danksagung

An meine Eltern, die jede Entscheidung, die ich je getroffen habe, unterstützt haben, selbst die dummen, ich liebe euch. Ihr beide seid der Grund, warum ich Liebesgeschichten liebe, warum ich sie schreiben kann und warum ich an Happy Ends glaube. Aber bitte lest niemals dieses Buch. Ich werde euch Cliffs Anmerkungen geben.

An Stella: Mein kleiner Engel. Du warst mein Schreibkumpel bei College-Aufsätzen, trauriger Amateurlyrik, einer Diplomarbeit, all den unvollendeten Büchern, die in den Tiefen meines Google Drive schlummern, und jetzt bei *Done and Dusted*. Ich habe dich immer lieb, auch wenn du meinen Laptop von der Couch schiebst.

An meine liebe Lexie: Ohne dich würde es dieses Buch gar nicht geben. Danke, dass du dir jede Idee, die ich je hatte, angehört und sie unterstützt hast. Dein Glaube an mich könnte Berge versetzen, und für mich hat er das auch getan. Meadowlark wurde für dich und Mav erschaffen.

An Sydney: Du hältst mich in allen Dingen auf Kurs, und dieses Buch bildet da keine Ausnahme. Danke, dass du bei jedem Schritt dabei warst. Du zähmst den Chaos-Goblin in mir auf eine Weise, wie es nur ein Freund kann.

An meine Brüder: Mom wäre sauer auf mich, wenn ihr nicht dabei wärt, also danke, dass ihr keine heißen Freunde habt, in die ich mich verlieben könnte, denke ich. Trotzdem finde ich euch ganz in Ordnung.

An meine Englischlehrerin in der siebten Klasse und den Schreibclub an der Sunset Junior High: Danke, dass ihr die Ersten wart, die meine Geschichten gelesen haben. In dieser Story kommen zwar keine Drachen vor, aber ohne die Geschichten, in denen sie vorkamen, gäbe es sie nicht.

An meine Beta-Leserinnen Amanda und Candace: Ihr habt dieses Buch in seiner reinsten Form gesehen und seid nicht schreiend weggelaufen. Danke, dass ihr mir geholfen habt, *Done and Dusted* zu etwas zu formen, das es wert ist, gelesen zu werden. Ich kann gar nicht genug betonen, wie viel ihr beide mir bedeutet. Ich bin unglaublich dankbar, dass es euch gibt. Ich danke euch!

Emma & Kayla: Dank euch fühle ich mich nie allein. Ich danke euch.

Angie: Danke, dass du meinen Traum so bedingungslos unterstützt hast.

An Tayler, meine Lektorin: Du bist ein absoluter Star. Du warst im wahrsten Sinne des Wortes meine Teamkollegin, als ich dieses Buch geschrieben habe. Die Zusammenarbeit mit dir ist eine Freude und eine Ehre. Ich danke dir für alles.

An meinen unglaublich talentierten Cover-Künstler Austin: Du hast mir das Cover meiner Träume erstellt. Ich hätte nie gedacht, dass sich die Inspiration, die ich von alten Rodeopostern in meiner Heimatstadt bekam, in das perfekte Buchcover verwandeln würde. Ich kann kaum erwarten zu sehen, was du mit dem Rest der Serie anstellst.

An meine ARC-Leser: Danke, dass ihr meinem Debüt eine Chance gegeben habt und gespannt genug wart, es zuerst zu lesen. Eure Energie hat mir geholfen, die letzten Wochen vor der Veröffentlichung durchzustehen. Ihr seid wirklich die Besten!

An alle, die *Done and Dusted* vor der Veröffentlichung unterstützt haben: Ich danke euch. Ich wünschte, ich könnte jeden Einzelnen von euch umarmen. Eure Unterstützung und eure lieben Worte haben mir alles bedeutet. Dieses Buch hat mich mit so vielen netten Menschen zusammengebracht, dafür bin ich sehr dankbar.

An die Person, die das hier gerade liest: Danke, dass du dir ein Exemplar von *Done and Dusted* gekauft hast. Ich hoffe, die Geschichte von Emmy und Luke hat dir Freude bereitet, dich zum Lächeln gebracht und vielleicht sogar zum Lachen. Danke, dass du ein Teil meines Traums bist.

Und schließlich an mich. Du hast es geschafft. Ich hoffe, du wirst nie aufhören, Geschichten zu erzählen. Ich bin stolz auf dich.

Triggerwarnung

(Achtung, Spoiler!)
Done & Dusted enthält potenziell triggernde Inhalte.
Diese sind:
Ängste, Trauma nach einer Verletzung,
Alkoholkonsum, Diskussionen über ADHS,
Erwähnung von Drogen, Erwähnung eines Expartners
mit potenziell kontrollierendem Verhalten,
Tod eines Elternteils (in der Vergangenheit, indirekt),
Panikattacken (eine direkt), Erwähnung eines
toxischen Umfelds in der Kindheit und toxischer
elterlicher Beziehungen.

Bitte lest dieses Buch nur, wenn ihr euch
momentan dazu in der Lage fühlt. Falls es euch
mit diesen genannten oder auch anderen Themen
nicht gut geht, findet ihr unter der Nummer
der Seelsorge kostenlose und anonyme Hilfe.

0800-1110 111/0800-1110 222
https://www.telefonseelsorge.de/

everlove

Die Liebe ist wunderbar und
unendlich vielseitig!
Deshalb finden bei everlove auch alle
Facetten der Liebe einen Platz.